Medianoche

Medianoche

ADRIENNE YOUNG

LIBRO DOS

Traducción de Guiomar Manso

Argentina – Chile – Colombia – España
Estados Unidos – México – Perú – Uruguay

Título original: *Namesake*
Editor original: Wednesday Books, un sello de St. Martin's Publishing Group
Traducción: Guiomar Manso de Zuñiga Spottorno

1.ª edición: enero 2022

© 2021 *by* Adrienne Young
Publicado en virtud de un acuerdo con el autor,
a través de c/o Baror International, Inc. Armonk, New York, USA
All Rights Reserved
© de la traducción 2022 *by* Guiomar Manso de Zuñiga Spottorno
© 2022 by Ediciones Urano, S.A.U.
Plaza de los Reyes Magos, 8, piso 1.º C y D – 28007 Madrid
www.mundopuck.com

ISBN: 978-84-17854-75-1
E-ISBN: 978-84-19251-71-8
Depósito legal: B-15010-2022

Fotocomposición: Ediciones Urano, S.A.U.

Impreso por: Rodesa, S.A. – Polígono Industrial San Miguel
Parcelas E7-E8 – 31132 Villatuerta (Navarra)

Impreso en España – *Printed in Spain*

Para mamá,
que me enseñó a ser fuerte

PRÓLOGO

MI PRIMERA INMERSIÓN VINO SEGUIDA DE MI PRIMER VASO
de aguardiente.

El mar entero vibraba con el sonido de las gemas mientras
nadaba en pos de la silueta de mi madre, hacia el manchurrón
de luz que rielaba sobre la superficie del agua.

Me ardían las piernas de tanto patalear contra el peso del
cinturón de dragador, pero Isolde había insistido en que lo
llevara incluso en mi primer descenso a los arrecifes. Hice una
mueca, el corazón acelerado en mi pecho dolorido y por fin
salí a la superficie bajo un cielo lleno de luz.

Lo primero que vi cuando mis ojos se enfocaron fue a mi
padre, que me miraba por el costado de babor del *Lark*, los
codos apoyados en la barandilla. Llevaba desplegada en la
cara una de sus escasas sonrisas. Una que hacía centellear sus
ojos azules como las chispas que saltan al golpear el pedernal.

Mi madre me arrastró por el agua y me izó para que pudiese agarrarme al último peldaño de la escala. Trepé por ella,
temblando de frío. Saint me esperaba arriba para envolverme
entre sus brazos en cuanto pasé por encima de la borda. Después, echó a andar por la cubierta conmigo en brazos, el agua
del mar goteando de mis manos y mi pelo.

Entramos en las dependencias del timonel y Saint quitó la
colcha de su cama para envolverme en su aroma a gordolobo

especiado. Mi madre entró por la puerta un momento después y observé cómo mi padre llenaba de aguardiente de centeno uno de sus vasos verde esmeralda.

Lo dejó en el centro de su escritorio y yo lo levanté y lo hice girar de modo que los rayos de sol se fracturaran y centellearan sobre sus facetas.

Saint esperó, un lado de su bigote levantado en una sonrisa mientras me llevaba el vaso a los labios y me bebía el aguardiente de un trago. El ardor floreció en mi garganta, bajó como una exhalación hasta mi estómago y bufé, tratando de respirar a través de ello.

Mi madre me miró entonces, con algo en los ojos que no había visto nunca antes. Una especie de adoración. Como si algo maravilloso y al mismo tiempo horroroso acabara de suceder. Parpadeó y tiró de mí para colocarme entre ella y Saint. Me arrebujé entre ellos y su calor me hizo sentirme como una niña de nuevo.

Pero ya no estaba en el *Lark*.

UNO

El golpe de una polea sobre la cubierta me hizo parpadear y, de repente, el luminoso mundo a mi alrededor volvió a toda velocidad. Pisadas sobre la madera. Sombras en el puente de mando. El chasquido de velas ondeando en el palo mayor.

El dolor estalló en mi cabeza mientras guiñaba los ojos contra el resplandor del sol y contaba. Había al menos veinte miembros en la tripulación del *Luna*, probablemente más con los niños callejeros de Waterside que habría a bordo. Tenía que haber uno o dos bajo cubierta o escondidos en las dependencias del timonel. No había visto a Zola desde que había despertado en su barco y las horas pasaban despacio a medida que el sol caía por el oeste a un ritmo agónico.

Se oyó un portazo en el pasillo y el dolor de mi mandíbula resucitó cuando apreté los dientes. Las fuertes pisadas de Clove cruzaron la cubierta mientras se dirigía al timón. Sus manos rudas encontraron las astas y fijó la mirada en el horizonte en llamas.

No había visto al piloto de mi padre desde aquel día en Jeval hacía cuatro años cuando Saint y él llevaron el bote de remos hasta aguas poco profundas y me abandonaron en la playa. Pero conocía bien su cara. La reconocería en cualquier sitio porque estaba grabada a fuego en casi todos los recuerdos que tenía. Del *Lark*. De mis padres. Él estaba siempre ahí, incluso en los fragmentos más antiguos, más rotos, del pasado.

Clove no se había dignado dirigirme la mirada desde el primer momento en que lo vi, pero por la forma en que mantenía la barbilla levantada, la forma en que deslizaba la vista por encima de mi cabeza, noté que sabía a la perfección quién era yo.

Él había sido mi única familia aparte de mis padres y, la noche en que el *Lark* se hundió en la Trampa de las Tempestades, me había salvado la vida. Aunque luego no había mirado atrás ni una sola vez cuando mi padre y él izaron velas y se alejaron de Jeval. Tampoco había regresado nunca a por mí. Cuando encontré a Saint en Ceros y me dijo que Clove ya *no estaba*, lo había imaginado como un montón de huesos en el cieno de los Estrechos. Pero aquí estaba, como piloto del *Luna*.

Clove podía sentir mi mirada mientras lo estudiaba, quizás esos mismos recuerdos habían resurgido de donde los tuviese enterrados. Eso mantenía su espalda erguida, su expresión fría solo un pelín suavizada. Pero se negaba a mirarme, y yo no sabía si interpretarlo como que todavía era el Clove que recordaba o si se había convertido en algo distinto. La diferencia entre una cosa y otra podía significar mi vida.

Un par de botas se detuvieron delante del mástil y levanté la vista hacia una cara de mujer que había visto esa mañana. Su corto pelo pajizo soplaba por delante de su frente mientras dejaba un cubo de agua a mi lado y sacaba el cuchillo de su cinturón.

Se puso en cuclillas y la luz del sol centelleó sobre la hoja cuando la acercó a mis manos. Traté de apartarme, pero ella tiró de las cuerdas hacia delante y encajó el frío cuchillo de hierro contra la piel en carne viva de mis muñecas. Me iba a soltar.

Me quedé muy quieta y observé la cubierta a nuestro alrededor, mi cerebro a mil por hora mientras deslizaba con disimulo los pies debajo de mí. Otro tirón del cuchillo y mis manos quedaron libres. Las estiré, los dedos temblorosos. En cuanto la mujer bajó la vista, respiré hondo y me abalancé sobre ella. Abrió los ojos como platos cuando la embestí, luego impactó contra la cubierta, fuerte, y su cabeza se estrelló contra la madera. Inmovilicé su cuerpo sobre los rollos de cabos amontonados contra el costado de estribor y traté de arrebatarle el cuchillo.

Unas pisadas corrían hacia nosotras al tiempo que una voz grave resonaba a mi espalda.

—No. Dejad que se desfogue.

La tripulación se quedó paralizada y, en el segundo que tardé en mirar hacia atrás, la mujer rodó para escurrirse de debajo de mí y me dio una patada en el costado con el tacón de su bota. Con un gruñido, volví a lanzarme a por ella hasta que la agarré de la muñeca. Intentó darme otra patada justo antes de que estampara su mano contra la manivela de hierro que servía para enrollar el ancla. Sentí cómo crujían los huesecillos debajo de su piel cuando la volví a golpear, más fuerte, y el cuchillo cayó de sus dedos.

Pasé por encima de ella para llegar hasta él y di media vuelta de modo que mi espalda quedase pegada a la barandilla. Levanté el arma delante de mí con manos temblorosas. Por todas partes a nuestro alrededor, no había más que agua. Ni un asomo de tierra hasta donde alcanzaba la vista, en todas direcciones. De repente, me dio la sensación de que se me comprimía el pecho, se me cayó el alma a los pies.

—¿Has terminado?

La voz resonó de nuevo y todas las cabezas se giraron hacia el pasillo. El timonel del *Luna* estaba ahí con las manos en los bolsillos, sin parecer preocupado en absoluto al verme de pie sobre un miembro de su tripulación con un cuchillo en la mano.

Zola serpenteó entre los otros con la misma expresión de diversión que había brillado en sus ojos en la taberna de Ceros. Su rostro estaba iluminado con una sonrisa irónica.

—Te había dicho que la limpiaras, Calla. —Sus ojos se posaron en la mujer a mis pies, que me fulminaba con la mirada, furiosa bajo la atención de su tripulación. Tenía la mano rota acunada contra sus costillas, bastante hinchada ya.

Zola dio cuatro pasos lentos antes de sacar una mano del bolsillo. La alargó hacia mí e hizo un gesto con la barbilla en dirección al cuchillo. Cuando no me moví, su sonrisa se ensanchó. Un silencio frío se extendió por el barco durante solo un instante antes de que su otra mano saliera disparada. Encontró mi cuello, cerró los dedos como tenazas, me estrelló contra la barandilla y apretó hasta que dejé de poder introducir aire en mi cuerpo.

Su peso empujó hacia delante hasta que estuve inclinada por encima de la borda y las puntas de mis botas se levantaron de la cubierta. Busqué entre las cabezas detrás de él en un intento de ver el desgreñado pelo rubio de Clove, pero no estaba ahí. Cuando casi caí hacia atrás, solté el cuchillo, que golpeó la cubierta con un tintineo metálico antes de resbalar por la madera hasta quedar fuera de mi alcance.

Calla lo recuperó y lo deslizó de vuelta en su cinturón. La mano de Zola me soltó al instante. Me desplomé sobre los cabos, atragantada con el mismísimo aire.

—Límpiala —repitió Zola.

El hombre me miró durante un segundo más antes de girar sobre los talones. Pasó por delante de los demás hasta el puente, donde Clove manejaba el timón con la misma expresión indiferente dibujada en la cara.

Calla me levantó del brazo con su mano buena y me empujó de vuelta hacia proa, donde el cubo de agua seguía plantado al lado del palo de trinquete. La tripulación volvió al trabajo mientras ella sacaba un trapo de la parte de atrás de su cinturón.

—Quítate todo eso —escupió, con una mirada significativa a mi ropa—. Ahora.

Deslicé los ojos hacia los marineros de cubierta que trabajaban detrás de ella antes de girarme hacia proa y quitarme la camisa por encima de la cabeza. Calla se acuclilló al lado de mí, frotó el trapo sobre un bloque de jabón y sumergió ambas cosas en el cubo hasta hacer espuma. Me tendió el trapo con impaciencia y yo lo agarré, haciendo caso omiso de la atención de la tripulación mientras me frotaba los brazos. La sangre seca tiñó el agua de rosa antes de que rodara por mi piel y goteara sobre la cubierta a mis pies.

La sensación de mi propia piel revivió el recuerdo de West en su camarote, de su calor apretado contra el mío. Se me anegaron los ojos de lágrimas otra vez, pero las reprimí sorbiendo por la nariz y traté de quitarme la imagen de la cabeza antes de que pudiera ahogarme. El olor mañanero cuando desperté en su cama. El aspecto que tenía su rostro bajo la luz gris y la sensación de su aliento sobre mí.

Me llevé la mano al hueco del cuello al recordar el anillo que había recuperado en la almoneda. Su anillo.

No estaba.

West se había despertado solo en su camarote. Era probable que hubiese esperado a proa, la vista fija en el puerto, y cuando no aparecí quizás hubiese ido a Dern para buscarme.

No sabía si alguien había visto cómo me arrastraban a bordo del *Luna*. De haberlo visto alguien, era muy poco probable que fuesen a contárselo jamás a nadie. Por lo que West sabía, yo había cambiado de opinión. Le habría pagado a algún comerciante de los muelles por un pasaje de vuelta a Ceros. Aunque si hubiese hecho eso, razoné, me habría llevado el dinero del botín. Estaba tratando de eliminar todas las demás posibilidades excepto la que de verdad quería creer.

Que West me buscaría. Que vendría a por mí.

Pero si no lo hacía, eso significaba algo aún peor. Había visto el lado sombrío del timonel del *Marigold*, y era bien oscuro. Era todo llamas y humo.

No lo conoces.

Las palabras que me había dicho Saint en la taberna aquella mañana resonaban en mi interior.

Quizás West y la tripulación del *Marigold* cortarían sus lazos con Saint y conmigo. Partirían en busca de su propia fortuna. Tal vez *no* conociera a West. No de verdad.

Pero conocía a mi padre. Y sabía qué tipo de juegos le gustaban.

El agua salada escoció sobre mi piel al frotar con más fuerza y, cuando terminé, Calla estaba esperando con otro par de pantalones. Me los puse y anudé las cintas de la cintura para que no cayeran de mis caderas. La mujer me tiró una camisa limpia.

Me recogí el pelo en un moño mientras Calla me miraba de arriba abajo. Cuando estuvo satisfecha, dio media vuelta y entró en el pasillo bajo el puente de mando. No esperó a que la siguiera y pasó rozando por al lado de Clove hasta las dependencias del timonel. Yo sí que me detuve al adentrarme en su sombra. Levanté la vista hacia él, lo miré entre mis pestañas y las últimas dudas que podía tener sobre si era él desaparecieron cuando estudié su rostro curtido por el sol. La tormenta de todo lo que quería decir ardía en mi lengua y tuve que tragarme las ganas desesperadas de gritar.

Clove frunció los labios debajo del bigote antes de abrir el cuaderno de bitácora en la mesa a su lado y deslizar un dedo calloso por la página. Tal vez estuviese igual de sorprendido de verme a mí como lo estaba yo de verlo a él. Tal vez los dos nos habíamos visto arrastrados a la guerra de Zola con West. Lo que no podía entender era cómo podía estar aquí, trabajando para la persona a quien mi padre odiaba más que a cualquier otra cosa.

Terminó de anotar su entrada y cerró el libro antes de devolver la vista al horizonte mientras ajustaba el timón un poco. O bien estaba demasiado avergonzado para mirarme, o bien tenía miedo de que alguien lo viera hacerlo. El Clove que conocía le hubiese cortado el cuello a Zola por ponerme una sola mano encima.

—Vamos, dragadora —me llamó Calla desde el pasillo, una mano sujeta al borde de una puerta abierta.

Dejé que mis ojos se demoraran sobre Clove un segundo más antes de seguir mi camino y dejarlos atrás a él y a la luz del sol. Entré en la fría oscuridad. Mis botas repiqueteaban sobre los tablones de madera a un ritmo regular a pesar del tembleque que se había apoderado de mis piernas.

Detrás de mí, la inmensidad del mar se extendía en un azul interminable. La única manera de salir de este barco era averiguar qué quería Zola, pero no tenía ninguna carta con la que jugar. Ningún barco hundido lleno de gemas con el que regatear, nada de dinero, ni secretos que pudieran comprarme un billete fuera del lío en el que me había metido. Y aunque el *Marigold* viniera a por mí, estaba sola. El peso de ese pensamiento llegó a lo más profundo de mi ser; mi furia fue lo único que me impidió desaparecer con él. Dejé que la furia bullera, que llenara mi pecho cuando levanté la vista hacia Clove una vez más.

No importaba cómo había acabado en el *Luna*. En el corazón de Saint no había perdón para una traición semejante. Tampoco pude encontrar ninguno en el mío. Jamás me había sentido tan parecida a mi padre como en ese momento, y en lugar de asustarme, me llenó de una sensación de poder tranquilizador. La resaca de esa fuerza ancló mis pies mientras recordaba.

No era solo una dragadora cualquiera de Jeval ni un peón en la reyerta de Zola con West. Era la hija de Saint. Y antes de que desembarcara del *Luna*, todos los bastardos de esta tripulación se iban a enterar de ello.

DOS

LA PUERTA A LAS DEPENDENCIAS DEL TIMONEL ERA DE UNA madera cenicienta con el emblema del *Luna* grabado a fuego: una luna en cuarto creciente acunada entre tres tallos curvos de centeno. Calla la abrió y el olor húmedo y rancio del papel viejo y el aceite de los faroles me rodeó cuando la seguí al interior.

Una luz cargada de polvo envolvía la habitación en una especie de velo que dejaba las esquinas teñidas de sombras. El color desigual de las manchas de las paredes revelaba la edad del barco. Era viejo y era precioso, su exquisita manufactura evidente en todos los detalles del camarote.

El espacio, en su mayor parte vacío, solo estaba interrumpido por unas sillas con tapicería de raso situadas en torno a una mesa larga, en cuya cabecera se sentaba ahora Zola.

Unas bandejas de plata llenas de comida estaban dispuestas con sumo cuidado a lo largo del centro de la mesa, con candelabros dorados intercalados. La luz danzaba sobre unas brillantes patas de faisán y alcachofas braseadas con la piel ennegrecida, apiladas de manera aleatoria en un festín opulento.

Zola no levantó la vista mientras pescaba una loncha de queso de uno de los cuencos y la ponía sobre el borde de su plato. Seguí la parpadeante luz de las velas hasta una lámpara de araña oxidada que colgaba por encima de su cabeza. Oscilaba de su gancho con un chirrido suave, la mayoría de bolas de cristal desaparecidas. Toda la escena era el intento de majestuosidad de un hombre pobre, aunque Zola no parecía avergonzado por ello. Era la sangre de los Estrechos que corría por sus venas, su orgullo tan espeso que preferiría atragantarse con él antes que reconocer su farsa.

—Creo que todavía no te he dado la bienvenida al *Luna*, Fable. —Zola me miró, la boca apretada en una línea dura.

Aún sentía el escozor sobre mi piel donde él había tenido las manos alrededor de mi cuello hacía tan solo unos minutos.

—Siéntate. —Echó mano del cuchillo y el tenedor con mangos perlados y empezó a cortar el faisán con cuidado—. Y por favor, sírvete. Debes de tener hambre.

El viento que entraba por las contraventanas entreabiertas llegó hasta los mapas desenrollados en su escritorio y sus bordes ajados cobraron vida con un revoloteo. Eché un vistazo por el espacio a mi alrededor, en un intento de encontrar alguna pista sobre lo que tramaba. No era distinto de otros camarotes de timonel que había visto. Y Zola no estaba revelando nada mientras me miraba expectante por encima de los candelabros.

Saqué con brusquedad la silla del otro extremo de la mesa, dejando que las patas arañaran el suelo, y me senté. Zola parecía satisfecho, devolvió su atención a su plato y yo aparté la mirada cuando el jugo del faisán empezó a arremolinarse en el centro. El olor salado de la comida empezaba a despertar las náuseas en mi interior, pero no era nada comparado con el hambre que sentiría en la tripa dentro de unos pocos días.

Zola pinchó un pedazo de carne con su tenedor y lo sujetó delante de él mientras le lanzaba una mirada significativa a

Calla. La mujer asintió antes de salir del camarote y cerrar la puerta a su espalda.

—Espero que hayas aceptado ya que estamos demasiado lejos de tierra como para jugártela en el agua. —Se metió el bocado de faisán en la boca y lo masticó.

Lo único de lo que estaba segura era de que navegábamos hacia el sudoeste. Lo que no lograba deducir era a dónde nos dirigíamos. Dern era el puerto más meridional de los Estrechos.

—¿Adónde vamos? —Mantuve la voz serena, la espalda recta.

—Al mar Sin Nombre. —Respondió así sin más, como si no le costara nada decirlo, y eso me puso alerta al instante. Pero no pude disimular mi sorpresa, para alegría de Zola, que alanceó un pedazo de queso y dio vueltas al tenedor entre sus dedos.

—No puedes ir al mar Sin Nombre —dije. Apoyé los codos en la mesa y me incliné hacia delante.

Zola arqueó un ceja y se tomó el tiempo de masticar antes de hablar de nuevo.

—O sea que la gente sigue contando esa vieja historia, ¿no?

No se me pasó por alto que no me había corregido. Zola seguía siendo un hombre buscado en esas aguas y mi apuesta era que no tenía licencia para hacer negocios en ningún puerto fuera de los Estrechos.

—¿Qué estás pensando? —Sonrió con suficiencia, aunque sonaba como si de verdad quisiera saberlo.

—Intento averiguar por qué este enfrentamiento con West es más importante para ti que tu propio cuello.

Sus hombros se sacudieron al tiempo que inclinaba la cabeza hacia abajo y, justo cuando creía que se estaba ahogando con el trozo de queso que se había metido en la boca, me di cuenta de que se estaba riendo. Una risa histérica.

Golpeó la mesa con una mano y entornó los ojos mientras se inclinaba hacia atrás en su silla.

—Oh, Fable, no puedes ser tan estúpida. Esto no tiene nada que ver con West. Ni con ese bastardo para el que trabaja en la sombra.

Dejó caer el cuchillo, que chocó contra el plato y me hizo dar un respingo. O sea que sí sabía que West trabajaba para Saint. Tal vez fuese eso lo que provocó el enfrentamiento en primer lugar.

—Exacto. Sé lo que es el *Marigold*. No soy tonto.

Sus manos aterrizaron sobre los reposabrazos de su silla. Me puse tensa. Su actitud relajada me hacía sentir que ahí había alguna amenaza mayor que no era capaz de ver. Estaba demasiado tranquilo. Demasiado sereno.

—Esto tiene que ver solo *contigo*.

Se me puso la carne de gallina, todos los nervios a flor de piel.

—¿Qué se supone que significa eso?

—Sé quién eres, Fable.

Las palabras sonaron lejanas. Solo un eco en el océano de pánico que me retorcía las entrañas. Dejé de respirar, con la sensación de tener una cuerda enrollada alrededor de las costillas. Zola tenía razón: *sí* que había sido una estúpida. Zola sabía que era la hija de Saint porque su piloto era una de las tres personas de los Estrechos que lo sabían. No podía ser una coincidencia.

Si era verdad, Clove no solo había traicionado a Saint. Había traicionado también a mi madre. Y eso era algo de lo que jamás creí capaz a Clove.

—Es verdad que eres igualita a ella. A Isolde.

La familiaridad con la que hablaba de mi madre me agrió el estómago. Apenas había creído a mi padre cuando me dijo que Isolde trabajó como tripulante del *Luna* antes de que

Saint la contratara. Ella nunca me había hablado de esos días, como si el tiempo entre que abandonó Bastian y se unió a la tripulación del *Lark* jamás hubiese existido.

Incluso entonces, Zola y mi padre ya habían sido enemigos. La guerra entre comerciantes era una que no acababa nunca, pero Zola por fin había encontrado un arma que podía cambiar las tornas en su favor.

—¿Cómo lo has sabido? —pregunté, sin quitarle el ojo de encima.

—¿Vas a fingir que no conoces a mi piloto? —Me miró con la misma frialdad que yo a él—. Saint se ha enemistado con mucha gente, Fable. La venganza es una motivación muy potente.

Inspiré despacio para llenar mi pecho dolorido de aire húmedo. Una pequeña parte de mí había querido que él lo negara. Una parte fracturada de mi mente había albergado la esperanza de que Clove no hubiese sido el que se lo había contado.

—Si sabes quién soy, entonces sabes que Saint te matará cuando averigüe esto —dije, cruzando los dedos por que esas palabras fuesen verdad. Zola se encogió de hombros.

—Saint no será mi problema durante demasiado tiempo más. —Sonaba muy seguro—. Lo cual me lleva a por qué estás aquí. Necesito tu ayuda con algo.

Se echó atrás en su silla, alargó la mano hacia el pan y cortó un pedazo de la hogaza. Observé cómo extendía una gruesa capa de mantequilla sobre la corteza.

—¿Mi ayuda?

—Así es. —Asintió—. Después puedes volver con esa patética tripulación o al agujero inmundo de Ceros donde tuvieses planeado instalar tu hogar.

Lo que más me inquietó fue que sonaba como si lo dijese en serio. No había ni una sombra de engaño en la manera en que me miró a los ojos.

Deslicé la vista hacia las contraventanas entreabiertas del camarote, donde franjas de mar azul relucían a través de las ranuras. Tenía algo con lo que negociar. Zola me necesitaba.

—¿Qué quieres que haga?

—No es nada que no seas capaz de hacer. —Retiró una hoja de una alcachofa despacio antes de raspar la carne entre sus dientes—. ¿No vas a comer?

Lo miré a los ojos. Tendría que estar al borde de la muerte para aceptar comida o cualquier otra cosa de nadie en ese barco.

—¿Siempre alimentas a tus prisioneros de tu propia mesa?

—No eres una prisionera, Fable. Ya te lo he dicho. Solo necesito tu ayuda.

—Acabas de secuestrarme y me has tenido atada al mástil de tu barco.

—Pensé que era mejor que tu fuego se apaciguara un poco antes de que habláramos. —La sonrisa volvió a sus labios y sacudió la cabeza—. Como he dicho, igualita a ella. —Soltó otra risa rasposa antes de apurarse el vaso de aguardiente y estamparlo contra la mesa—. ¡Calla!

Unas pisadas resonaron al otro lado de la puerta antes de abrirse. La mujer se quedó en el pasillo, esperando.

—Calla te mostrará tu hamaca en el camarote de la tripulación. Si necesitas algo, pídeselo a ella.

—¿Una hamaca? —Miré a uno y otra, confusa.

—Mañana te asignarán tus tareas y se esperará que las cumplas sin hacer preguntas. En este barco, los que no trabajan no comen. Tampoco suelen volver a tierra firme —añadió Zola, los labios un poco fruncidos.

No pude distinguir si era una mirada de locura o de alegría. Tal vez fuese de las dos cosas.

—Quiero mi cuchillo de vuelta.

—No lo necesitarás —dijo con la boca llena—. La tripulación tiene órdenes de dejarte en paz. Mientras estés en el *Luna*, estás a salvo.

—Lo quiero de vuelta —repetí—. Y el anillo que me has quitado.

Dio la impresión de que Zola lo pensaba un poco mientras tomaba la servilleta de lino de la mesa y se limpiaba la grasa de los dedos. Se levantó de la elaborada silla y fue hasta su escritorio contra la pared del fondo, al tiempo que metía una mano por el cuello de su camisa. Un momento después, sacó una cadena de oro, y una llave de hierro negra colgó en el aire antes de que la atrapara en la palma de su mano. Sonó un leve chasquido cuando la encajó en la cerradura del cajón, que luego abrió con un ligero roce. El anillo centelleó colgado de su correa cuando lo sacó del interior y me lo entregó.

A continuación, sacó el cuchillo y le dio un par de vueltas en la mano antes de tendérmelo.

—He visto ese cuchillo antes.

Porque era el cuchillo de West. Me lo había dado antes de que desembarcáramos del *Marigold* en Dern para vender el botín del *Lark*. Lo tomé de manos de Zola. El dolor de mi garganta se expandió mientras deslizaba el pulgar por el mango desgastado. Noté la momentánea presencia de West, como el viento cuando sopla por las cubiertas: ahí un momento y desaparecido al siguiente, tras resbalar por encima de la barandilla y correr de vuelta al mar.

Zola agarró el picaporte de la puerta y esperó. Metí el cuchillo en mi cinturón antes de salir a la oscuridad del pasillo.

—Vamos —masculló Calla, irritada.

Desapareció por las escaleras que conducían bajo cubierta y yo vacilé un instante antes de seguirla, tras mirar otra vez hacia la cubierta en busca de Clove. Sin embargo, ya no estaba, el timón manejado ahora por otra persona.

Los peldaños crujían a medida que bajábamos a la barriga del barco y el aire se volvió más frío al tenue resplandor de los farolillos alineados por el pasillo. A diferencia del *Marigold*, aquella era solo la arteria principal de una serie de pasillos que serpenteaban bajo cubierta hacia distintas habitaciones y secciones de la bodega de carga.

Me detuve en seco cuando pasamos por una de las puertas abiertas, donde un hombre estaba acuclillado sobre una serie de herramientas, anotando cosas en un libro. Picos, mazos, cinceles. Fruncí el ceño mientras el acero recién forjado brillaba en la oscuridad. Eran herramientas de dragador. Y detrás del hombre, la bodega estaba oscura.

Entorné los ojos y me mordí el carrillo por dentro. El *Luna* era un barco hecho para grandes cargas, pero aun así su bodega estaba vacía. Y tenían que haberlo descargado hacía poco. Cuando había visto el barco en Ceros, iba hasta las trancas. Zola no solo se dirigía al mar Sin Nombre, sino que iba con las manos vacías.

El hombre se quedó quieto cuando sintió mi mirada sobre él, ojos como esquirlas rotas de turmalina negra. Alargó una mano hacia la puerta y la cerró en mis narices. Apreté los puños con fuerza, las palmas de las manos húmedas. Zola tenía razón: no tenía ni idea de lo que se traía entre manos.

Calla siguió el estrecho pasillo todo el camino hasta el final, donde una entrada sin puerta daba paso a una habitación oscura. Entré, al tiempo que una de mis manos se deslizaba por instinto hacia mi cuchillo. Un puñado de hamacas vacías oscilaba de gruesas vigas de madera por encima de chaquetas y cinturones colgados de ganchos en las paredes. En un rincón de la habitación un hombre dormido roncaba envuelto en una gruesa colcha, una mano colgando por un lado.

—Esa es la tuya. —Calla asintió en dirección a una de las hamacas de abajo en la tercera fila.

—Este es el camarote de la tripulación —comenté. La mujer se limitó a mirarme—. Yo no soy tripulación. —La indignación en mi voz afiló las palabras. La idea de quedarme con la tripulación me ponía de los nervios. Yo no pertenecía ahí. Jamás lo haría.

—Lo eres hasta que Zola diga lo contrario. —El hecho parecía ponerla furiosa—. Ha dado órdenes estrictas de que te dejemos en paz. Pero deberías saber que... —bajó la voz— ... sabemos lo que los bastardos del *Marigold* le hicisteis a Crane. Y no lo olvidaremos.

No era una advertencia. Era una amenaza.

Me moví incómoda sobre los pies, apreté más la mano en torno al cuchillo. Si la tripulación sabía que yo estaba en el *Marigold* cuando West y los otros habían asesinado a Crane, eso significaba que tenía tantos enemigos en este barco como personas respiraban en él.

Calla dejó que el inquietante silencio se estirara entre nosotras antes de desaparecer otra vez por la puerta abierta. Miré a mi alrededor por la oscura habitación y solté una temblorosa bocanada de aire. El sonido de unas botas resonó por encima de mi cabeza y el barco se escoró un poco cuando una ráfaga de aire hinchó sus velas. Las hamacas oscilaron como agujas en una brújula.

El espeluznante silencio me impulsó a cerrar los brazos alrededor de mi cuerpo y apretar. Me colé en uno de los rincones oscuros entre baúles para tener una buena vista del camarote al tiempo que quedaba oculta entre las sombras. No había forma humana de salir de este barco hasta que llegáramos a puerto, y no había forma de saber con exactitud a dónde nos dirigíamos. Ni por qué.

El recuerdo del primer día en el *Marigold* volvió a mí a toda velocidad: yo de pie en el pasillo, la mano apretada contra el emblema grabado en la puerta. Había sido una extraña ahí, pero después me había hecho un sitio, hasta sentir que pertenecía a ese lugar. Y ahora, todo mi ser anhelaba aquello. Un fogonazo de calor se avivó bajo mi piel, el escozor de las lágrimas aumentó en mis ojos. Porque había sido una tonta. Me había permitido pensar, aunque solo fuese por un momento, que estaba a salvo. Que había encontrado un hogar y una familia. Y en el tiempo que se tarda en aspirar una sola bocanada de aire, me lo habían arrebatado todo.

TRES

Unos rayos de pálida luz de luna se deslizaron por los tablones de madera del suelo a lo largo de la noche, cada vez más cerca de mí, hasta que el calor de la mañana empezó a filtrarse a través de la cubierta en lo alto.

Zola debía estar diciendo la verdad cuando dijo que había dado orden a la tripulación de no tocarme. No me habían ni mirado mientras entraban y salían del camarote a lo largo de la noche, tomándose sus horas de descanso en turnos sucesivos. En algún momento durante esas horas oscuras, había cerrado los ojos, el cuchillo de West aún aferrado en el puño.

Unas voces en el pasillo me sacaron de la neblina entre el sueño y la vigilia. La velocidad del *Luna* parecía haberse ralentizado y me puse tensa cuando una botella de cristal azul rodó por el suelo a mi lado. Noté cómo el barco frenaba mientras desdoblaba las piernas y me ponía en pie.

El golpeteo de pisadas resonaba desde lo alto y me pegué bien a la pared, pendiente de algún movimiento a través de la puerta. Pero solo el sonido del viento bajaba por el pasillo.

—¡Arriad las velas! —El sonido atronador de la voz de Clove me hizo encogerme un poco.

Se me hizo un nudo en el estómago cuando empecé a ver sombras revolotear entre los tablones. Estábamos entrando en puerto.

Clove siguió gritando órdenes una tras otra, y más voces contestaron. Cuando el barco gimió de nuevo, mis pies resbalaron sobre la madera mojada y alargué las manos para agarrarme del mamparo.

O bien habíamos ganado velocidad y habíamos logrado salir de los Estrechos en una sola noche, o bien íbamos a hacer una parada.

Salí por la puerta, una mano apoyada en la pared, pendiente de los escalones. Calla no me había dicho que tuviera que quedarme en el camarote y Zola me había asegurado que no era una prisionera; sin embargo, caminar por el barco sola me hacía sentir como si alguien pudiese clavarme una daga por la espalda en cualquier momento.

La luz del sol golpeó mi cara cuando llegué a la parte de arriba de las escaleras y tuve que parpadear con fuerza para intentar enfocar los ojos contra su resplandor. Dos de los miembros de la tripulación trepaban por los enormes mástiles, luego tiraron de las cargaderas hasta que las velas estuvieron arrizadas.

Me quedé paralizada cuando vi a Clove al timón, y me apresuré a pegarme a la sombra del mástil, los dientes apretados. Una furia amarga cubrió cada centímetro de mi piel mientras lo observaba. Jamás había imaginado un mundo en el que Clove pudiera traicionar a Saint. Pero lo peor era que ella había confiado en él: mi madre. Había querido a Clove como a un hermano y la idea de que pudiera traicionarla a *ella* era impensable. Era algo que no podía existir.

Zola estaba a proa, los brazos cruzados delante del pecho, el cuello de su chaqueta levantado para protegerse del viento. Sin embargo, fue lo que había detrás de él lo que me hizo dejar de respirar por completo. Tuve que agarrarme de la barandilla más cercana, boquiabierta.

Jeval.

La isla reposaba como una esmeralda centelleante en el brillante mar azul. Las islas barrera emergieron entre las revueltas aguas en lo bajo como dientes ennegrecidos, y el *Luna* se deslizó dentro de la última bahía de los toscos muelles mientras el sol asomaba por encima de la familiar cresta a lo lejos.

La última vez que había visto la isla, estaba huyendo para salvar la vida. Me había lanzado a los brazos misericordes de la tripulación del *Marigold* después de cuatro años de bucear en esos arrecifes para sobrevivir. Cada músculo de mi cuerpo se tensó con fuerza alrededor de los huesos mientras nos acercábamos.

Un niño descalzo al que reconocí corría por el muelle para asegurar los cabos de amarre a medida que el *Luna* se acercaba al saliente. Un marinero de cubierta pasó por encima de la barandilla a mi lado para agarrar las correas que aseguraban la escala al costado del barco y tiró de los extremos hasta que los nudos se soltaron. La escala se desenrolló por estribor con un chasquido.

—¿Qué estamos haciendo aquí? —pregunté en voz baja.

El hombre arqueó una ceja al levantar la vista hacia mí. Deslizó los ojos por mi rostro, pero no contestó.

—¡Ryland! ¡Wick!

Dos miembros de la tripulación más jóvenes bajaron del puente de mando. Uno era alto y desgarbado con una mata de pelo rubio. El otro, ancho y musculoso, el pelo oscuro rapado muy corto.

El marinero dejó caer una caja delante de ellos y el repiqueteo del acero me hizo dar un respingo. Estaba llena de las herramientas de dragador que había visto la víspera.

—Ordenad esto.

Por el aspecto de los cinturones en torno a sus cinturas, esos eran los dragadores de Zola. Cuando el moreno notó mi atención sobre él, levantó la vista hacia mí, su mirada como el calor abrasador del aguardiente.

Jeval no era un puerto. La única razón de venir aquí era para descargar pequeños excedentes de inventario. Tal vez una caja de huevos frescos que no se había vendido en una de las ciudades portuarias, o unas cuantas gallinas extra que la tripulación no se había comido. Y después estaba el piropo. Pero el piropo no era el tipo de piedra que atraía a un barco como el de Zola y jamás había visto su emblema aquí.

Si habíamos parado en Jeval, Zola tenía que necesitar otra cosa. Algo que no podía conseguir en los Estrechos.

Seguí la barandilla hasta la proa y me coloqué detrás del palo de trinquete para poder ver los muelles sin que me detectara nadie que pudiese reconocerme. Los otros barcos anclados en el escueto puerto eran naves pequeñas y, a lo lejos, vi barquitos menudos atestados de cuerpos que acudían desde la isla para hacer negocios, tallando estelas blancas en el agua.

Hacía tan solo unas semanas, yo hubiese sido una de ellos, de camino a las islas barrera cuando el *Marigold* tocaba puerto para intercambiar mi piropo por dinero. Esas mañanas me despertaba con un nudo en el estómago, una vocecilla diminuta susurrando en mi interior, temerosa de que West no fuese a estar ahí cuando la neblina se despejara. Pero cuando miraba desde el acantilado que daba al mar, las velas del *Marigold* estaban ahí. Siempre estaban ahí.

Zola levantó una mano para darle a Clove una palmada en la espalda antes de ir hasta la escala y bajar por el costado del buque. Jeval no tenía práctico ni capitán en el puerto, pero Soren era el hombre al que acudir cuando necesitabas algo, y ya estaba esperando a la entrada del muelle. Sus gafas tintadas reflejaban la luz del sol mientras levantaba la vista hacia el *Luna* y, por un momento, me dio la impresión de que sus ojos se posaban en mí.

Soren me había acusado de robar en los muelles más de una vez, e incluso me había obligado a pagar una deuda que no debía con la pesca correspondiente a una semana. Pero su mirada se deslizó por encima del barco y me abandonó igual de deprisa que me había encontrado, y recordé que ya no era la chica que había saltado para agarrarse a la escala del *Marigold*. La que había rogado y luchado por sobrevivir esos años en Jeval a fin de poder ir en busca del hombre que no la quería. Ahora era la chica que había encontrado su propio camino. Y también la que tenía algo que perder.

Mis ojos se posaron en Zola cuando sus botas tocaron el muelle. Soren caminó con ademán perezoso hacia la escala y levantó su oído bueno cuando Zola le habló. Una ceja peluda se arqueó por encima de la montura de sus gafas antes de asentir.

La bodega de carga estaba vacía, o sea que lo único con lo que podía negociar Zola era con dinero. Sin embargo, en esa isla no había nada que comprar, aparte de pescado, cabos y piropo. Nada valioso con lo que negociar en el mar Sin Nombre.

Soren dejó a Zola de pie al borde de la pasarela antes de desaparecer entre la gente que abarrotaba los enclenques tablones de madera. Se abrió paso a empujones hacia el otro extremo, donde los esquifes procedentes de la playa estaban frenando para desembarcar a dragadores descalzos de camino a hacer sus trueques.

Observé a Soren serpentear entre la multitud hasta que desapareció detrás de un barco.

A mi alrededor, todo el mundo estaba concentrado en sus tareas y, por su actitud, ni un solo miembro de la tripulación parecía sorprendido de haber parado en esa isla de dragadores. Levanté la vista hacia el palo mayor y las cubiertas superiores, donde los marineros de cubierta estaban sacando las velas de tormenta. No las utilizadas en los Estrechos. Estas eran velas fabricadas para las monstruosas tempestades que atormentaban el mar Sin Nombre.

Detrás de mí, el agua se extendía de un azul insondable, todo el camino de vuelta a Dern. Sabía cómo sobrevivir en Jeval. Si lograba escabullirme del *Luna*, si encontrara una manera de… mis pensamientos saltaban de un lado para otro. Si el *Marigold* me estaba buscando, lo más probable era que estuviesen siguiendo la ruta de Zola de vuelta a Sowan. Con el tiempo, podrían acabar en Jeval.

Aunque todavía había una parte de mí que se preguntaba si el *Marigold* no se conformaría con lo que tenía: el botín del *Lark*. Podían comprar su libertad de Saint y empezar su propio negocio. Un susurro aún más suave sonó en el fondo de mi mente.

Tal vez no fuesen en mi busca en absoluto.

Rechiné los dientes, los ojos clavados en mis botas. Había jurado que no regresaría a Jeval jamás, pero quizás ahora fuese mi única oportunidad de quedarme en los Estrechos. Apreté las manos en torno a la barandilla y miré con disimulo el agua en lo bajo. Si saltaba, podría dar la vuelta a las islas barrera más deprisa que ningún otro en este barco. Luego podría esconderme en el bosque de algas marinas en la cala. Al final, se rendirían y dejarían de buscarme.

Cuando la sensación de que unos ojos me observaban se deslizó por mi piel, me giré hacia atrás. Clove estaba al otro lado del timón, y me observaba como si supiera exactamente lo que estaba pensando. Era la primera vez que sus ojos se cruzaban con los míos y no vacilaron. Su mirada tormentosa era como la tracción de las aguas profundas debajo de nosotros.

Mis dedos resbalaron de la barandilla y me apoyé en ella, sin apartar la mirada. Estaba más viejo. Había hebras plateadas entre su barba rubia, y su piel había perdido algo de su cálido color dorado bajo los tatuajes que cubrían sus brazos. Pero seguía siendo Clove. Seguía siendo el hombre que me había cantado viejas canciones de taberna mientras me quedaba dormida en el *Lark*. El que me había enseñado a robar carteras con discreción cuando tocábamos puerto y me había comprado naranjas sanguinas en los muelles de Dern.

Una vez más, dio la impresión de leerme los pensamientos y un músculo se apretó en su mandíbula.

Me alegré. En ese momento, jamás había odiado a nadie tanto como odiaba a Clove. Jamás había tenido tantas ganas de ver a alguien muerto. Los músculos de sus hombros se tensaron cuando esas palabras cruzaron por mi mente, y lo imaginé en esa caja que West había dejado caer en el mar negro. Imaginé su grito grave. Y la curva de las comisuras de mi boca me llenó los ojos de lágrimas e hizo que me escociera el labio partido.

La mirada muerta de sus ojos conectó con la mía durante un instante más antes de volver al trabajo. Después, desapareció por la arcada que conducía a las dependencias del timonel.

El ardor de mis ojos era equivalente a la ira que aún bullía en mi pecho. Si Clove había ido contra Saint, lo más probable era que Zola tuviera razón: Clove quería venganza por algo y me estaba utilizando a mí para obtenerla.

Unas voces gritaron en lo bajo y me giré hacia el muelle, donde Soren había regresado con un pergamino. Lo desenrolló delante de Zola, que lo estudió con atención. Cuando terminó tomó la pluma de manos de Soren y firmó. A su lado, un chiquillo echó un poco de cera líquida sobre una esquina y Zola presionó su anillo de comerciante sobre ella antes de que se enfriara. Estaba cerrando un trato.

Un momento después, una hilera de dragadores estaba haciendo fila hombro con hombro detrás de ellos. Fruncí el ceño mientras contemplaba a Zola recorrer la fila despacio, inspeccionando a cada uno de ellos. Se detuvo cuando vio a uno de los más jóvenes esconder una mano detrás de la espalda. Zola estiró el brazo y tiró de su mano para revelar que los dedos de la mano derecha del chico estaban vendados.

Zola la dejó caer antes de descartarlo, y su puesto fue ocupado al instante por otro dragador que estaba esperando al borde del muelle.

Fue entonces cuando me percaté de lo que estaba haciendo. No habíamos parado en Jeval para conseguir víveres o hacer negocios. Zola no estaba aquí para comprar piropo. Estaba aquí para conseguir dragadores.

—¡Preparaos! —gritó Clove.

Un marinero me apartó de la barandilla de un empujón.

—Quítate de en medio —gruñó.

Traté de esquivarlo para intentar ver qué pasaba ahora, pero la tripulación ya estaba levantando el ancla. Calla subió al puente de mando y yo la seguí de cerca, para mirar por encima de una montaña de cajas mientras Zola volvía a subir al barco.

Los dragadores de los muelles subieron a cubierta detrás de él y la tripulación del *Luna* dejó de trabajar, todos los ojos fijos en las criaturas de piel dorada que trepaban por encima de la barandilla.

Por eso me necesitaba Zola. Iba hacia algún lugar de inmersión. Pero ya tenía al menos dos dragadores en su tripulación, conmigo tres. Y ahora al menos ocho jevalís estaban a bordo del *Luna*, y más aún trepaban por la escala.

A lo lejos, la superficie del agua se encrespó, las olas más revueltas cuando un viento del norte llegó desde el mar. Me provocó un escalofrío por toda la columna mientras izaban los cabos de amarre. Me giré hacia la cubierta. El último de los dragadores subió al barco y me quedé petrificada cuando la luz del sol iluminó un rostro que conocía muy bien. Uno al que había temido casi todos los días que había estado en Jeval.

Koy se alzaba casi una cabeza más alto que los demás dragadores cuando ocupó su puesto en la fila. Y cuando sus ojos se posaron en mí, vi la misma mirada atónita de reconocimiento que estaba segura de tener yo.

—Mierda —mascullé, la voz ronca, hueca a causa del largo suspiro.

CUATRO

Lo observé.

Koy estaba apoyado contra las cajas aseguradas a popa, la mirada fija en las velas abombadas por encima de su cabeza. El *Luna* ya estaba alejándose de las islas barrera, Jeval cada vez más pequeño a nuestra espalda. A donde fuera que nos dirigiésemos, Zola no quería perder ni un minuto de tiempo.

Koy no bajó la vista, pero estaba segura de que podía sentir mis ojos sobre él. Y quería que los sintiera.

La última vez que lo había visto, Koy esprintaba por los muelles en la oscuridad gritando mi nombre. Todavía podía ver el aspecto que había tenido debajo de la superficie del agua, su sangre dejando un rastro ondulante. Nunca supe qué me había hecho volver a saltar al agua a por él. Me había hecho esa pregunta cien veces, y no tenía una respuesta lógica. Si hubiera sido yo, Koy no hubiese dudado en dejar que me ahogara.

Pero aunque lo odiaba, había algo que había comprendido sobre Koy desde el principio: era un hombre dispuesto a hacer lo que tuviese que hacer. Sin importar lo que fuera y a cualquier precio. Y él me había hecho una promesa aquella noche que subí a la cubierta del *Marigold* por primera vez: que si alguna vez volvía a Jeval, me ataría al arrecife y dejaría que las criaturas de las profundidades dejaran mis huesos limpios.

Mis ojos se deslizaron por su cuerpo, calibrando su altura y su peso. Me sacaba ventaja en casi todo, pero no iba a darle la espalda en ningún momento ni iba a proporcionarle una sola oportunidad de cumplir su promesa.

No parpadeé hasta que Clove subió por las escaleras con fuertes pisadas. Deslizó ambas manos por su pelo rizado para retirarlo de su cara. Llevaba las mangas de la camisa enrolladas hasta los codos y sus movimientos familiares hicieron que el dolor de mi pecho se reavivara.

—¡Dragadores! —gritó.

Los jevalís se alinearon a estribor, donde esperaban también los dragadores de la tripulación de Zola, Ryland y Wick. Tenían las cajas de herramientas en las manos y, por la expresión de sus caras, no les gustaba lo que estaba a punto de suceder.

Koy se colgó su propio cinturón del hombro y ocupó un sitio en la cubierta justo delante de Clove. Qué típico de Koy, encontrar al bastardo más temible del barco y hacer todo lo posible por demostrarle que no le tenía miedo. Sin embargo, cuando levanté la vista hacia el rostro de Clove, tenía los ojos fijos en mí.

El destello acerado de sus ojos no vaciló, y sentí como si me estuviera cayendo.

—*Todos* vosotros —gruñó.

Me sorbí el labio de abajo y lo mordí para evitar que temblara. En esa única mirada, retrocedí en los años y me sentí al instante como esa niñita en el *Lark* a la que él había regañado por haber hecho un nudo mal. Mi expresión se endureció, al tiempo que daba un paso hacia delante y me separaba un poco del final de la fila.

—Mientras estéis a bordo de este barco, no moveréis ni un músculo en la dirección equivocada —graznó—. Haréis lo que se os diga. Mantendréis vuestros bolsillos vacíos. —Hizo una pausa y dedicó una mirada silenciosa a cada jevalí antes de continuar. Había visto a Clove dar un centenar de charlas de este tipo en el barco de mi padre. Eso también era dolorosamente familiar—. Mientras estéis empleados en el *Luna*, recibiréis dos raciones de comida al día, y deberéis mantener vuestros camarotes limpios.

Lo más probable era que estuviese repitiendo los términos recogidos en el pergamino que tenía en las manos, el que Zola había firmado con Soren en el puerto, y no podía negarse que era un trato generoso. Dos raciones al día era una vida de lujos para cualquier jevalí de los que estaban en cubierta a mi lado, y lo más probable era que al finalizar llevasen a casa más dinero del que la mayoría de ellos podría ganar en meses.

—El primero de vosotros que rompa alguna de estas reglas, volverá a Jeval *a nado*. ¿Alguna pregunta?

—Nos quedamos todos juntos. —Koy fue el primero en hablar, para especificar sus propios términos. Hablaba de dónde dormirían, y sospeché que quería asegurarse de que no se convertían en dianas para la tripulación del *Luna*. En Jeval, cada dragador velaba solo por sus propios intereses, pero esto era diferente. En este barco, ser un grupo numeroso daba seguridad.

—Muy bien. —Clove asintió en dirección a Ryland y Wick, que parecían a punto de sacar sus cuchillos. Se adelantaron y cada uno dejó una caja delante de la fila—. Tomad lo que necesitéis para una inmersión de dos días. Consideradlo parte de vuestro pago.

Los dragadores se abalanzaron sobre las cajas antes de que Clove pudiese terminar siquiera. Se acuclillaron alrededor de ellas para sacar picos y probar cuán afiladas estaban las puntas con las yemas de sus dedos callosos. Hurgaron entre el montón de herramientas en busca de cinceles y monóculos que añadir a sus cinturones. Ryland y Wick los observaron, disgustados por la manera en que hurgaban entre las herramientas.

Yo no era la única que me había percatado. Koy se había quedado de pie detrás de los otros, sin apartar la vista de los dragadores de Zola. Cuando sus ojos se cruzaron, la tensión silenciosa que inundó la cubierta fue palpable. Me sentí un pelín más invisible entonces, y pensé que quizás la presencia de los dragadores jevalís fuese buena cosa. Quitaba algo de atención de mi persona, aunque solo fuese un poco.

—Fable.

Me puse rígida al oír mi nombre en voz de Clove.

Dio tres pasos lentos hacia mí y yo me eché atrás. Mis dedos volaron hacia el mango del cuchillo de West.

Sus botas se detuvieron delante de las mías y observé la facilidad con la que me miraba. Las arrugas de alrededor de sus ojos eran más profundas, sus pestañas rubias como hebras de oro. Había una cicatriz que no había visto nunca debajo de su oreja; daba la vuelta a su cuello y desaparecía dentro de su camisa. Traté de no preguntarme su origen.

—¿Tenemos que preocuparnos por alguno de ellos? —Hizo un gesto con la barbilla hacia los dragadores de la cubierta.

Le lancé una mirada asesina. No estaba segura de poder creerme que de verdad me estuviera hablando. Es más, quería información, como si estuviésemos del mismo lado.

—Supongo que lo averiguaréis a su debido tiempo, ¿no crees?

—Ya veo. —Metió la mano en el bolsillo de su chaleco y sacó un pequeño monedero—. ¿Cuánto me costará?

—Cuatro años —respondí en tono sombrío. Frunció el ceño en ademán inquisitivo. Di un paso hacia él y vi que apretaba la mano en torno al monedero—. Devuélveme los cuatro años que pasé en esa isla. Entonces te diré cuál de esos dragadores es más probable que te corte el cuello. —Me miró y todos los pensamientos que no podía oír brillaban en sus ojos—. Tampoco es que eso fuese a importar demasiado. —Ladeé la cabeza.

—¿Qué?

—Nunca conoces *realmente* a una persona, ¿verdad? —Dejé que todo lo que quería decir con eso se filtrara en mis palabras. Lo observé con atención. Ni una sola sombra cruzó su rostro. Ni un solo atisbo de lo que estaba pensando.

—Todos tenemos un trabajo que hacer, ¿no? —fue su única respuesta.

—Tú más que ninguno de nosotros: piloto, informador... traidor —dije.

—No busques problemas, Fay. —Bajó la voz—. Haz lo que te pidan y se te pagará igual que a todos los demás.

—¿Cuánto te paga Zola a *ti*? —escupí. No respondió—. ¿Qué está haciendo Zola en el mar Sin Nombre?

Clove me miró hasta que una hilera de arandelas empezó a silbar sobre los cabos por encima de nuestras cabezas y rompió el silencio entre nosotros. Una vela se desdobló en la cubierta y nos envolvió a Clove y a mí en su sombra. Levanté la vista hacia donde estaba recortada contra la luz del sol, un cuadrado negro contra el cielo azul.

Sin embargo, el emblema de la lona no llevaba la curva de la luna creciente que rodeaba la insignia de Zola. Guiñé los ojos para tratar de distinguirlo. El nítido contorno de tres aves marinas con las alas desplegadas formaba un triángulo inclinado. Era un emblema que no había visto nunca.

Si estaban izando un emblema nuevo, eso quería decir que Zola no quería que lo reconocieran cuando cruzáramos a las aguas del mar Sin Nombre.

Me giré hacia atrás, pero Clove ya estaba desapareciendo en las dependencias del timonel. La puerta se cerró de un portazo a su espalda y pude ver su camisa blanca ondular detrás del cristal tembloroso de la ventana que daba a cubierta.

Me mordí el labio otra vez, mientras cada rincón callado de mi ser gritaba en silencio. La noche que se había hundido el *Lark*, sabía que había perdido a mi madre. Pero no sabía que había perdido también a Clove.

CINCO

—¡TRES ARRECIFES! —LA VOZ DE ZOLA RESONÓ POR TODO el barco antes de que hubiera salido por la arcada siquiera.

Se desabrochó la chaqueta, dejó que resbalara de sus hombros y la tiró hacia uno de los niños pobres de Waterside que estaba de pie al lado del mástil. Zola cerró las manos en torno a los cabos anclados procedentes de proa y se izó hacia las jarcias para mirar el mar por delante de ellos.

Yo, sin embargo, tenía los ojos fijos en Ryland y Wick. Ambos estaban entre las filas de jevalís, toda su ira por aquella deshonra bien patente en la tensión de sus músculos. No estaban contentos de que Zola hubiese contratado a más dragadores. De hecho, estaban furiosos.

—Ahí, ahí y ahí. —Zola siguió la línea de las crestas de los arrecifes en lo bajo con el dedo para dibujarlos sobre la superficie del agua.

A lo lejos, se veía un islote con forma de medialuna, que flotaba como un círculo medio sumergido.

—Fable dirigirá la inmersión.

Parpadeé y me giré hacia la cubierta donde las duras miradas de los dragadores estaban clavadas en mí.

—¿Qué? —espetó Ryland, dejando caer las manos de donde las había tenido remetidas bajo las axilas.

Zola lo ignoró, la vista fija otra vez en el islote. El viento revolvió su pelo plateado y negro por su rostro curtido mientras yo intentaba descifrar su expresión. Había dicho que le había dado instrucciones a la tripulación para que me dejaran tranquila, pero les estaba dando razones de sobra para volverse contra mí.

—El cuarto arrecife lo han limpiado ya, pero hay un montón de turmalina, paladino y heliotropo en los otros. Es probable que también una esmeralda o dos. —Zola bajó a cubierta de un salto y recorrió la fila de dragadores—. Llevaremos el control de lo que saquéis según vayáis saliendo a la superficie. El primer dragador en llegar a veinte quilates de piedras preciosas obtiene una bonificación del doble de su sueldo.

Koy se irguió un poco más al oír las palabras de Zola. Los otros dragadores jevalís levantaron la vista hacia el timonel con las cejas arqueadas, y Wick apretó la mano en torno a su cinturón, un lado de su boca curvado hacia arriba.

—Necesito al menos trescientos quilates de gemas. Tenéis hasta la puesta de sol de mañana.

—¿Qué? —Koy dio un paso al frente, su voz con un deje cortante.

—Los barcos tienen calendarios que cumplir. —Zola lo miró desde lo alto—. ¿Tienes algún problema con eso?

—Tiene razón —dije. Koy parecía sorprendido de que me hubiese mostrado de acuerdo con él, pero era verdad—. Tendríamos que bucear sin descanso durante todas las horas del día para conseguir extraer las gemas suficientes para alcanzar esa cantidad.

Zola pareció pensarlo un poco antes de sacar el reloj de su chaleco. Lo abrió.

—Entonces, creo que más os vale daros prisa. —Dejó caer el reloj de vuelta en su bolsillo y levantó la vista hacia mí—. Bueno ¿qué ves?

Se apartó un poco para dejarme sitio a su lado en la barandilla, pero no me moví. Zola estaba jugando algún juego, pero no estaba segura de que nadie de este barco supiera cuál era. No me gustaba esa sensación. Estaba claro que toda esta situación lo divertía, y eso solo me daba ganas de empujarlo por la borda.

—¿Qué *ves*? —preguntó otra vez.

Cerré los puños y enganché los pulgares en el cinturón mientras miraba hacia el agua. Se movía con suavidad dentro de la cresta del islote, casi lo bastante quieta en algunas partes como para reflejar las formas de las nubes.

—Tiene buena pinta. No parece que haya contracorrientes, pero es obvio que eso no lo sabremos hasta que estemos ahí abajo. —Miré el agua del otro lado del islote. La forma del cráter tenía el ángulo perfecto para proteger el interior de la corriente.

Me miró a los ojos antes de pasar por mi lado.

—Entonces, llévalos ahí abajo.

El chico que tenía su chaqueta la sujetó en alto para que pudiera volver a deslizar los brazos en su interior y Zola echó a andar por la cubierta sin echarnos ni una mirada más. La puerta se cerró de un portazo a su espalda y, al instante siguiente, los dragadores se volvieron hacia mí. Ryland tenía la cara roja como un tomate, sus ojos echaban chispas.

Al otro lado del palo mayor, Clove nos observaba en silencio.

Éramos catorce en total, así que lo único que tenía sentido era poner a cuatro o cinco dragadores en cada uno de los arrecifes. Di un paso adelante para estudiar mejor a los jevalís. Eran de alturas variadas, con extremidades de todas las longitudes, pero con solo mirarlos supe quiénes eran los nadadores más rápidos. También tendría que separar a los dragadores del *Luna* si quería evitar que hiciesen alguna trastada debajo del agua.

Lo inteligente sería que Koy encabezara uno de los grupos. Me gustara o no, era uno de los dragadores más hábiles que había visto jamás. Conocía las gemas, conocía los arrecifes. Pero ya había cometido el error de perderlo de vista una vez y no iba a volver a hacer lo mismo.

Me detuve delante de Ryland. Levanté la barbilla hacia él y el jevalí que estaba a su lado.

—Vosotros dos conmigo y con Koy.

Koy arqueó una ceja en mi dirección, suspicaz. Yo tampoco quería bucear con él, pero mientras estuviese en este barco, necesitaba saber con exactitud dónde estaba y lo que estaba haciendo en todo momento.

Repartí al resto de ellos, juntando a nadadores de distintos tamaños con la esperanza de que lo que le faltara a uno pudieran compensarlo los otros. Cuando estaban separados por grupos en cubierta, me giré hacia el islote, abrí los botones superiores de mi camisa y me la quité por encima de la cabeza. El brazo de Koy rozó contra el mío cuando vino a ponerse a mi lado. Me quedé muy quieta y luego puse un poco de espacio entre nosotros.

—Este bastardo no tiene ni idea de lo que está haciendo —musitó, mientras deslizaba el pulgar por los picos que llevaba a la cintura y los contaba en silencio. Los que había sacado de la caja brillaban lustrosos entre los oxidados que había usado en Jeval.

No respondí, pero hice lo mismo en mi propio cinturón. Koy y yo no éramos amigos. Ni siquiera éramos aliados. Si se mostraba agradable conmigo, seguro que había una razón, y una que no me gustaría.

—¿Qué? ¿No me vas a hablar?

Cuando levanté la vista hacia su cara, me encogí un poco ante la sonrisa siniestra dibujada en sus labios.

—¿Qué estás haciendo aquí, Koy?

Se apoyó en la barandilla con ambas manos y los músculos de sus brazos se abultaron bajo su piel.

—He venido a bucear.

—¿Qué más?

—Eso es todo. —Se encogió de hombros.

Entorné los ojos mientras lo miraba. Koy tenía un esquife
y un negocio de transporte de pasajeros en Jeval que metía
dinero en su bolsillo todos los días. Lo más probable era que
fuese el dragador más rico de la isla y, durante el tiempo que
lo había conocido, no había salido de Jeval ni una sola vez.
Iba tras algo.

—Vamos, Fay. Nosotros los jevalís tenemos que mante-
nernos unidos. —Me sonrió.

Cuadré los hombros delante de él y me acerqué tanto que
tuve que inclinar la cabeza hacia atrás para mirarlo a los ojos.

—Yo no soy jevalí. Y ahora, métete en el agua.

—Granujas —masculló Wick al pasar por nuestro lado.

Ryland iba pegado a sus talones. Se inclinó por encima
de mí para colgar su camisa del mástil y tuve que dar un
paso atrás para evitar que me tocara. Sabía muy bien lo que
estaba haciendo. Aunque Zola me hubiese puesto al mando,
él quería que supiera quién tenía el poder entre nosotros. Yo
no tenía nada que hacer contra él. Contra ninguno de ellos,
en realidad. Y nadie en este barco me iba a proteger las espaldas si la cosa llegaba a ese punto.

Me sentí pequeña debajo de él, y esa sensación hizo que
se me revolviera el estómago.

—Mejor que tengas cuidado ahí abajo. Las corrientes son
caprichosas. —La mirada en los ojos de Ryland no cambió al
decir esas palabras. Trepó a la borda y saltó, sujetando las
herramientas pegadas a él mientras caía por el aire. Un momento después, Wick saltó detrás de él, y los dos desaparecieron bajo el centelleante azul.

Koy los observó salir a la superficie, su rostro inexpresivo.

—No me vas a quitar los ojos de encima, ¿verdad? —Sus palabras rezumaban humor negro mientras trepaba a la barandilla. Yo lo seguí.

Esperé a que diera un paso en el aire antes de respirar hondo y saltar. Aterricé en el agua a su lado. Las burbujas se deslizaron a toda velocidad por mi piel en dirección a la superficie y mis ojos se abrieron con el escozor de la sal mientras giraba en círculo para intentar orientarme. El arrecife bajo nosotros serpenteaba en un laberinto enmarañado, más profundo cuanto más se alejaba del islote en la distancia.

Bancos de peces de todos los colores pululaban por las crestas de los arrecifes, captando la luz con escamas iridiscentes y aletas ondulantes. Los corales estaban amontonados como cúpulas de un palacio de otro mundo; algunos de ellos no había visto jamás.

Estaba claro que habíamos salido de los Estrechos, pero las canciones de las gemas eran algo que conocía bien. Se extendían todas juntas por el agua a mi alrededor y, una vez que empezara a distinguir unas de otras, podríamos ponernos manos a la obra.

Salí a la superficie, aspiré profundas bocanadas de aire y me froté la sal de los ojos. También podía saborearla en el fondo de mi garganta.

—Empezad por el extremo más profundo de cada cresta. Aprovecharemos nuestras fuerzas durante la primera mitad del día y podremos trabajar en las crestas menos profundas por la tarde. Mañana haremos lo mismo, así que marcad por dónde pasáis. Y estad pendientes de ese lado sur. Da la impresión de que la corriente se revuelve ahí en la punta del arrecife.

Dos de los dragadores jevalís contestaron con un asentimiento y empezaron sus técnicas de respiración, inspirando hondo para llenar el pecho de aire y volviendo a expulsarlo después. Koy hizo lo mismo después de recogerse el pelo, y yo pataleé contra el peso de mi cinturón mientras trabajaba mis pulmones.

Ese estiramiento familiar detrás de mis costillas, rodeada del sonido de la respiración de los dragadores, me hizo estremecerme. Era demasiado parecido a los recuerdos de mis zambullidas en los arrecifes de Jeval y el temor atroz que me había perseguido durante esos años.

No logré deshacerme de ese temor hasta que embarqué en el *Marigold*.

Metí los dedos por el cuello de mi camisa y saqué el anillo de West atado a su correa. Lo dejé reposar en la palma de mi mano y centelleó a la luz del sol. Estábamos lejos de los Estrechos ya y podía sentir la distancia como una cuerda tensa entre el *Marigold* y yo.

Expulsé el aire de mi pecho y la luz ambarina de las dependencias de West se encendió en el fondo de mi mente. West sabía a aguardiente de centeno y viento marino, y el sonido que brotaba en su pecho cuando deslizaba las yemas de mis dedos por sus costillas hizo que esa noche volviera a la vida dentro de mí.

Mi respiración se entrecortó cuando inspiré. Eché la cabeza atrás y aspiré una última bocanada de aire. Y antes de que los pensamientos sobre West pudiesen cerrarse como un puño en mi pecho, me sumergí.

SEIS

La cubierta del *Luna* centelleaba a la luz de la luna mientras esperábamos hombro con hombro al viento, goteando agua de mar. Clove estaba encaramado a una banqueta con nuestros botines organizados delante de él. Pesaba las piedras una a una y decía los pesos en voz alta para que el tesorero de Zola los fuese anotando en el libro de contabilidad que tenía abierto en el regazo.

Clove dejó un pedazo de granate crudo y bulboso en la escala de latón, se inclinó hacia delante y guiñó los ojos para leer el dial a la luz de su farol.

—Medio.

A mi lado, Koy hizo un ruido satisfecho.

No estaba sorprendida por su botín. A menudo me había preguntado si habría aprendido con un zahorí de gemas, porque sabía cómo interpretar la forma de la roca debajo del coral y cómo encontrar las crestas con mayores concentraciones de piedras preciosas. Mentiría si dijera que no me había convertido en mejor dragadora a base de observarlo a él en los arrecifes, pero cuando había empezado su negocio de *ferry* a las islas barrera hacía casi dos años, ya no había tenido que seguir buceando como el resto de nosotros.

Ryland sacudió la cabeza con amargura, la mandíbula apretada. Su cosecha no había estado ni entre las cinco primeras. La de Wick tampoco. Con razón estaba buscando Zola a un nuevo dragador el día que me lo encontré en Dern.

Koy había logrado reunir más de siete quilates y era probable que al día siguiente volviera a hacer otro tanto. Era más fuerte que yo y los golpes de su mazo eran más contundentes, lo cual significaba que necesitaba menos descensos para soltar las gemas. Y no iba a quejarme. Por lo que a mí respectaba, podía quedarse con las ganancias extra. Cuanto antes reuniéramos el botín necesario, antes podría volver a los Estrechos en busca del *Marigold*.

—Secad vuestros utensilios. La cena está lista. —Clove se levantó y le dio la balanza al tesorero—. Fable. —Dijo mi nombre sin mirarme, pero hizo un gesto con la barbilla hacia la arcada. Una señal para que lo siguiera.

Me colgué el cinturón del hombro mientras lo seguía hasta el ancho pasillo techado de la cubierta lateral. Era el doble de grande que el del *Marigold*, con bancos atornillados a la cubierta y a las paredes, donde tres intendentes estaban limpiando pescado. El olor lo despejaba el aire ahumado que salía a borbotones de las dependencias del timonel.

En el interior, Zola estaba sentado ante su escritorio, un montón de mapas desplegados. No se molestó en levantar la vista cuando Clove dejó el libro de cuentas delante de él. El aroma fragante del gordolobo de su pipa flotaba entre las vigas por encima de nuestras cabezas y giraba con las corrientes de aire. La imagen me hizo sentir casi como si Saint estuviera ahí en el camarote con nosotros.

Zola terminó lo que estaba escribiendo antes de dejar la pluma y empezar a leer las anotaciones del tesorero.

—¿Y? —preguntó, tras levantar la vista de la página y mirarme a mí. Me limité a devolverle la mirada.

—¿Y?

—Necesito un informe de la inmersión. —Su silla crujió cuando se inclinó hacia atrás en ella, se quitó la pipa de donde la tenía agarrada entre los dientes. La sujetó delante de él y las hojas ardieron en la cazoleta, la cual lanzó otro débil hilillo de humo al aire.

—Está todo ahí mismo. —Las palabras iban dirigidas, junto con mis ojos, al libro abierto. Zola sonrió.

—*Tú* dirigiste la inmersión. —Deslizó el libro hacia mí—. Quiero oírlo de tu boca.

Miré a Clove, sin tener muy claro lo que quería Zola. Pero él se limitó a mirarme como si esperara la misma respuesta. Respiré hondo con los dientes apretados. Di los pocos pasos que me separaban del escritorio antes de dejar resbalar mi cinturón de mi hombro. Aterrizó en el suelo con un golpe sordo y las herramientas entrechocaron con un estrépito metálico.

—Muy bien. —Agarré el libro y lo sujeté delante de mí—. Veinticuatro quilates de esmeraldas, treinta y dos quilates de turmalina, veintiún quilates de granates. Veinticinco quilates y medio de abulón verde, treinta y seis quilates de cuarzo y veintiocho quilates de heliotropo. También hay tres trozos de ópalo, pero no son viables. Puede que tengan algo de valor de trueque, pero no por dinero.

Cerré el libro de golpe y lo dejé caer otra vez en el escritorio.

Zola me observó entre la neblina que emanaba de la pipa de hueso de ballena.

—¿Cómo les fue?

—¿A los dragadores? —Fruncí el ceño. Él se limitó a asentir—. Te lo acabo de decir.

Apoyó los codos en el escritorio y la cabeza en las manos.

—Quiero decir que cómo les *fue*. ¿Algún problema?

Le lancé una mirada asesina, irritada ya.

—Me pagas por dirigir las inmersiones, no por informar sobre los dragadores.

Zola frunció los labios, pensativo. Después de un momento, abrió el cajón de su escritorio y dejó un pequeño monedero sobre el montón de mapas. Sacó cinco cobres y los amontonó delante de mí.

—Ahora te pago por ambas cosas. —Observé la curva de su boca. La agudeza de sus ojos. Seguía jugando. Pero yo todavía no conocía las reglas de su juego.

Informar sobre los demás dragadores era la mejor manera de conseguir que me sacaran a rastras de mi hamaca y me tirasen por la borda en medio de la noche.

—No, gracias —repuse, inexpresiva.

Por el rabillo del ojo, me dio la impresión de ver a Clove moverse nervioso sobre los pies, aunque sus dos botas estaban plantadas en el suelo, inmóviles.

—Muy bien —concedió Zola. Acercó su silla—. Necesito conseguir el doble de esto mañana.

—¿El doble? —Las palabras brotaron por mi boca, demasiado altas.

Eso llamó su atención y arqueó ambas cejas mientras me estudiaba con atención.

—El doble —confirmó.

—Eso no es lo que dijiste. Es imposible que lleguemos a esa cantidad.

—Eso era antes de que supiera que tenía una dragadora tan competente para dirigir las zambullidas. No esperaba que alcanzaras estas cifras en un solo día. —Se encogió de hombros, contento consigo mismo.

—No es posible —insistí.

—Entonces, ninguno de vosotros volverá a los Estrechos jamás.

Apreté la mandíbula e hice un esfuerzo supremo por mantener una expresión serena. El peor error que podía cometer con Zola era dejar que me alterara. Tenía que regresar a mi barco. Eso era todo lo que importaba.

Parpadeé. ¿Cuándo había empezado a pensar en el *Marigold* como mío? Mi hogar.

Pero si no encontraba una manera de conseguir alguna ventaja, eso no iba a suceder nunca.

—Sé lo que estás haciendo.

—¿Ah, sí?

—Me dejaste suelta en el camarote de la tripulación cuando todos saben lo que le ocurrió a Crane. Me pusiste al mando de la inmersión en lugar de a tus dos dragadores. Quieres que alguien se libre de mí antes de que lleguemos al siguiente puerto.

—O sea que cuando West mató a Crane *sí* que estabas ahí. —Zola arqueó las cejas como si aquello fuese una revelación—. No te hubiese tildado de asesina. Y no fue idea mía ponerte al mando de la inmersión. —Sus ojos volaron hacia Clove.

Me giré hacia él, pero la expresión de Clove era indescifrable. Sus ojos estaban tan vacíos como un cielo nocturno mientras me devolvían la mirada. Y esa era una amenaza de otro tipo muy diferente.

Zola y él tenían un calendario apretado. Uno que no podían incumplir. Yo era la hija de Saint, desde luego, pero si querían utilizarme contra mi padre, ¿por qué sacarme de los Estrechos? Había algo más valioso en mí que eso.

Clove sabía lo que era capaz de hacer con las gemas, y por primera vez pensé que esa era la razón de que estuviese aquí. No solo para dragar, sino para encontrar las gemas que necesitaban para lo que fuese que planeaban.

—¿Qué vas a hacer con ellos? —La pregunta iba dirigida a Zola, pero no aparté los ojos de Clove.

Zola esbozó una media sonrisa.

—¿Con qué?

—¿Por qué está un barco con licencia para comerciar en los Estrechos navegando bajo un emblema falso y dragando unos arrecifes en el mar Sin Nombre sin un permiso? —Zola ladeó la cabeza y me miró con atención—. Has vaciado tu carga, has abandonado tu ruta y todo el mundo sabe que una gran comerciante de gemas de Bastian quiere tu cabeza.

—¿Y?

—Y eso trae la pregunta a colación: ¿qué vas a hacer con más de trescientos quilates de piedras preciosas?

Zola volteó su pipa y le dio unos golpecitos contra el bol de bronce en una esquina del escritorio para vaciar las cenizas.

—Únete a mi tripulación y quizás te lo cuente. —Se puso de pie y empezó a enrollar los mapas. Lo fulminé con la mirada—. ¿Qué más te da? Solo cambiarías a un timonel bastardo por otro.

—West no se parece a ti en nada —espeté. Zola casi se rio.

—Vaya, parece que no conoces tan bien a tu timonel, después de todo. —Chasqueó la lengua. Un escalofrío recorrió mi columna. Eso era lo que había dicho Saint cuando lo vi en Dern—. Siento ser el portador de malas noticias, Fable, pero West ha derramado la sangre suficiente como para pintar el *Marigold* de rojo.

—Eres un mentiroso.

Zola levantó las manos por los aires en fingida rendición. Luego salió de detrás del escritorio y ocupó su asiento a la mesa.

—¿Estás segura de que no quieres cenar conmigo? —La punta del tenedor golpeó el borde del plato cuando lo levantó, y esa sonrisa macabra y mórbida volvió a su rostro.

Recogí mi cinturón del suelo y me dirigí hacia la puerta. Clove no se apartó de mi camino hasta que me detuve delante de él, tan cerca que podía tocarlo. No abrí la boca, pero le lancé hasta el último ápice de odio que tenía en mi interior. Dejé que emanara de mí en oleadas sucesivas hasta que vi que la línea firme de su boca vacilaba. Dio un paso a un lado y alargué la mano hacia el picaporte. Abrí la puerta de par en par y dejé que se estrellara contra la pared al salir.

Me ceñí el cinturón de nuevo y lo apreté bien. Luego subí las escaleras hacia el puente de mando, donde Koy estaba sentado con las piernas colgando por popa. Tenía un cuenco de humeante estofado entre las manos, su pelo ondulado secándose a su espalda. Cuando me vio, frunció el ceño.

No sabía qué había llevado a Koy al *Luna*, tampoco me importaba. Pero había una cosa de él con la que sabía que podía contar. Pisé mis botas por detrás para quitármelas.

Koy dejó caer la cuchara en el cuenco.

—¿Qué demonios estás haciendo?

Comprobé mis herramientas de nuevo, y mi dedo se enganchó en la punta del cincel.

—Si queremos que nos paguen, tenemos que duplicar la cosecha de hoy para mañana al atardecer.

Koy se puso tenso. Miró de mí al agua.

—¿Vas a volver a zambullirte?

La luna estaba casi llena y su luz pálida ondulaba sobre las aguas tranquilas a nuestro alrededor. Mientras no llegaran nubes, podía quedarme en la zona poco profunda y trabajar las rocas más cercanas a la superficie. Iría despacio, pero no había suficientes horas en el día para lograr la cuota que había fijado Zola.

Cuando Koy no se movió, lo intenté de nuevo.

—Creo que puedo lograr esos veinte quilates antes del amanecer.

Me lanzó una mirada evaluativa durante unos instantes y sus ojos negros centellearon antes de emitir una queja gutural.

Agarró el cinturón de donde lo había dejado caer sobre la cubierta. Un momento después los dos estábamos otra vez encaramados a la barandilla. Más abajo, en la cubierta principal, Ryland nos observaba.

Koy miró por encima de mi cabeza en dirección al hombre.

—¿Estás pendiente de ese? —musitó en voz baja.

—Oh, sí —murmuré. En las horas desde que habíamos echado el ancla, había sentido los ojos de Ryland sobre mí casi en cada ocasión que estaba en cubierta y estaba cada vez menos convencida de que las órdenes de Zola a su tripulación fuesen a ser eficaces el tiempo suficiente como para poder salir viva de ese barco.

Salté y el aire frío sopló a mi alrededor antes de sumergirme en el agua; todos los músculos de mis piernas ardían de la fatiga. Koy salió a la superficie justo detrás de mí y no hablamos mientras nos llenábamos de aire. La luna blanca como la leche levitaba en el horizonte, por donde ascendía a un ritmo lento pero constante.

—Creía que habías dicho que no eras jevalí —dijo Koy, rompiendo el silencio entre nosotros.

—No lo soy —escupí.

Arqueó una ceja con una expresión entendida, y una sonrisa cambió la composición de su cara. Jamás lo admitiría, pero la parte más honrada de mí sabía a lo que se refería. Volver a zambullirse en las aguas oscuras después de un día entero de buceo era una locura. Era algo que solo un jevalí haría. Por eso había sabido que Koy vendría conmigo.

Me gustara o no, esos años en Jeval habían moldeado partes de mi ser. Me habían cambiado. En cierto modo, me habían hecho quien era ahora.

Koy sonrió como si me leyera los pensamientos. Luego me guiñó un ojo, justo antes de sumergirse bajo la superficie. Tras una última inspiración, lo seguí.

SIETE

Columpié el mazo por el agua y lo bajé para golpear de lleno sobre la parte superior del cincel mientras la sombra de Koy se movía por encima de mí. Ya apenas notaba el ardor en mi pecho y mi mente divagó hacia una ristra de pensamientos aleatorios. Recuerdos unidos con puntadas deshilachadas mientras mis manos trabajaban la roca iluminada por el sol en un patrón ensayado.

Estaba buceando en las aguas saladas del mar Sin Nombre, pero en mi mente estaba descalza sobre la cubierta caliente del *Marigold*. Auster encaramado a la cofa del palo mayor con una nube de aves marinas a su alrededor. Las hebras doradas centelleando en el pelo de Willa.

West.

Una y otra vez, mi mente encontraba el camino de vuelta a él.

No fue hasta que se me resbaló el mazo entre los dedos entumecidos que parpadeé y el arrecife volvió de golpe a mí. El azul engulló mi visión, una punzada detrás de mis costillas amenazaba con arrastrarme a la negrura. Encontré una de las fijaciones de hierro clavadas al arrecife y me agarré, apreté los ojos con fuerza. El tintineo de la pica de Koy un poco más allá me espabiló lo suficiente como para darme cuenta de que necesitaba aire. Koy se quedó quieto y levantó la vista hacia mí por encima de las ondulantes frondas de coral rojo durante solo un momento antes de volver al trabajo. Era probable que no hubiera nada que a Koy pudiese gustarle más que verme morir en este arrecife.

Deslicé el mazo de vuelta en mi cinturón y me di impulso contra el saliente para patalear hacia la luz. El arrecife y los dragadores desperdigados por todo él se fueron haciendo más pequeños debajo de mí hasta que salí a la superficie boqueando en busca de aire. Se me puso la visión blanca bajo el resplandor del sol que colgaba en medio del cielo por encima de mí. Sin embargo, no pude sentir su calor mientras engullía el aire húmedo. Tenía la piel helada, la sangre se movía despacio por mis venas.

Por encima de la barandilla del *Luna*, apareció la cara de Clove, pero en cuanto posó la vista en mí, desapareció de nuevo. Guiñé los ojos y pensé que quizás me lo había imaginado. La luz era demasiado brillante, proyectaba rayos refulgentes que se fragmentaban y relucían, y me daban dolor de cabeza.

Había sido una noche larga, dragando a la luz de la luna hasta que estuvo demasiado oscuro para ver el arrecife. Había conseguido dormir solo una hora o dos antes de que la campana de cubierta repicara de nuevo y, cuando el sol asomó por el horizonte, ya estaba en el agua otra vez.

Enganché un brazo al peldaño inferior de la escala de cuerda y desaté la bolsa de mi cinturón con mano temblorosa. En cuanto aterrizó dentro de la cesta que colgaba contra el casco, el mocoso de Waterside que esperaba en lo alto empezó a subirla para el recuento de Clove.

Me quedé ahí y respiré, tratando de infundir sensibilidad otra vez a mis brazos debilitados. Necesitaba calentar mi cuerpo si quería seguir buceando, pero el trozo de heliotropo en el que estaba trabajando en el arrecife estaba casi suelto. Tres golpes más y lo tendría en mis manos.

Sonó agua salpicada detrás de mí y me giré para ver a Ryland salir a la superficie; el sonido de su ancho pecho al aspirar aire fue como el aullido del viento. Jadeaba mientras inspiraba y espiraba hasta que consiguió respirar con cierta normalidad, la cara levantada hacia el sol.

Observé cómo nadaba hasta el barco y dejaba su bolsa en la siguiente cesta, que empezó a subir de inmediato, aún goteando agua de mar. Cuando el marinero de cubierta que esperaba ante la barandilla sacó la bolsa del interior, la lanzó por los aires para atraparla de nuevo, sopesando así su contenido.

—Poca cosa aquí, Ryland —comentó con una carcajada.

Ryland le dedicó al chico una sonrisa tensa y un rubor intenso tiñó su rostro. Una cosa era saber que otros dragadores eran mejores que tú; otra muy distinta era que lo supiera tu tripulación. Me pregunté si la posición de Ryland en el *Luna* se estaba volviendo igual de precaria que la mía.

Su mirada furibunda me encontró a mí, pero aparté la mirada y grité en dirección al barco.

—¡Necesito un cabo! —Tenía la voz ronca de la quemazón de la sal.

El mocoso de Waterside apareció por la borda del *Luna* otra vez y asintió hacia mí. Apreté la frente contra las cuerdas mojadas, cerré los ojos. Tenía el estómago revuelto de tragar tanta agua salada, y las ampollas de mis manos se habían vuelto a abrir todas. Pero si quería volver a los Estrechos, no podía permitirme que al botín del día le faltara un solo quilate.

El cabo aterrizó en el agua a mi lado y lo pasé por encima de mi hombro al tiempo que soltaba la escala. Tenía el pecho tan dolorido que cuando volví a inspirar, mis huesos magullados aullaron. Una zambullida más. Después descansaría. Después subiría otra vez a la cubierta calentada por el sol y dejaría que el tembleque de mis extremidades se apaciguara.

Aspiré una última bocanada profunda y me volví a sumergir. Me quedé muy quieta para dejar que mi cuerpo se hundiera despacio y ahorrar así toda la energía posible. Koy estaba subiendo otra vez; pataleaba hacia la superficie en busca de aire y una columna de burbujas subía en vertical cuando pasó por mi lado. Cuando mis pies se posaron sobre el arrecife, él ya no era más que una turbia silueta contra la luz del sol en lo alto.

Unos brazos flotantes de coral rosa se retrajeron de vuelta a sus madrigueras y los peces se desperdigaron frenéticos por las aguas azules a medida que me arrastraba hacia abajo en busca de la fijación de hierro. Notaba por la tensión en el centro de mi corazón que el aire no iba a durarme mucho. Mi cuerpo estaba demasiado cansado para regularlo bien, pero podía ahorrar algo de fuerzas dejando que el cabo me sujetara al arrecife. Este era justo el punto en el que mi madre me hubiese dicho que saliera del agua. Y lo haría. Una vez que tuviese el heliotropo en mi mano.

Pasé un extremo del cabo por el agarre y lo aseguré con un nudo antes de tomar el otro extremo y atarlo alrededor de mi cintura. El cabo estaba tieso por la sal, con lo que era menos probable que resbalara.

La gema a medio extraer era del color de las algas secadas por el sol que se tostaban sobre la playa, y brillaba donde había quedado expuesta debajo de la roca. La voz del heliotropo era una de las primeras que había aprendido a reconocer cuando mi madre me empezó a enseñar. Era como el tarareo suave de una canción conocida.

Ella decía que a las piedras como esta había que convencerlas para revelarse en el arrecife. Que no le contestaban a cualquiera.

Saqué el mazo de mi cinturón y elegí el pico más grande. Si no estuviese tan justa de tiempo, tendría más cuidado y usaría herramientas más pequeñas para evitar dañar los bordes, pero Zola tendría que contentarse con lo que le llegara.

Ajusté el ángulo y trabajé sobre la esquina con golpecitos rápidos. Cuando un roce de roca reverberó a mi alrededor, me giré y miré a lo largo del arrecife. El dragador que había estado trabajando en el otro extremo con Ryland se había dado impulso contra un saliente para nadar hacia la superficie.

Golpeé el cincel de nuevo y la costra de basalto se agrietó y enturbió el agua en torno a mí mientras caía al suelo marino a mis pies. Esperé a que el entorno se despejara antes de acercarme más para examinar los bordes de la piedra. Era más grande de lo que esperaba, el tono recalcado por una raya cruda de brillante carmesí.

El crujido de roca sonó otra vez y me icé por encima de la cresta para volver a mirar por el arrecife a mi alrededor. Estaba desierto. Solo fui un pelín consciente del cosquilleo que reptó por mi piel entumecida, el eco de un pensamiento en el fondo de mi mente antes de la sensación de un peso tirando de mi cadera.

Giré en redondo, el cincel aferrado en la mano como un cuchillo delante de mí, y mis labios se entreabrieron cuando *su* calor irradió por el agua. Ryland. Dio un fuerte tirón de mi cinturón al tiempo que deslizaba su cuchillo entre mis herramientas y mi cadera con un movimiento de sierra. Le lancé una patada cuando el cinturón se soltó y cayó al lecho marino, e intenté empujar al hombre hacia atrás. Pero me tenía inmovilizada contra el arrecife, una mano cerrada en torno a mi cuello.

Arañé sus dedos, grité bajo el agua y el escozor penetrante del coral cortó a través de mi pierna mientras forcejeaba. Ryland me miró a la cara y observó cómo el aire burbujeaba de mis labios. Una aguda punzada de miedo recorrió mi cuerpo; al menos sirvió para revivir mi piel fría y devolverle el calor a mi cara.

Ryland estaba esperando a que mis pulmones se vaciaran. Estaba tratando de ahogarme.

Apreté los labios con fuerza y procuré que mi corazón se ralentizara antes de quemar el poco aire que me quedaba. Él se había encajado contra la roca y me sujetaba en el sitio con su peso. Podía darle todas las patadas que quisiera, que eso no iba a moverlo. Busqué alguna sombra en lo alto. Alguien que pudiera ver lo que estaba pasando. Pero en la superficie solo se veía el rielar de la luz.

Observé impotente cómo mi agarre se aflojaba sobre él y un grito desesperado desgarró mi pecho. No podía mover las manos. Apenas podía doblar los dedos siquiera.

Los ojos de Ryland volaron por encima de mi cabeza hacia el arrecife. Apretó más la mano antes de soltarme de repente y darse impulso contra el afloramiento rocoso. Observé cómo desaparecía por encima de mí y yo me di impulso a mi vez, cortando el agua lo más deprisa que podía. Pataleé, pendiente de cómo se ensanchaba la luz de la superficie mientras la oscuridad de mi mente avanzaba.

Doce metros más.

Mis brazos se ralentizaron, la resistencia del agua cada vez más pesada a cada latido de mi corazón en mi pecho.

Nueve metros.

Un brusco tirón me detuvo. Mis brazos y mis piernas salieron volando hacia delante y mi boca se abrió. El agua fría entró en tromba por mi garganta.

El cabo. Todavía estaba atado alrededor de mi cintura. Anclado al arrecife en lo bajo.

Grité, aterrada. Mis últimas migajas de aire serpentearon hacia arriba en columnas de burbujas mientras mis manos salían disparadas hacia el nudo. Tiré con debilidad de las fibras apretadas, pero no se movían. Eché la mano atrás en busca de mi cuchillo, pero no estaba. Mi cinturón estaba al pie del arrecife.

Una oscuridad negra como el carbón inundó mi mente al tiempo que mi pecho se hundía sobre sí mismo y mi estómago se volteaba. Traté de pasar la cuerda por encima de mis caderas, pero no sirvió de nada. Más abajo, una cabeza de pelo oscuro se asomó por encima del arrecife y los ojos negros de Koy se levantaron hacia mí.

Un rastro de sangre subía en hebras efímeras por delante de mí, flotando como zarcillos de humo, y de repente me sentí más ligera. Vacía. El dolor de mi pecho desapareció y me dejó hueca por dentro.

Solo quedaron los latidos de mi corazón, que aporreaban en mis oídos mientras bajaba la mirada hacia mi pierna, cortada en un largo tajo ensangrentado. La sombra se envolvió a mi alrededor, abarcó también a mi mente y, cuando llegó, dejé que me engullese entera.

OCHO

—¡RESPIRA!.—EL RUGIDO DE ESA VOZ ME SACÓ DE LAS profundidades. Sentí un dolor repentino en la mejilla y un sonido burbujeó dentro de mi cuello—. ¡Respira!

Entreabrí los ojos justo lo suficiente para ver el rostro de un hombre delante de mí, oscurecido por la sombra del casco del barco a nuestro lado. Un rostro que solo despertaba un lejanísimo reconocimiento en mí. Un marinero de cubierta. Sus ojos grises se deslizaron sobre mí, pero no podía moverme. No podía aspirar aire alguno.

Su mano salió del agua, subió por los aires y bajó a toda velocidad. Me dio una bofetada y mi pecho estalló de dolor cuando por fin logré respirar. Aspiré una gran bocanada de aire y me atraganté con el agua de mar tibia que tenía en la boca. La periferia borrosa de mi visión se fue despejando y el mundo a mi alrededor recuperó su nitidez, lo cual me llenó de pánico. Me lancé a por el cabo a mi lado y enganché el brazo a su alrededor para mantenerme a flote.

—¡Subidla! —resonó la voz del marinero, estridente en mis oídos.

Y entonces me estaba moviendo. El cabestrante de la cubierta del *Luna* chirriaba y traqueteaba mientras me izaban con él. El peso de mi cuerpo me hizo resbalar por el cabo mojado hasta que enrosqué las piernas a su alrededor.

Cuando levanté la vista, Clove observaba la escena desde el puente de mando. Parpadeé cuando su imagen titiló, el mundo se ladeó y empecé a toser hasta que me dolieron los pulmones. Clove bajó las escaleras de dos en dos para aterrizar enseguida a mi lado.

—¿Qué ha pasado?

Pero yo no podía hablar. Caí de rodillas y vomité el agua salada de mi tripa hasta que no quedó nada dentro. Un charco de rojo tibio reptó por los tablones de madera, llegó a mi mano y bajé la vista hacia mi pierna. Recordé la sangre que había habido en el agua. El corte del coral aún sangraba.

Me senté con un golpe pesado y abrí la piel desgarrada con los dedos para inspeccionar el corte. No era tan profundo como para ver hueso, pero habría que cerrarlo. Me invadió otra oleada de náuseas y caí hacia atrás sobre la cubierta caliente. Deslicé las manos por mi pelo mientras trataba de recordar qué acababa de pasar.

La tripulación del *Luna* estaba de pie a mi alrededor, sin quitarme el ojo de encima, pero a Ryland no se lo veía por ninguna parte. Lo más probable era que siguiera acobardado en el arrecife, esperando a ver si iba a delatarlo.

Koy pasó por encima de la barandilla un momento después, para aterrizar con dos pies pesados al lado del palo de trinquete.

—¿Qué ha pasado? —repitió Clove, dando un paso hacia él.

Pero Koy me estaba mirando a mí y vi la pregunta en sus ojos. Estaba jugando según las reglas de Jeval, esperaba a ver qué diría yo antes de responder.

—Me quedé sin aire —dije con voz ronca. Tenía la garganta en llamas—. Perdí mi cinturón y no podía soltarme del cabo que había anclado al arrecife.

Miré otra vez a Koy. Clove siguió la dirección de mi mirada hasta él y su bigote se frunció.

—¿Quién lo vio? —Giró en círculo para observar las caras de los demás dragadores en cubierta. No contestó nadie.

—¿Y a ti qué más te da? —espeté cortante. Me puse en pie, aunque tuve que apoyarme en el palo de mesana para mantener el equilibrio mientras respiraba despacio para reprimir las ganas de vomitar otra vez.

La cuerda anudada todavía pesaba en torno a mis caderas, luego se perdía por encima de la borda hasta desaparecer dentro del agua. Tiré y la fui enrollando, hasta que el extremo llegó a cubierta. Me agaché para recogerlo. Las fibras presentaban un corte limpio, no estaban deshilachadas.

Era obra de un cuchillo.

Me levanté, la cuerda aferrada en la mano mientras miraba a proa. Koy bajó la vista y se giró, al tiempo que se recolocaba el cinturón en torno a la cadera. Lo último que había visto antes de perder el conocimiento había sido su rostro asomado por encima del arrecife. Si no lo conociera bien, pensaría que había cortado el cabo para soltarme.

Agarré un cuchillo del cinturón de un dragador que estaba a mi lado y corté el cabo alrededor de mi cintura. Uno de los intendentes subió por las escaleras desde las cubiertas inferiores con una lata que contenía aguja e hilo en una mano, una botella de aguardiente en la otra.

Alargó la mano para sostenerme, pero yo arranqué mi brazo de su agarre.

—No me toques —bufé. Le quité las cosas de las manos y lo aparté de un empujón para dirigirme hacia la arcada.

Sentía los ojos de la tripulación clavados en mi espalda mientras cojeaba escaleras abajo, apoyada en la pared para mantenerme en pie. Tomé un farolillo de un gancho y avancé por el pasillo hasta llegar a la bodega de carga. Las lágrimas inundaron mis ojos en cuanto estuve envuelta en oscuridad.

Sorbí por la nariz y recé por que el dolor de mi pecho se mantuviera a raya. No iba a dejar que me oyeran llorar.

Me dolía la pierna, pero no era nada que unos cuantos puntos no pudiesen remediar y, lo que era más importante, no me impediría bucear. Había sufrido cosas peores.

Cerré la puerta y me senté sobre una caja vacía. Acerqué el farolillo a mí antes de descorchar el aguardiente. Respiré hondo y dejé salir el aire antes de verter el líquido sobre la herida. Un gruñido brotó por mi garganta mientras apretaba los dientes. El ardor subió disparado por mi pierna, llegó hasta mi tripa y las ganas de vomitar volvieron en toda su intensidad. Me sentía mareada.

Acerqué la botella a mis labios y bebí, agradecida por el calor inmediato en mi pecho. Un segundo o dos más bajo el agua y jamás hubiese vuelto a respirar. No me hubiese despertado.

El pasillo al otro lado de la puerta estaba silencioso y oscuro. Miré al suelo e intenté recordar lo que había visto. Las únicas dos personas en ese arrecife habían sido Koy y Ryland. Y la mirada en los ojos de Ryland cuando había cerrado la mano en torno a mi cuello había estado clara: quería verme muerta.

Eso significaba que Koy había cortado la cuerda. Que me había salvado la vida. Pero eso no podía ser verdad.

Enhebré la aguja con manos temblorosas y junté ambos lados de la parte más profunda del corte. La aguja perforó mi piel con un pinchacito mínimo y me alegré de tener todavía tanto frío que apenas sentía nada.

«A través y por encima. A través otra vez». Descubrí que mis labios pronunciaban las palabras en silencio; las lágrimas goteaban desde la punta de mi nariz mientras trabajaba.

Clove me había enseñado a coser una herida cuando era niña. Se había cortado con un garfio y, cuando me pilló espiándolo en el puente de mando, me había ordenado que me sentara a su lado y aprendiese.

«A través otra vez», susurré.

La gran bodega de carga parecía cernirse sobre mí. Me hacía sentir pequeña en la oscuridad a medida que salían a la superficie un recuerdo nítido tras otro. Mi padre ante su escritorio. Mi madre alineando las gemas en la mesa delante de mí.

¿Cuáles son las falsas?

La primera vez que lo hice bien, me llevó a la cofa del palo mayor y gritamos al viento.

Contemplé la oscuridad y vi su imagen retorcerse entre las sombras. Su forma se movía con un rayo de luz refractada que procedía de la cubierta y parpadeaba como la llama de un farolillo. Era un fantasma y, por un momento, pensé que a lo mejor yo también lo era. Que existía en una especie de limbo intermedio en el que me había estado esperando Isolde. Que tal vez no hubiese logrado salir del agua con vida. Que había muerto con el mar frío dentro de mis pulmones.

En ese momento, anhelaba tener a mi madre. La anhelaba como cuando era una niña pequeña y me despertaba de una pesadilla. Durante los años pasados en Jeval y todo el tiempo desde entonces, me había endurecido como Saint quería que hiciera. Me había convertido en algo que no podía romperse con facilidad. Pero mientras estaba ahí sentada, cosiéndome la pierna, un sollozo silencioso escapó de mis labios y me sentí joven. Frágil. Más que eso, me sentí sola.

Me sequé la mejilla mojada con el dorso de mi mano ensangrentada y di otra puntada. El suelo de madera crujió y levanté el farol. Debajo de la puerta cerrada, la sombra de dos pies rompió la luz. Observé el cierre, pendiente de si se levantaba, pero unos instantes después, la sombra desapareció.

Aspiré unas cuantas bocanadas de aire tranquilizadoras, agarré el anillo de West y lo apreté con fuerza. Habían pasado seis días desde la mañana en que bajé por la escala del *Marigold* en Dern. Cinco noches desde que había dormido en su cama. Willa, Paj, Auster, Hamish. Sus caras estaban borrosas pero iluminadas en mi mente. Iban seguidas de la de Saint. Tragué saliva al recodarlo en la taberna de Dern, una taza de té en la mano. Hubiese dado cualquier cosa por verlo en ese momento. Aunque fuese frío. Aunque fuese cruel.

Até el último punto y vertí el resto del aguardiente sobre la herida. Luego inspeccioné mi trabajo. No era la sutura más pulcra del mundo y dejaría una cicatriz fea, pero valdría.

Me puse de pie y dejé caer la botella. Rodó por la bodega de carga mientras recogía el farol y me dirigía hacia la puerta. Levanté la barbilla antes de abrirla y salí al pasillo desierto. Cuando volví a cubierta, el marinero cuya voz me había despertado me miraba con los ojos como platos desde donde estaba, detrás del timón.

Le planté el farolillo en las manos.

—Necesito un cinturón nuevo. —Parecía confuso—. Un cinturón —repetí, con impaciencia.

Vaciló un instante y echó una ojeada hacia Clove, que seguía encaramado a su banqueta, pesando piedras. Podría haber jurado verlo sonreír antes de asentir en dirección al marinero.

El chico se marchó bajo cubierta y me dejó ahí tiritando al viento. Mi pelo todavía goteaba agua de mar, que tintineaba sobre la cubierta a mis pies. Cuando levanté la vista, Koy me observaba desde proa, donde estaba buscando una nueva pica en la caja.

Fui hacia él, haciendo un esfuerzo por disimular mi cojera.

—¿Por qué has hecho eso?

—¿Hacer qué? —Deslizó la pica en su cinturón.

—Has... —empecé, mis palabras entrecortadas—. Has cortado la cuerda.

Koy se echó a reír, pero no llevaba alegría alguna.

—No sé de qué estás hablando.

Me acerqué mucho a él y bajé la voz.

—Sí que lo sabes.

Koy miró por la cubierta a nuestro alrededor. Se alzaba imponente sobre mí cuando me miró a la cara. Sus ojos negros conectaron con los míos.

—Yo no corté la cuerda.

Me empujó a un lado y se alejó justo cuando el chico volvía con un cinturón lleno de herramientas. Lo pasé alrededor de mi cintura y apreté la hebilla con fuerza. La cubierta se sumió en un silencio expectante cuando me subí al cabestrante del ancla e hice equilibrios sobre la borda del barco con un pie. Me quedé ahí un momento, azotada por el viento, bajé la vista hacia el azul ondulante a mis pies. Y antes de poder pensarlo dos veces, salté.

NUEVE

El lejano repicar de la campana de un puerto me encontró sumida en un sueño profundo pintado con barcos color miel, anchas velas y el sonido de una ristra de piedras de serpiente tintineando al viento.

Abrí los ojos a una negrura absoluta.

El camarote de la tripulación estaba en silencio, excepto por la reverberación de los ronquidos y el crujir de los baúles a medida que el *Luna* ralentizaba su paso. Mi mano buscó frenética mi cuchillo mientras me sentaba. Desenredé las piernas de la lona y dejé que mis pies tocaran el suelo frío.

No había tenido la intención de quedarme dormida. Había observado la hamaca de Ryland encima de mí en la oscuridad hasta que se quedó quieta y, aunque me pesaban los párpados y me dolían los huesos, había estado dispuesta a permanecer despierta por si decidía terminar lo que había empezado.

Al otro lado del camarote, Koy seguía dormido, una de sus manos colgaba por un lado y casi tocaba el suelo. Me puse de pie, respiré hondo unas cuantas veces para soportar el dolor de mi pierna y palpé por el suelo en busca de mis botas. Cuando las tuve puestas, abrí la puerta y salí con sigilo al pasillo.

Seguí la pared con la mano hasta que llegué a las escaleras. Me asomé al parche de cielo gris en lo alto.

La voz de Zola ya estaba dando órdenes cuando salí a cubierta, y envolví los brazos a mi alrededor porque el aire frío me hizo tiritar. El *Luna* estaba envuelto en una luminosa neblina blanca, tan espesa que sentí su caricia sobre mi cara.

—¡Despacio, despacio! —Gritaban unas voces desde la niebla. Clove ladeó la cabeza para escuchar mejor antes de girar el timón solo un pelín.

Me acerqué a la barandilla, los ojos fijos en la turbulenta niebla. Podía oír a los estibadores, pero el atracadero no apareció hasta que estuvimos a escasos metros de distancia. Al menos una docena de pares de manos se estiraban hacia nosotros, listas para frenar el casco antes de que se arañara.

—¡Ahora! —gritó la voz otra vez, justo cuando el barco paraba. Ambas anclas cayeron al agua con impactos sucesivos.

Clove pasó por mi lado para desenrollar la escala y Zola apareció un momento después; su tesorero le pisaba los talones.

Solo eran visibles las puntiagudas crestas negras de unos tejados, que asomaban entre la niebla como juncos en un estanque. Pero ninguno me resultaba familiar.

—¿Dónde estamos? —pregunté. Esperé a que Zola me mirara.

Se puso los guantes de manera metódica, tirando hasta que sus dedos quedaron bien enfundados en el cuero.

—En Sagsay Holm.

—¿Sagsay Holm? —Levanté la voz y me giré del todo hacia él, boquiabierta—. Dijiste que volvíamos a los Estrechos.

—No, no lo dije.

—Sí que lo dijiste.

Se apoyó contra el palo de mesana y me miró con paciencia.

—Dije que necesitaba tu ayuda. Y todavía no hemos terminado.

—Subí ese botín para ti en dos días —gruñí—. Cumplimos la cuota marcada.

—Subiste el botín y ahora es hora de pulirlo —me dijo sin más.

Maldije en voz baja. Por eso estábamos en Sagsay Holm. Pulir el botín significaba encargarle a un comerciante de gemas que limpiara y cortara las piedras a fin de prepararlas para el comercio.

—Yo no acepté hacer eso.

—Tú no has *aceptado* hacer nada. Estás en mi barco y harás lo que se te diga si quieres volver a Ceros. —Se inclinó hacia mí, como retándome a discutir.

—Serás bastardo —mascullé, y rechiné los dientes.

Columpió una pierna por encima de la borda, pilló la escala con la bota y empezó a bajar.

—Tú conmigo. —La voz ruda de Clove sonó al lado de mí. Me giré hacia él.

—¿Qué?

Plantó un cofre cerrado con llave en mis manos e hizo un gesto hacia la barandilla.

—Vienes conmigo —repitió.

—No pienso ir a ninguna parte contigo.

—Bueno, puedes quedarte en el barco con ellos si prefieres. —Levantó la barbilla en dirección al puente de mando, donde varios miembros de la tripulación me observaban—. Tú eliges.

Suspiré y miré hacia la neblina. Si no había nadie en el barco para asegurarse de que se cumplían las órdenes de Zola, era imposible saber lo que ocurriría. Koy me había salvado el pescuezo una vez, pero algo me decía que no volvería a hacerlo si la cosa se reducía a él y yo contra una tripulación entera.

En los ojos de Clove, vi que él sabía que no tenía elección.

—¿Adónde vamos?

—Necesito que te asegures de que el comerciante no intenta jugárnosla con ninguna de las gemas. No confío en estos Sangre Salada.

Sacudí la cabeza con una sonrisilla de incredulidad. Quería a una zahorí de gemas para asegurarse de que los comerciantes no le daban el cambiazo a ninguna piedra.

—No soy mi madre. —Isolde había empezado a enseñarme el arte de los zahorís antes de morir, pero hubiese requerido muchos más años de aprendizaje si alguna vez quería alcanzar su nivel de destreza.

Algo cambió en el rostro de Clove entonces, me hizo apretar más los dedos en torno a las asas del pesado cofre.

—Mejor que nada. —El tono de su voz también había cambiado y me pregunté si la mención de mi madre lo había afectado en alguna medida. Decidí jugármela.

—Sabes que Isolde te odiaría, ¿verdad? —Di un paso hacia él.

Clove ni pestañeó cuando lo miré a los ojos, pero el coraje que me había impulsado a decir eso se esfumó en el momento que invoqué el nombre de mi madre. Él no era el único que no era inmune al recuerdo de Isolde. Se enroscó a mi alrededor y apretó.

Clove metió las manos en los bolsillos de su chaqueta.

—Baja a ese muelle. Ahora.

Lo miré durante un momento más antes de plantar el cofre en sus manos otra vez y subir la capucha de mi chaqueta. No dije nada mientras pasaba por encima de la barandilla y bajaba por la escala para aterrizar entre un puñado de estibadores en el embarcadero. Zola estaba a un lado con el capitán del puerto. Desdobló un pergamino con el emblema falso grabado en una esquina. Observé al hombre con atención y me pregunté si se daría cuenta. Navegar bajo bandera falsa era un delito que podía condenarte a no volver a poner un pie en un barco para el resto de tu vida.

El capitán del puerto garabateó algo en su libro y volvió a comprobar el documento antes de cerrarlo.

—No me gusta recibir barcos inesperados en este muelle —gruñó.

—Nos marcharemos enseguida. Solo necesitamos unos cuantos suministros antes de dirigirnos a Bastian —lo tranquilizó Zola con tono civilizado y sereno.

El hombre estaba a punto de discutir, pero en un abrir y cerrar de ojos Zola había sacado una pequeña bolsa de dinero del bolsillo de su chaqueta y la sujetaba entre ellos. El capitán del puerto se giró con disimulo hacia el muelle principal y la tomó sin decir una palabra más.

Clove aterrizó en el muelle a mi lado y Zola le hizo un gesto afirmativo antes de encaminarse hacia el pueblo. Yo me pegué bien a Clove mientras zigzagueábamos entre los vendedores ambulantes y constructores de barcos hasta que llegamos a la calle principal.

Los adoquines eran anchos y planos, distintos de los redondos de Ceros, pero sobre todo, lo que estaban era limpios. En la calle no había ni una sola mancha de barro, ni siquiera material descartado por el puerto, y las ventanas de todos los edificios centelleaban.

La niebla empezaba a disiparse a la luz cada vez más brillante del sol y levanté la vista hacia los edificios de ladrillos al pasar. Las fachadas tenían ventanas redondas en las que nos reflejábamos Clove y yo. Era una escena familiar, los dos lado a lado. Una que no quería ver.

No sabía casi nada acerca de la ciudad portuaria de Sagsay Holm, aparte de que mi padre había estado aquí unas cuantas veces cuando el Consejo de Comercio de los Estrechos se reunía con el Consejo de Comercio del mar Sin

Nombre. Por aquel entonces, había estado haciendo todo tipo de cosas para conseguir una licencia que le permitiera comerciar en estas aguas. Fuera lo que fuese lo que había hecho para conseguirlo probablemente no fuera legal, pero al final había logrado su objetivo.

Clove se abrió paso a empujones entre la multitud y yo me mantuve cerca de él, casi pisándole los talones. Parecía saber muy bien a dónde iba, pues doblaba una esquina tras otra sin echar un solo vistazo a las señales pintadas a mano que marcaban las calles y callejuelas. Cuando por fin se detuvo, estábamos debajo de una ventana circular de múltiples cristales. Los vidrios estaban encajados unos con otros como un puzle y reflejaban el azul del cielo, cada vez más intenso detrás de nosotros.

Clove se puso el cofre debajo de un brazo y levantó el otro para llamar a la aldaba de latón. El sonido reverberó con un tintineo a nuestro alrededor, pero no se oyó nada al otro lado de la puerta, la ventana aún oscura. Cuando llamó de nuevo, la puerta se abrió de repente.

Una mujer pequeña con un viejo delantal de cuero apareció delante de nosotros. Tenía la cara arrebolada, un poco de pelo oscuro pegado a su ancha frente.

—¿Sí?

—Buscamos pulir piedras —contestó Clove, sin rodeos.

—Muy bien. —La mujer dejó que la puerta se abriera del todo al tiempo que sacaba un fajo de papeles del bolsillo de su delantal. Arrugó la nariz hasta que sus gafas cayeron a su sitio—. Vamos un poco apretados de tiempo esta semana.

—Lo necesito hoy.

Las manos de la mujer se quedaron quietas al instante y miró a Clove por encima del marco de sus gafas antes de echarse a reír.

—Imposible. —Cuando Clove no dijo nada, la mujer se puso una mano en la cadera—. Mira, tenemos un *calendario*…

—Lo comprendo. —Clove ya estaba metiendo la mano en su chaqueta. Sacó un saquito de tamaño considerable y se lo tendió sin decir ni una palabra—. Por las molestias. —Cuando la mujer entornó los ojos, Clove lo empujó hacia ella—. Además del precio normal, por supuesto.

La mujer pareció pensarlo un instante y su boca se curvó hacia arriba por un lado.

Esa era una de las muchas bolsitas que había visto sacar a Zola y a él de sus bolsillos, y empezaba a preguntarme si Zola había apostado toda su fortuna a esta aventura. Estaba claro que tenía prisa y estaba dispuesto a jugársela. ¿Qué justificaba una inmersión de dos días y un pulido apresurado en Sagsay Holm? Había izado un emblema falso sobre el *Luna* y esos documentos que había empleado para atracar tenían que ser falsificaciones. ¿Qué podía merecer tanto la pena como para arriesgarse a perder su licencia de comerciante?

La mujer vaciló un instante más antes de aceptar por fin la bolsita y desaparecer al otro lado de la puerta. Clove subió las escaleras y la siguió al interior. Yo cerré la puerta a nuestra espalda.

De inmediato, el zumbido de las gemas afloró en el aire. La profunda reverberación de la cornalina y la canción aguda del ámbar. El zumbido grave y constante del ónice. Los sonidos se cerraron a mi alrededor como la presión del agua al bucear.

La mujer nos condujo a un pequeño salón iluminado solo por una gran ventana.

—¿Té? —La mujer se quitó el delantal por encima de la cabeza y lo colgó de la pared—. Tardaremos un rato.

Clove contestó con un asentimiento y la mujer abrió una puerta corredera para revelar a un hombre sentado ante una mesa de madera en un taller.

—Es una urgencia. —Dejó caer la bolsa de dinero sobre la mesa de madera y el hombre levantó la vista. Nos miró a través de la puerta abierta.

La mujer se inclinó sobre la mesa para decirle algo, demasiado bajito como para que la oyéramos, y el hombre dejó el pedazo de cuarzo con el que estaba trabajando dentro de la caja que tenía delante. La gema de su anillo de comerciante centelleó. El metal estaba desgastado y arañado, lo cual significaba que hacía tiempo que era comerciante de gemas.

Tomé asiento al lado de la chimenea fría de modo que tuviera una buena vista de él. No era inaudito que los comerciantes de gemas de bajo nivel dieran el cambiazo a alguna piedra de vez en cuando al limpiar y cortar el material que les llevaban. Esa era una de las maneras en las que las gemas falsas entraban en el mercado.

Despejó la mesa deprisa, sin dejar de mirarnos de arriba abajo.

—¿Acabáis de llegar de los Estrechos?

La tapa de una tetera tintineó al otro lado de la pared.

—Así es —repuso Clove, claramente suspicaz.

—Más vale que no traigáis ninguno de esos problemas aquí —gruñó el hombre.

—¿Qué problemas? —pregunté, pero Clove me lanzó una mirada significativa como para silenciarme.

—Todo ese asunto de los barcos quemados —explicó el hombre—. Era lo único de lo que se hablaba ayer en la casa de comercio.

Los ojos de Clove se deslizaron de vuelta a mí.

—No sé qué comerciante de los Estrechos está yendo de puerto en puerto prendiendo fuego a los barcos. Parece ser que busca un navío llamado el *Luna*.

Me quedé de piedra y se me subió el corazón a la garganta.

Saint. O West. Tenía que ser uno de ellos.

Pero West y la tripulación del *Marigold* no podrían hacer nada tan descarado sin sufrir un castigo por parte del Consejo de Comercio. Si me estaban buscando, lo harían con discreción. Sin embargo, ¿barcos quemados en cada puerto de los Estrechos...? Eso era algo que haría mi padre.

Solté una bocanada de aire entrecortada. Una sonrisa tímida levantó mis labios temblorosos y me giré hacia la ventana para secar una lágrima de una esquina de un ojo antes de que Clove pudiera verme. No podía sorprenderse. Conocía a mi padre aún mejor de lo que lo conocía yo.

No me había permitido albergar esa esperanza, pero de algún modo había sabido, en lo más profundo de mi ser, que vendría a por mí.

El hombre de la mesa levantó la tapa del cofre y abrió los ojos como platos antes de sacar la primera gema: un pedazo de turmalina negra. No perdió ni un segundo, bajó el monóculo sobre su ojo y se puso manos a la obra con un pico fino.

Clove se dejó caer en una silla al lado de la chimenea de ladrillo del otro extremo de la habitación y apoyó un pie sobre su rodilla.

—¿Vas a contarme lo que pasó en esa inmersión de ayer?

Mantuve la voz baja sin apartar los ojos del comerciante.

—¿Vas a contarme tú lo que hizo Saint para que te unieras a Zola? —Pude sentir cómo Clove entornaba los ojos en mi dirección—. Esto es lo que ocurrió, ¿verdad? Saint te traicionó de algún modo y pensaste que buscarías venganza. Nadie conoce los negocios de Saint como los conoces tú, y nadie más sabe nada de la hija que engendró. Eso te convierte en alguien muy valioso para Zola.

La mujer volvió a entrar en el salón con una bandeja de té que dejó sobre la mesa baja con un repiqueteo metálico. Llenó la taza de Clove antes que la mía, pero yo me limité a mirarla. Observé la luz rielar sobre la superficie del líquido.

—¿Puedo traeros algo más?

Clove rechazó su oferta con un gesto de la mano, así que la mujer agarró el delantal del gancho antes de volver al taller. Se sentó enfrente del hombre y sacó la siguiente piedra del montón.

—Vi a Saint en Ceros —comenté—. Me dijo que ya *no estabas.* —Clove se llevó la taza a los labios. Bebió un trago brusco—. Pensé que eso significaba que estabas muerto. —Las palabras cayeron pesadas en la habitación silenciosa.

—Pues no lo estoy.

Levanté la taza, luego recorrí con la yema de un dedo los tallos de las flores pintadas a mano por el borde.

—No puedo evitar pensar —murmuré, al tiempo que la llevaba a mis labios y lo miraba a los ojos a través de las volutas de vapor que se enroscaban en el aire entre nosotros—, que para el caso, podías estarlo.

DIEZ

Cuando llegamos de vuelta al barco, la cubierta del *Luna* ya estaba bañada en la luz de los farolillos.

Clove me hizo comprobar las gemas dos veces antes de salir de casa del comerciante, lo cual nos demoró bastante más allá de la puesta de sol. Habían hecho un buen trabajo con el poco tiempo del que habían dispuesto, así que no mencioné que algunos de los bordes y puntas no eran tan afilados como deberían ser. Las gemas eran gemas. Siempre que pesaran lo que debían, no me importaba lo más mínimo el aspecto que tuvieran.

—¡Preparaos! —Sagsay Holm centelleaba detrás de nosotros mientras Zola gritaba las órdenes y la tripulación adoptaba su ritmo habitual para desatracar el barco del puerto.

Tres figuras treparon a los mástiles al mismo ritmo. Manipularon las jarcias para desplegar las velas y, antes de que hubiésemos salido del todo de puerto, el viento las hinchó en perfectos arcos blancos contra el cielo negro. Las velas del *Luna* hacían que las del *Marigold* parecieran pequeñas. No obstante, en cuanto lo pensé, aparté la imagen del barco dorado de mi mente y traté de ignorar la sensación que se retorció en mi interior.

Cuando el barco salió de la bahía, Zola le murmuró algo en voz baja a su piloto y Clove soltó el timón para seguir a

Zola a su camarote. La puerta se cerró a su espalda y me dediqué a estudiar la hilera de estrellas que trepaba por el horizonte. Íbamos al norte, no al sur.

Observé las sombras deslizarse por debajo de la puerta de las dependencias del timonel, pensativa. Estábamos más lejos de los Estrechos de lo que había estado nunca. El mar Sin Nombre era algo pintado en mi memoria por los brillantes colores de las historias de mi madre, pero al igual que los Estrechos, estaba lleno de comerciantes despiadados, mercaderes taimados y gremios poderosos. Para cuando Zola terminara lo que estaba haciendo, lo más probable era que estuviese muerto. Y cuando fuese juzgado por sus pecados, yo quería estar lo más lejos posible del *Luna*.

Subí las escaleras del puente de mando y me asomé por popa. El barco producía en el mar una estela suave que convertía las aguas oscuras en espuma blanca. Calla estaba recogiendo las jarcias, sin dejar de mirarme con recelo mientras enrollaba los cabos. Cuando terminó, bajó a la cubierta principal y yo miré a mi alrededor antes de pasar una pierna por encima de la barandilla.

La elaborada madera tallada del casco del *Luna* subía y bajaba en elegantes olas alrededor de la ventana de las dependencias del timonel. Seguí la forma de las olas con las puntas de mis botas y me deslicé por la popa hasta que pude ver la luz del camarote de Zola cortar a través de la oscuridad entre las ranuras de las contraventanas cerradas.

Estiré los brazos hasta encontrar el alféizar de la ventana y mantuve el cuerpo bien pegado al barco para poder encajarme contra la madera. Entonces alcancé a ver la habitación, iluminada por la luz de unas velas. Guiñé los ojos y los fijé en el espejo colgado al lado de la puerta. En su reflejo podía ver a Clove de pie al lado de la pequeña mesa de madera del rincón, un vaso verde de aguardiente aferrado en la manaza.

Zola estaba sentado en el escritorio delante de él y parecía estudiar los libros de contabilidad con gran cuidado.

—Ya es suficiente.

—¿Cómo lo sabes? —preguntó Clove, su voz cansada apenas audible por encima del sonido del agua que discurría a toda velocidad debajo de mí.

—Porque tiene que ser suficiente.

Clove respondió con un asentimiento silencioso y se llevó el vaso a los labios. La luz centelleó sobre el cristal como una piedra preciosa en una lámpara para inspeccionar gemas.

Zola levantó la botella de aguardiente de centeno.

—¿Qué más?

Tardé un momento en darme cuenta de que Clove estaba vacilando, la mirada perdida en un rincón de la habitación antes de contestar.

—Había rumores en Sagsay Holm.

—¿Ah, sí? —El tono de Zola se elevó un poco y, cuando capté su reflejo en el espejo otra vez, su rostro estaba iluminado con un humor irónico.

—Acababa de llegarles la noticia de que alguien está yendo de puerto en puerto en los Estrechos. —Hizo una pausa—. Quemando barcos.

Zola palideció y no supe muy bien por qué. Tenía que saber que no era seguro dejar su flota atrás en los Estrechos. Fuera lo que fuese que lo había traído al mar Sin Nombre tenía que merecer la pena para él. Su mano tembló justo lo suficiente para derramar un poco de aguardiente sobre el escritorio, pero no levantó la vista.

—*Tus* barcos, sospecho —añadió Clove.

Apreté los dedos más fuerte sobre el alféizar de la ventana.

—¿Saint?

—West —murmuró Clove.

Se me cortó la respiración cuando el rápido fogonazo del miedo me hizo quedarme quieta. Si West estaba quemando barcos en los Estrechos, estaba poniendo en peligro al *Marigold* y a su tripulación. No podía ocultar algo así del Consejo de Comercio como podría hacer Saint.

—Al menos seis barcos perdidos —especificó Clove—. Varios miembros de la tripulación muertos. Es probable que ya algunos más.

Respiré hondo mientras trataba de controlar el escozor que se estaba avivando en mis ojos. Zola había dicho en sus dependencias esa noche que West tenía la suficiente sangre en las manos como para pintar el *Marigold* de rojo. Yo no quería creerle, pero había una pequeña parte de mí que ya lo hacía.

—No importa. —Zola estaba teniendo problemas para mantener a raya su ira—. Tanto nuestro futuro como nuestra fortuna están en Bastian.

«Bastian». Mi boca se movió en torno a la palabra.

No nos dirigíamos al sur porque no estábamos llevando este botín de vuelta a los Estrechos. El *Luna* se dirigía a Bastian.

—Quiero hasta el último centímetro de este barco limpio y pulido antes de que atraquemos, ¿entendido? Más vale que todas las manos disponibles trabajen desde el momento en que salga el sol hasta que vea tierra en el horizonte. No voy a entrar en Bastian con aspecto de ser un vagabundo de Waterside —masculló Zola. Se bebió el aguardiente de un trago y se sirvió otro vaso.

Clove miró dentro de su vaso e hizo girar lo que quedaba del licor ambarino.

—Ella se enterará en el momento que toquemos tierra. Sabe todo lo que pasa en ese puerto.

—Bien. —Zola esbozó una sonrisilla de suficiencia—. Entonces, nos estará esperando.

Estudié la cara de Zola, confusa, pero poco a poco empezaron a encajar las piezas. Mis pensamientos dieron vueltas por mi cabeza antes de encontrar la respuesta.

Holland.

Zola no iba a usar este botín para empezar un negocio nuevo más allá de los Estrechos. Iba a saldar una deuda. Durante años, no había sido capaz de navegar por estas aguas sin que Holland le cortara el cuello. Sin embargo, parecía que por fin había encontrado una manera de hacer las paces con ella, pero ¿cómo? Trescientos quilates de piedras preciosas no era nada para la comerciante de gemas más poderosa del mar Sin Nombre.

Zola no había mentido cuando dijo que esto no tenía nada que ver conmigo ni con West. Ni siquiera tenía que ver con Saint.

Mis dedos resbalaron del marco húmedo de rocío y tuve que agarrarme de la contraventana y aferrarme al casco.

Cuando levanté la vista de nuevo, los ojos de Clove estaban clavados en la ventana. Contuve la respiración, escondida en la oscuridad. Clove entornó los ojos, como si los tuviera fijos en los míos. Al momento siguiente, estaba cruzando el camarote y yo me eché atrás a toda prisa para pegarme bien a la madera tallada de al lado de la ventana. Las contraventanas se abrieron de par en par, se estrellaron contra la madera y observé cómo su mano aparecía en el alféizar; la luz de la luna centelleó sobre el anillo de oro en su dedo. Intenté no moverme, a pesar de las punzadas de dolor de mi pierna mientras empujaba el tacón de mi bota contra la rebaba para mantenerme inmóvil.

Por fortuna, un momento después, las contraventanas se cerraron y volvieron a fijarse en su sitio.

No me había visto. No podía haberme visto. No obstante, los latidos de mi corazón vacilaron un poco, la sangre más caliente en mis venas.

Estiré los brazos hacia arriba y me icé de vuelta a la barandilla. Me dejé caer sobre el puente de mando, corrí hacia las escaleras y las bajé de un salto. Aterricé en la cubierta con ambos pies, lo cual hizo que los puntos de mi muslo tiraran de manera dolorosa. Los hombres del timón me miraron con los ojos como platos mientras caminaba hacia el pasillo y me adentraba en la oscuridad.

La puerta de las dependencias del timonel ya se estaba abriendo, así que esquivé la luz que proyectaba sobre la cubierta y me dirigí abajo. Unas pisadas resonaron por encima de mi cabeza mientras corría por el pasillo hasta el camarote de la tripulación. Zigzagueé entre las hamacas hasta encontrar la tercera fila. Ryland ya estaba dormido, así que me colé debajo de él, sin molestarme en quitarme las botas antes de hundirme en la gruesa lona de mi propia hamaca. Me hice un ovillo, con las rodillas pegadas al pecho, temblando.

Las sombras del oscuro umbral de la puerta se movieron, alargué la mano hacia el cuchillo de mi cinturón y esperé. Zola se había tomado muchas molestias para ocultar lo que estaba haciendo en el mar Sin Nombre y, si creyera que lo había descubierto, no había manera de que fuese a permitirme regresar a los Estrechos. No había manera de que fuese a permitirme salir de este barco con vida.

Observé la oscuridad sin parpadear, el cuchillo pegado a mi pecho mientras una figura cobraba forma bajo el mamparo. Guiñé los ojos para intentar distinguirla. Cuando un rayo de luz centelleó sobre una cabeza de pelo rubio platino, tragué saliva para evitar dar un grito.

Clove. *Sí* que me había visto.

Su sombra se movió despacio entre las hamacas, sus pisadas silenciosas a medida que se acercaba. Miraba dentro de cada una antes de seguir avanzando y, cuando llegó a la siguiente fila, me planté una mano delante de la boca y procuré quedarme muy quieta. Si era lo bastante rápida, podría golpear primero. Podría clavarle la hoja de mi cuchillo en la tripa antes de que pudiera ponerme las manos encima. Pero solo la idea me revolvía el estómago y una lágrima solitaria rodó por mi mejilla.

Era un bastardo y era un traidor. Pero seguía siendo Clove.

Me tragué mi exclamación cuando se detuvo en la hamaca de al lado de la mía. Otro paso y sus piernas estaban al lado de mí. Miró dentro de la hamaca de Ryland y entonces se detuvo. Levanté mi cuchillo, calculé el ángulo. Si lo apuñalaba debajo de las costillas, si lograba afectar uno de sus pulmones, sería suficiente para impedir que me persiguiera. O al menos eso esperaba.

La hoja temblaba en mi mano mientras esperaba a que se agachara para mirar en mi hamaca, pero no se movió. El destello de un cuchillo centelleó en la oscuridad cuando Clove estiró las manos para meterlas en la hamaca de Ryland. Me quedé petrificada, observando su rostro desde abajo y tratando de no respirar. Los ojos de Clove lucían inexpresivos, el frío rictus de su boca relajado, sus ojos serenos.

La hamaca se sacudió por encima de mí y algo caliente golpeó mi cara. Di un respingo y levanté la mano para secar mi mejilla. Entonces cayó otra gota, sobre mi brazo esta vez. Cuando levanté los dedos a la luz, me quedé helada.

Era sangre.

La hamaca osciló en silencio por encima de mí, mientras Clove envainaba su cuchillo antes de volver a alargar los brazos y sacar a Ryland del interior. Observé horrorizada cómo se lo echaba al hombro; las manos inertes del dragador cayeron delante de mi cara, donde se columpiaron con suavidad.

Estaba muerto.

No moví ni un músculo mientras el sonido de las pisadas de Clove se alejaba hacia la puerta. Entonces desapareció y dejó el camarote sumido en un silencio pesado. En cuanto la luz dejó de moverse, me senté para mirar hacia el pasillo negro, los ojos como platos.

No se oía ni un ruido, excepto por las respiraciones profundas de los que dormían y el crujir de las cuerdas al mecerse sus hamacas. También el chapoteo amortiguado del agua contra el casco. Por un momento, pensé que a lo mejor lo había soñado. Que había visto unos espíritus en la oscuridad. Me giré hacia atrás, los ojos guiñados mientras escudriñaba el resto del camarote. Me quedé paralizada cuando lo vi.

Koy estaba aún en su hamaca, muy quieto, los ojos abiertos clavados en mí.

ONCE

ESPERÉ A QUE LOS OTROS SE DESPERTARAN ANTES DE ATREVERME a moverme. Me había quedado en vela en la oscuridad durante horas, escuchando el sonido de pisadas que pudieran volver por el pasillo, pero el barco había permanecido en silencio durante la noche, hasta que el amanecer llamó al primer turno de la tripulación.

No lograba sentir el cansancio que me había aplastado la víspera. Apenas podía sentir el dolor de mi pierna, donde tenía la piel inflamada y roja alrededor de los puntos. Ryland estaba muerto y el consuelo del alivio aflojó la tensión enroscada a mi alrededor. No estaba segura en el *Luna*, pero Ryland ya no estaba, y no creía que Koy fuese a ser el que me matara mientras dormía.

La verdadera pregunta era qué había pasado la noche anterior y por qué.

Escudriñé la cubierta antes de subir los últimos escalones, mientras buscaba por instinto a Ryland para asegurarme de que no lo había soñado. Wick estaba encaramado al palo de mesana, afanado en sustituir una arandela de la esquina de una vela mientras el viento azotaba su pelo rizado por delante de su frente. Sin embargo, no había ni señal de Ryland.

A proa, Clove apuntaba números en su cuaderno de bitácora. Estudié la manera calmada y despreocupada con la que miraba las páginas. Era la misma mirada que había tenido la víspera, cuando lo vi utilizar ese cuchillo contra Ryland y llevarse su cuerpo del camarote.

—¡Recuento de la tripulación! —gritó el contramaestre con voz retumbante.

Todos los que estaban en cubierta obedecieron a regañadientes e hicieron una pausa en su trabajo para alinearse a babor. Los últimos marineros y dragadores subieron de las cubiertas inferiores, los rostros aún soñolientos. Yo ocupé mi lugar al final de la fila y observé cómo el contramaestre hacía marcas al lado de los nombres a medida que recorría la fila.

—¿Dónde está Ryland? —Se plantó las manos en las caderas y deslizó los ojos por todas nuestras caras.

Mis ojos se cruzaron con los de Koy al otro lado de la cubierta. No movió ni un músculo.

—El muy bastardo no regresó al barco ayer por la noche —refunfuñó Clove desde detrás de él, la atención aún fija en sus anotaciones.

Mis manos se encontraron detrás de mi espalda, entrelacé los dedos. Se me ocurría una sola razón para que Clove fuese tras Ryland, pero no tenía ningún sentido. Él era el que le había contado a Zola quién era yo. Él había puesto a toda la tripulación en mi contra. ¿Por qué habría de intentar protegerme?

Se me anegaron los ojos de lágrimas y procuré eliminarlas a base de parpadear, al tiempo que frotaba el extremo de un ojo antes de que cayera ni una sola. Me daba miedo creerlo.

Observé a Wick para ver si había algún indicio de que fuese a objetar. Era probable que hubiese visto la sangre en la hamaca de Ryland cuando despertó esta mañana, pero aunque no supiese quién era el causante, estaba claro que no quería cruzarse con la persona en cuestión. Mantuvo la boca cerrada.

El contramaestre hizo otra marca en su libro antes de decirle a la tripulación que podía retirarse. Unos minutos después, todo el mundo en el *Luna* estaba de vuelta en su puesto de trabajo.

Clove no me miró cuando fui hasta el timón, incluso encorvó los hombros cuando me acerqué más. Levanté la vista hacia su rostro, estudié las arrugas que enmarcaban sus ojos hundidos y él miró un instante por encima de mi cabeza hacia cubierta, con nerviosismo. Trataba de asegurarse de que nadie nos estuviese mirando, y esa fue la única respuesta que necesité.

Alargó la mano hacia un tope en el mástil a nuestro lado y se inclinó hacia mí.

—Aquí no. —Su voz sonó como gravilla, lo cual me hizo tragar saliva.

Si Clove me estaba protegiendo, entonces no se había vuelto contra Saint. No se había vuelto contra *mí*. Y eso solo podía significar una cosa: Zola no era el único que tramaba algo.

Mi padre, también.

—¡Dragadora! —gritó el contramaestre por encima del ruido del viento, las manos en torno a la boca a modo de bocina—. ¡El timonel quiere verte! ¡Ahora!

Intenté captar la atención de Clove, pero él cerró el libro de golpe y echó a andar por la cubierta. Entró por la puerta abierta del camarote del timonel y yo me paré delante. Observé a Zola. Estaba ante la ventana, las manos cruzadas a la espalda.

Clove tomó asiento al final de la mesa, cruzó un pie sobre la rodilla y se echó atrás en la silla al lado de una jofaina llena de espuma

Zola se giró hacia mí cuando vio que no me movía.

—Venga. Pasa.

Miré de uno a otro en busca de alguna pista de lo que se me venía encima. Pero Clove no parecía preocupado. Había hecho un buen trabajo en convencer a Zola, aunque tenía que haber habido un precio por esa confianza. Clove nunca había sido un hombre inocente, pero me pregunté qué había hecho para conseguir enrolarse en este barco.

—¿El botín? —Zola levantó los faldones de su chaqueta para sentarse en la banqueta de al lado de la ventana.

—Ordenado y desglosado, con la carta de autenticidad del comerciante de Sagsay Holm —informó Clove de memoria—. Calculó el valor total en unos seis mil cobres.

Di un respingo al oír la cifra. Seis mil cobres de una sola tacada. Ese era el tipo de suma que iniciaba rutas de comercio enteras.

—¿Y lo comprobaste? —Zola levantó la vista hacia mí.

—Dos veces —contestó Clove. Pero Zola no había apartado los ojos de mí.

—Quiero oírlo de tu boca. ¿Comprobaste las gemas?

—Dos veces —repetí, irritada.

—La persona a la que van destinadas estas piedras preciosas te pillará si se te pasó algo por alto. Y no creo que necesite decirte lo que ocurrirá si lo hace.

—Supongo que tendrás que esperar a ver qué pasa —dije en tono neutro.

—Supongo que sí —admitió Zola—. Quiero que estés lavada y preparada antes de que atraquemos. —Hizo un gesto hacia la jofaina.

Me separé de la pared y dejé caer los brazos.

—¿Preparada para qué?

—Tienes trabajo en Bastian.

—No es verdad. Te he conseguido tu botín. He comprobado tus gemas. Me he ganado el triple de mi jornal.

—Casi —dijo Zola. Lo miré furiosa.

—Estoy harta de este jueguecito. Ya no juego más. ¿Cuándo vuelvo a los Estrechos?

—Pronto.

—Dímelo en días. —Empezaba a levantar la voz. Zola levantó la barbilla y me miró con expresión de superioridad.

—Dos días. —Cerré los puños a los lados y solté el aire en ademán frustrado—. Necesito que hagas una cosa más. Después de eso, tu destino estará en tus propias manos.

No pensaba depender del *Luna* para que me llevara a casa. Tendría mejores opciones con casi cualquier otro barco del puerto de Bastian. Podría comprarle un pasaje a otro timonel y navegar de vuelta a los Estrechos con menos enemigos de los que tenía aquí.

—Dame mi dinero ahora y haré lo que quieras.

—Es justo. —Zola se encogió de hombros—. Pero te voy a dar solo la mitad. El resto lo tendrás mañana por la noche.

—¿Qué pasa mañana por la noche?

—Es una sorpresa. —Abrió el cajón de su escritorio y sacó una bolsa. Contó veinticinco monedas deprisa y, cuando terminó, puso la mano encima del montón y lo deslizó hacia mí por encima de los mapas.

Clove se puso en pie de nuevo.

—Necesito que estés vestida y en la cubierta ahí abajo para cuando avistemos Bastian. —Zola cerró el cajón y también se puso de pie. Dio la vuelta al escritorio para plantarse delante de mí.

—Botas. —Clove extendió una mano y esperó.

Bajé la vista hacia mis pies. El cuero de mis botas todavía estaba arañado y con barro de las calles de Dern. Musité una maldición, saqué los pies de cada una y las dejé en el suelo para que las recogiera él mismo. Un asomo de sonrisa jugueteó en la comisura de sus labios antes de agacharse para recogerlas.

Zola abrió la puerta y esperó a que Calla entrara antes de salir él con Clove. La mujer llevaba una muda de ropa colgada del brazo. Fruncí el ceño al ver los volantes del puño de la camisa.

—No puedes ir en serio —bufé.

Calla ladeó la cabeza con impaciencia.

Me quité la camisa por encima de la cabeza y desabroché mis pantalones antes de acercarme a la jofaina. Mis nudillos magullados escocieron cuando sumergí las manos despacio en el agua caliente. Las burbujas olían a hierbas. Me mojé los brazos enteros y los froté antes de pasar a la cara y el cuello. Cuando terminé, me acerqué al espejo para limpiar con la esquina de un paño las zonas que se me habían pasado por alto.

Fruncí la boca al contemplar mi reflejo en el cristal. Era probable que mi madre hubiese estado alguna vez ante este espejo. Isolde no podía haber sido mucho más mayor que yo cuando Zola la contrató; me pregunté cuánto tiempo habría tardado en descubrir el tipo de hombre que era. Sus días en el *Luna* era algo de lo que jamás me había hablado y parte de mí no quería saber nada al respecto. En mi mente, su espíritu vivía en el *Lark*. No me gustaba la idea de que quedara ninguna parte de ella aquí.

Me pasé los dedos por el pelo para desenredarlo lo mejor posible y enrosqué toda la melena hasta poder remeter el extremo por debajo para hacerme un moño apretado. No me molesté en tratar de domar los mechones sueltos que caían alrededor de mi cara. Quizás Zola necesitara a alguien para desempeñar el papel de Sangre Salada, pero tendría que conformarse conmigo.

Calla tiró la camisa sobre la cama y yo la recogí. Examiné la tela. No era del tipo que solían llevar los comerciantes. El material era nuevo, fino, y caía con suavidad por los brazos hasta las muñecas. Los pantalones también eran nuevos, hechos de una gruesa lana negra con botones de hueso de ballena. Era obvio que Zola ya había estado preparado cuando apareció en esa callejuela de Dern. Había tenido un plan muy detallado. La idea hizo que un escalofrío recorriera mi columna.

Dos días, me dije. Dos días y emprendería el camino de vuelta al *Marigold*.

Alguien llamó a la puerta antes de que terminara de remeter la camisa por la cintura siquiera. Calla la abrió para revelar a uno de los niños vagabundos de Waterside. Llevaba mis botas en sus pequeñas manos. Estaban limpias y relucientes, los cordones sustituidos por otros nuevos hechos de un cordel entretejido bien apretado. Las miré unos instantes y una sensación de emoción se enroscó en mi garganta al recordar la noche en que me las había regalado West.

Yo había estado ante la almoneda del pueblo, bajo la lluvia, mientras observaba a Willa y a él en el callejón. La luz de las farolas tallaba las facciones angulosas del rostro de West, y se le había cambiado la voz al decir mi nombre. Esa había sido la primera vez que había visto lo que había debajo de su fachada, aunque solo fuese por un momento. Y lo echaba tanto de menos que apenas podía respirar.

No podía evitar preguntarme lo que habían dicho mi padre y Zola: que había una oscuridad en West que discurría más profundo de lo que yo podía imaginar. Una parte de mí no quería saberlo. Quería creer que era algo que no importaba. Que cualquiera que hubiese sobrevivido en los Estrechos tenía esa misma oscuridad. Era la única manera de seguir con vida.

Pero aquella noche en Dern, cuando dijimos que no nos mentiríamos, él no me había contado toda la verdad. Y me daba miedo lo que podía descubrir si lo hacía. Temía que cuando volviera a verlo, tuviese un aspecto diferente para mí. Que se pareciese a Saint.

DOCE

EL TENUE PARPADEO DE NUMEROSAS LUCES RELUCÍA COMO estrellas en la orilla que teníamos por delante.

Bastian.

Estaba en la proa del *Luna*, contemplando la ciudad aproximarse. Era un lugar que conocía solo en cuentos. Calles y luces y colores que formaban parte de recuerdos que no eran míos.

Mi madre había amado Bastian. La forma en que las calles mojadas brillaban a la luz de la luna. Los edificios que se extendían por la colina y el olor de los mercados. Aunque al final, se había marchado y no había regresado nunca.

Las manos de los estibadores empezaron a moverse más despacio en sus tareas mientras el *Luna* atracaba y la tripulación arriaba las velas y las plegaba con sumo cuidado sobre los mástiles. El barco estaba precioso envuelto en el manto de la noche, su madera oscura pulida y reluciente. Sin embargo, no había ninguna cantidad de frotado ni de mangas con volantes que pudiesen ocultar de dónde procedíamos. Éramos comerciantes originarios de los Estrechos de cabo a rabo, y por la expresión de los que estaban en el puerto, todos lo sabían.

Todos los demás barcos anclados en las dársenas parecían fabricados con rayos de sol, pulcros y limpios contra el amplio cielo. Las ciudades del mar Sin Nombre se enorgulle-cían de su opulencia, y ninguna más que Bastian. Mi madre nunca había tenido esos aires, pero seguían presentes en las cosas pequeñas. Como la forma en que mantenía prístinas sus herramientas de dragadora en su cinturón, o la forma en que sus uñas siempre parecían estar limpias.

Hay algunas cosas que no pueden borrarse de una perso-na, sin importar lo lejos que esté de su hogar.

El capitán del puerto apareció a lo lejos, seguido de multi-tud de estibadores. Su ceño severo hacía que diera la impresión de guiñar los ojos; los pergaminos que llevaba en la mano ale-tearon cuando agitó los brazos por encima de la cabeza. Zola, sin embargo, no esperó a ponerse cómodo. Ni siquiera esperó a recibir aprobación antes de ordenar a la tripulación que asegu-raran los cabos de amarre.

—¿Quién va? —gritó el capitán del puerto, tras detenerse para levantar la vista y estudiar el emblema de la vela del trinquete.

Zola intercambió una mirada con Clove antes de bajar por la escala, y la tripulación del *Luna* miró por encima de la borda del barco mientras su timonel caminaba por el muelle para encontrarse con el hombre.

—Hora de irnos. —Clove deslizó un cuchillo extra en su cinturón.

Lo miré con suspicacia. Ni siquiera había mirado en mi dirección desde que habíamos estado en las dependencias de Zola, y me di cuenta de que su puesto en el *Luna* tenía más detrás que incluso lo que sabía el propio Zola. Pero no me había dado ni una indicación acerca de lo que estaba suce-diendo o qué parte se suponía que desempeñaba yo. Desde que partimos de Dern, todo había ido a contrarreloj, y ya te-nía ganas de averiguar qué pasaba cuando por fin acabara la cuenta atrás. Jeval. La inmersión. Sagsay Holm. Zola estaba haciendo cada movimiento de un modo meticuloso, con una precisión medida. Sabía que tenía algo que ver con Holland, pero ahí es donde terminaba mi información.

Koy me observaba desde el puente de mando cuando desaparecí por encima de la borda. La tripulación tenía órdenes de no abandonar el *Luna* por ningún motivo y a los dragadores jevalís no parecía importarles lo más mínimo. Sus ojos estudiaban la ciudad en la colina con recelo, como si hubiese algo que los asustara de ella. Bastian en sí era más grande que toda la isla de Jeval.

Zola seguía hablando con el capitán del puerto con una sonrisa fácil cuando Clove y yo pasamos con suma discreción por detrás de ellos, de camino a la ancha escalera de piedra que llevaba a la casa de comercio. No tenía nada que ver con la estructura oxidada en la que hacían sus negocios los comerciantes de los Estrechos. Esta estaba construida en piedra blanca y limpia, las esquinas decoradas con elaboradas estatuas de aves marinas que desplegaban sus alas sobre la calle a sus pies.

Me detuve cuando llegamos al escalón de arriba y la calle se ensanchó para revelar la impresionante extensión de la enorme ciudad. Giré en círculo para intentar verla entera, pero Bastian era inmensa. Abrumadora. Jamás había visto nada igual.

Clove desapareció al otro lado de la esquina de la casa de comercio mientras yo contemplaba la calle. Cuando entré tras él en la callejuela, ya me estaba esperando, apoyado contra el ladrillo, la mitad de la cara iluminada por el resplandor de las farolas. Incluso en medio de la calle, rodeado por edificios que ocultaban gran parte del cielo, parecía un gigante.

La dura frialdad que había lucido en sus ojos desde que lo vi por primera vez en el *Luna* se suavizó cuando levantó la vista hacia mí desde debajo del ala de su sombrero. Era una mirada que me resultaba tan familiar que enderecé los hombros y la tensión que me había tenido agarrotada durante los últimos diez días se desenroscó de mí. En un instante, me sentí como liberada. Un lado de su bigote se curvó hacia arriba despacio y una sonrisa torcida iluminó sus ojos con una chispa.

Di los cuatro pasos que nos separaban, y el repiqueteo de mis botas sobre los adoquines reverberó por la calle mientras lanzaba mis brazos a su alrededor. El sollozo que llevaba días atrapado en mi garganta por fin vio la luz y me acurruqué contra él, los dedos aferrados a su chaqueta. No me importaba si eso me hacía una débil. Era una prueba de lo asustada que estaba. Solo quería sentir que, aunque fuese por un momento, no estaba sola.

Clove se quedó ahí plantado, rígido, sin dejar de mirar a nuestro alrededor con recelo, pero después de unos instantes sus enormes brazos se cerraron en torno a mí y me apretaron con fuerza.

—Vamos, vamos, Fay —dijo, al tiempo que me frotaba la espalda con una mano.

Encogí los brazos contra mi pecho y dejé que me abrazara más fuerte. Cerré los ojos.

—¿Sabe dónde estoy? —No podía decir el nombre de mi padre sin que se me quebrara la voz del todo.

Clove me apartó un poco para que lo mirara y una mano ruda secó las lágrimas de mi mejilla congestionada.

—Sabe exactamente dónde estás.

Si Saint estaba al tanto de esto, lo había sabido ya la mañana que lo vi en Dern. Se había sentado frente a mí, al otro lado de la mesa, y había bebido su té sin darme una sola pista siquiera de lo que me aguardaba en el callejón.

Apreté los dientes. Estaba harta de los jueguecitos de mi padre. No obstante, la ira que sentí fue sustituida al instante por desesperación. Agarré la chaqueta de Clove y tiré de él hacia mí.

—Tengo que salir de aquí. Tengo que volver a los Estrechos.

—No vas a ir a ninguna parte hasta que terminemos esto. —Clove me plantó un beso sobre la cabeza antes de retomar su camino calle arriba. Metió las manos en los bolsillos.

—¿Terminar qué? —Levanté la voz mientras lo seguía—. No me has contado nada.

—Llevamos mucho tiempo trabajando para esto, Fay. Y no podemos terminarlo sin ti.

Me detuve en seco y lo miré atónita.

Cuando ya no pudo oír mis pisadas, el ritmo de Clove vaciló antes de parar del todo y girarse hacia atrás.

—Dime lo que está pasando o voy a negociar un pasaje de vuelta a los Estrechos con el primer barco que vea en el puerto.

Clove se había parado debajo del cartel descolorido de un vendedor de pescado. Suspiró.

—En un día, lo sabrás todo.

Me percaté de que no lo iba a convencer de que hablara. Si esto era obra de mi padre, entonces había muchas piezas en juego y yo era una de ellas.

—¿Lo juras? —Di un paso hacia él para retarlo a mentirme.

—Lo juro.

Estudié su cara con atención, pues quería creerle.

—¿Por el alma de mi madre?

Las palabras lo hicieron encogerse un poco y apretó los labios en una línea dura antes de contestar.

—Lo juro. —Sacudió la cabeza con una leve sonrisa de irritación—. Tan testaruda como ella —musitó.

Llevaba el cuello de la chaqueta levantado alrededor del cuello y su pelo rubio asomaba rizado desde debajo de su gorra. Por primera vez desde Dern, me daba la sensación de poder respirar. Él era como un hogar para mí. Mientras estuviese con Clove, él no dejaría que me sucediese nada. Y la verdad era que si mi padre y él iban a destruir a Zola, yo me apuntaba a la aventura.

Caminamos hasta que la calle dio paso de repente a una plaza de tiendas, todas equipadas con enormes ventanas limpias. Todas ellas tenían maceteros llenos de flores y estaban recién pintadas, impolutas. Clove se detuvo delante de la primera tienda de la esquina, enderezó su gorra. El letrero que colgaba sobre la calle decía VESTIDOS Y UNIFORMES.

Clove abrió la puerta y lo seguí al interior de una tienda calentita, donde había una mujer acuclillada al lado de un maniquí, una aguja en la mano.

Levantó la vista con la cabeza ladeada. Nos miró de arriba abajo.

—¿Puedo ayudaros? —La pregunta sonó como una acusación. Clove se aclaró la garganta.

—Necesitamos un vestido. Uno adecuado para una gala. —Me giré hacia él, estupefacta, pero antes de que pudiera objetar, ya estaba hablando de nuevo—. Y lo necesitaremos mañana.

La mujer se levantó y, con un gesto rápido, clavó la aguja en una almohadilla que llevaba sobre la muñeca.

—Entonces, más vale que tengáis el dinero suficiente para pagarme por pasarme la noche entera cosiendo.

—Eso no será un problema —repuso Clove.

La mujer pareció pensarlo un momento antes de serpentear entre los rollos de tela apilados sobre el largo mostrador de madera.

—Ayer mismo me llegaron sedas nuevas. Nadie más en Bastian tiene nada parecido.

Clove hizo caso omiso de mi mirada gélida y la siguió hacia la ventana que daba a la calle.

—¿De qué va esto? —susurré, al tiempo que tiraba de la manga de su chaqueta.

—Simplemente vas a tener que confiar en mí.

Estaba tan enfadada conmigo misma como lo estaba con él. En el mismo momento en que vi a Clove en el barco de Zola debí saber que Saint tramaba algo. Y ahora me habían enredado a mí en cualquiera que fuese la trama que habían urdido y era muy probable que no saliese de ella indemne.

Las manos de Clove examinaron con cuidado las distintas telas. Frunció los labios antes de escoger una.

—Esa.

Era de un azul intenso, el color del mar en los días soleados cuando era demasiado profundo para ver el fondo. La oscura tela rieló cuando captó la luz. No podía ni imaginar lo que Clove podía haber planeado que requiriese un vestido hecho de algo tan sofisticado, pero me daba la sensación de que no me iba a gustar cuando me enterara.

—Muy bien, sube ahí. Y quítatelo todo. —La mujer envolvió los brazos alrededor del maniquí y lo tumbó hacia atrás para apoyarlo contra la pared.

La cortina de delante del espejo se cerró con un roce suave y entonces la mujer me miró, las dos manos sobre las caderas.

—Venga. Vamos.

Gemí con un ruido gutural antes de quitarme la camisa por encima de la cabeza y soltar el gancho de la banda que ceñía mis pechos. Lo colgó todo de un gancho mientras chasqueaba la lengua y pasaba la mano por los pantalones para alisar las arrugas de la lana.

—Bueno, echemos un vistazo. —Sus ojos se deslizaron por mi cuerpo desnudo y frunció el ceño cuando vio la cicatriz de mi brazo y los puntos de mi pierna. No eran las únicas marcas que tenía—. Bueno, supongo que esto lo podremos tapar. Date la vuelta.

Obedecí a regañadientes y, cuando mis ojos se cruzaron con los de Clove por encima de la cortina, estaba sonriendo otra vez. Di un respingo cuando las manos frías de la mujer midieron mi cintura y luego subieron por mis costillas.

—Muy bien —dijo.

Salió de detrás de la cortina y regresó con un rollo de tela rígida con cintas. Me encogí al verlo.

—¿Eso es...?

—Un corsé, querida. —Me sonrió con dulzura—. Brazos arriba.

Me mordí el labio de abajo para evitar maldecir y me giré otra vez para que pudiera colocarlo a mi alrededor. Tiró de los lazos hasta que mis costillas doloridas aullaban y tuve que apoyar las manos contra la pared para equilibrarme.

—¿Nunca has llevado un corsé? —El tono de la mujer subió un poco.

—No —espeté. Mi madre no me había puesto uno nunca y en Jeval desde luego que no me había hecho falta.

A continuación, colocó el miriñaque alrededor de mi cintura y ató las cintas de manera que la forma de los aros se abombara por igual en ambas caderas. Después empezó con la seda. Cortó y envolvió y fijó con alfileres hasta que fue cobrando forma un vestido. Hasta que no abrió la cortina y me dio la vuelta, no vi lo que estaba haciendo.

Mi reflejo apareció en el espejo de marco dorado y solté una exclamación ahogada al tiempo que daba un paso atrás.

La prenda estaba pegada al corpiño. Se cerraba por la parte de delante de modo que la piel entre mis pechos creaba un profundo canalillo bajo los pliegues de la tela. Las mangas no eran más que tiras de seda azul que esperaba a ser fijada, pero la falda era larga y ondulaba como olas a mi alrededor.

—Necesitaré bolsillos —dije, tras tragar saliva.

—¿Bolsillos? —preguntó con desdén—. ¿Por qué demonios ibas a necesitar bolsillos?

No contesté. No iba a decirle que era para mi cuchillo, tampoco iba a explicarle por qué necesitaría un cuchillo en una gala.

—Solo hazlo —dijo Clove desde detrás de ella.

—Espera aquí. —La mujer suspiró antes de desaparecer en la trastienda.

Clove se sentó en la silla, sin quitarme el ojo de encima. Cuando vio mi cara, trató de no reírse.

—¿Te diviertes? —masculló.

Su boca se curvó hacia arriba por un lado otra vez.

—Tu madre no se hubiese puesto eso ni muerta.

Me sorprendió la facilidad con la que habíamos vuelto al antiguo ritmo de interacción entre nosotros cuando hacía tan solo unas horas había estado dispuesta a matarlo. Mientras crecía, no había habido ni un solo día que no hubiera pasado pegada a su lado en el barco o en puerto. Al mirarlo ahora, me sentí como si tuviera diez años otra vez. Y esa sensación me hizo echar de menos a mi madre.

—¿Qué pasó entre Zola e Isolde? —pregunté en voz baja, sin tener muy claro si de verdad quería saber la respuesta.

Clove se enderezó, tiró incómodo del cuello de su camisa.

—¿A qué te refieres?

—Saint me dijo que tenían una historia en común. ¿Qué tipo de historia?

Clove reveló más de lo que pensaba al no querer mirarme a los ojos.

—Creo que eso es algo de lo que deberías hablar con Saint.

—Te lo estoy preguntando a ti.

Se frotó la cara con las manos y soltó el aire despacio. Cuando se echó atrás en la silla, me miró durante un momento largo.

—Zola acababa de establecerse en Bastian cuando conoció a Isolde. Ella estaba haciendo negocios en la casa de comercio y supongo que vio en él una vía de salida.

—¿Salida de qué?

—De lo que fuese que estaba huyendo. —Apretó los dientes—. Cerró un trato con Zola y ocupó un puesto en su tripulación como una de sus dragadoras. Pero él quería más de ella que solo su destreza con las gemas. No sé lo que sucedió entre ellos, pero fuera lo que fuese, fue lo bastante grave como para que ella le entregase todos sus ahorros para salir del *Luna*.

Me encogí y procuré no imaginar lo que podía haber sido.

—Y entonces conoció a Saint.

—Entonces conoció a Saint —confirmó Clove—. Y todo cambió.

—¿Cómo consiguió que la contratara?

—En realidad, no creo que tuviera elección. Estaba loco por Isolde desde el primer día que se sentó a su lado en la taberna de Griff.

Griff. No pude evitar sonreír al oírlo.

—Eran amigos. Y después fueron más —continuó. Desvió la mirada, como perdido en sus pensamientos—. Y después viniste tú.

Sonreí con tristeza. Los primeros recuerdos que tenía eran de ellos dos: de Saint y de Isolde. Y estaban envueltos en una cálida luz dorada. Aún intactos por todo lo que vendría después. Se habían encontrado el uno al otro.

Tomé el anillo de West de donde colgaba en torno a mi cuello. Lo sujeté ante mí. Yo me había sentido así cuando me besó en la Trampa de las Tempestades. Como si fuésemos un mundo en nosotros mismos. En aquel momento, así fue.

Si los rumores de Sagsay Holm eran ciertos, West estaba dispuesto a renunciar al *Marigold* y a todo lo demás. Tenía que terminar lo que había empezado mi padre si quería evitar que eso ocurriera.

—No podía haber planeado esto —dije, casi para mí misma.

—¿Qué?

—Saint. No sabía que me había marchado de Jeval hasta que lo vi en Ceros. —Estaba uniendo las piezas poco a poco—. Yo no era parte de su plan hasta que West me acogió a bordo. —Clove se limitó a mirarme—. ¿Estoy en lo cierto? —No necesitaba respuesta. La verdad de todo ello estaba en su silencio—. Cuando aparecí en su cuartel general, Saint no quería saber nada de mí. Pero esa noche, cuando me vio zarpar del puerto a bordo del *Marigold*, quiso sacarme de ese barco. Y vio una manera de utilizarme.

Sacudí la cabeza y me medio reí por la absurdidad de todo ello. Había mucho más en aquella historia de lo que yo sabía.

—¿Qué quería decir Zola cuando dijo que West es como Saint?

Clove se encogió de hombros.

—Ya sabes lo que significa.

—Si lo supiera, no te lo estaría preguntando.

—Tiene muchos demonios, Fay.

—Todos los tenemos. —Le lancé una mirada entendida.

—Supongo que eso es verdad.

Crucé los brazos, sin hacer caso de cómo la seda amenazaba con reventar por las costuras. Estaba harta de tantos secretos. Harta de las mentiras.

—Estoy aquí, Clove. Por ti y por Saint. Me debes muchísimo más que esto.

—¿Te *debo*? —preguntó, los ojos entornados. Arqueé ambas cejas y lo miré con gran dignidad.

—Saint no fue el único que me abandonó en esa playa.

Un músculo se tensó en su mandíbula.

—Fay, yo...

—No quiero una disculpa. Quiero la verdad.

Sus ojos se posaron por un momento en el anillo de West que colgaba de mi cuello.

—Me preguntaba si vosotros dos estabais... —No terminó la frase. Vaciló un segundo, luego continuó por otro lado—. West hace lo que le pide Saint. Sea lo que sea. Y suele ser trabajo bastante sucio.

—¿Como lo de Sowan? —pregunté en voz baja. Clove asintió.

—Como lo de Sowan. Hace mucho que es el encargado del trabajo sucio de Saint.

—Por eso le permitió Saint tener el *Marigold* —farfullé. Se lo había *ganado*. Clove se inclinó hacia delante y apoyó los codos en las rodillas.

—Es peligroso, Fay —dijo con un tono más suave—. Tienes que tener cuidado con ese tipo.

Me dije que eso no era algo que no supiese ya. El *Marigold* era un barco que operaba en la sombra, y eso venía acompañado de trabajos en la sombra. Pero me daba la sensación de que ni siquiera la tripulación sabía todo lo que West hacía para mi padre.

La noche en que West me dijo que me quería, también me contó lo de Sowan. Lo del comerciante cuyo negocio había hundido a petición de Saint. Lo que no había dicho era que fuese una de muchas historias parecidas ni que los actos de mi padre fuesen los mayores pesos que llevaba a cuestas.

No me mientas y yo no te mentiré. Jamás.

La única promesa que nos habíamos hecho, West ya la había roto.

TRECE

Observé cómo el agua goteaba en la jofaina donde ondulaba mi reflejo. El azul intenso del vestido hacía que mi pelo rojo pareciese estar en llamas, mis mejillas relucientes de colorete.

Tenía la piel demasiado caliente debajo del vestido. La habitación en la que me había instalado Zola en la taberna tenía una chimenea con un fuego voraz y una cama rellena de suave plumón en el que no me había conseguido animar a dormir.

No estaba segura de a quién estaba intentando impresionar Zola. No había ninguna cantidad de lujos que pudieran borrar lo que era. Si tuviera que apostar, diría que la cicatriz de la cara de Willa y las velas destrozadas del *Marigold* probablemente fuesen los menores de sus pecados.

La seda ceñía mi cuerpo con fuerza y las faldas susurraban en torno a mis pies a medida que bajaba las escaleras hacia la taberna. Clove y Zola bebían aguardiente en la mesa del rincón del fondo. Iban vestidos con chaquetas de elegante confección, con brillantes botones de latón, su pelo indomable recortado y peinado hacia atrás para retirarlo de sus rostros curtidos por el viento. Un destello de reconocimiento parpadeó delante de mis ojos. Clove siempre había tenido un aspecto rudo, pero parecía más joven con esa cara lana verde y el pelo rubio recién lavado.

En cuanto me vio, se sentó más erguido y dejó su vaso de aguardiente, lo cual me hizo sentirme avergonzada al instante. Vi mi reflejo en la ventana: llevaba el pelo recogido de modo que cayera en rizos sueltos y formara una especie de halo alrededor de mi coronilla, la luz centelleó sobre el vestido.

Estaba completamente ridícula.

—Vaya, vaya... —Los ojos de Zola recorrieron mi cuerpo de la cabeza a los pies—. ¿Qué opinas? —Se levantó de su silla y me mostró su chaqueta con una floritura de la mano. Lo fulminé con la mirada.

—Opino que no puedo esperar a que esto termine para poder salir cuanto antes de aquí.

Clove apuró su vaso antes de ponerse en pie y abrir la puerta de la taberna. Entró una ráfaga de viento frío que me hizo estremecerme. Había decidido dejar en la habitación la capa que me había comprado Clove, porque cuando la eché sobre mis hombros me daba la impresión de estarme ahogando. Aun así, el frío era un alivio bienvenido del calor que bullía bajo mi piel.

Clove me había dado su palabra de que en unas pocas horas, me contaría la verdad. Al día siguiente, emprendería el camino de regreso a los Estrechos y encontraría el *Marigold* antes de que West hiciese aún más daño del que había hecho ya.

Los tacones de mis zapatos repiqueteaban mientras andaba detrás de Zola. A pesar de su intento de ser arrogante, podía ver que estaba nervioso. Le faltaba su habitual contoneo al andar, la boca apretada en una línea dura mientras bajábamos por la calle. Iba con la vista fija en el suelo. Midiendo. Calculando.

Nos condujo a través de la ciudad y, cuanto más andábamos, más bonita se volvía. El crepúsculo pintó Bastian de suaves rosas y morados y los edificios de piedra blanca captaban esos tonos para hacer que todo pareciese como sacado de un sueño.

Cuando doblamos otra esquina, los adoquines pasaron de ser rudos rectángulos pavimentados a cuadrados de granito pulido. Zola se detuvo a contemplar la centelleante fachada de mármol de un gran edificio a lo lejos.

Una serie de enormes arcos se alzaban sobre unas anchas y relucientes escaleras, donde tres juegos de puertas de doble hoja estaban abiertos a la noche. La luz de multitud de farolillos se derramaba hacia la calle desde el interior, espantando a las sombras hacia la oscuridad.

La elaborada placa embutida sobre las puertas centrales decía: CASA AZIMUTH.

La segunda palabra era una que conocía, pues era un término utilizado en navegación celestial para describir la ubicación del sol o la luna o las estrellas desde la posición de uno. Pero *casa* ni siquiera empezaba a describir lo que se alzaba ante nosotros. La piedra tallada cubría cada centímetro del edificio con flores y vegetación y, por encima de todo ello, una extensión de cielo negro decorado con una luna nacarada.

Zola se quedó callado, dejó caer los ojos de los arcos a sus botas.

Fruncí el ceño al darme cuenta de que estaba haciendo acopio de valor y una sonrisa perversa trepó por mis mejillas. Me gustaba esta versión de Zola. Estaba inseguro. Estaba asustado.

—¿Listos? —Se giró hacia mí, pero no esperó una respuesta. Echó a andar escaleras arriba sin nosotros.

Miré a Clove. Él no mostraba ninguna de las dudas que atormentaban a Zola, lo cual solo podía significar una cosa: todo iba de acuerdo con sus planes.

Levantó una mano para que pasara yo primero, así que levanté la pesada falda de mi vestido y subí las escaleras hacia las puertas. Una ráfaga de viento pasó por mi lado y soltó unos pocos mechones de pelo de donde estaban fijados. Por un momento, me sentí como si estuviera encaramada al mástil del *Lark*, azotada por un viento intenso. Pero el *Lark* nunca me había parecido más lejano que ahora mismo.

Entramos por las puertas abiertas y el calor del vestíbulo me envolvió mientras mis ojos se deslizaban hacia el techo. Enormes paneles de murales pintados nos miraban desde lo alto, decorados con gemas y demasiado numerosos para contarlos. Estaban enmarcados por ventanas con vidrieras en un caleidoscopio de colores que bañaban la luz del salón de tonos saturados. La gente reunida bajo ellas reflejaba sus brillantes tonalidades, vestida con telas coloridas y centelleantes. Chaquetas de los más ricos tonos rojos y dorados y vestidos de sofisticado diseño se movían como tinta derramada por el suelo de mosaico. Bajé la vista hacia la punta de mis zapatos. Debajo de mis pies, esquirlas de amatista y cuarzo rosa y celestina encajaban juntas con forma de flor.

—¿Qué es este lugar? —le susurré a Clove, que escudriñaba la sala.

—La casa de Holland —repuso en voz baja a mi lado.

—¿*Vive* aquí?

Enrosqué los dedos en mi falda de seda. Había grandes candelabros encendidos por toda la sala, donde bandejas de copas centelleantes flotaban entre la multitud sobre las manos de camareros vestidos de blanco. Los invitados a la gala llenaban la sala, pululando entre vitrinas de cristal con marcos de bronce cepillado. Dentro de la más cercana a nosotros, un destello captó mi atención.

Sentí la gema antes de verla. Su profunda reverberación brotó en el centro de mi pecho y mis labios se entreabrieron mientras caminaba hacia ella. Me incliné sobre el cristal. Dentro, había un pedazo de berilo casi tan grande como mi mano.

—¿Qué demon…? —Las palabras se disolvieron en mi boca.

Jamás había visto nada igual. Era de un tono rojo pálido, el frente cortado en intrincadas facetas, de modo que mi reflejo quedaba roto en pedazos sobre la piedra. Era imposible calcular su precio.

El salón era una especie de sala de exhibiciones, diseñado para mostrar la inmensa colección de piedras preciosas. Parecía más bien un museo.

—Encuéntrala —musitó Zola mientras miraba a Clove.

Mis ojos se cruzaron con los de Clove un instante antes de que se abriera paso entre la gente reunida en torno a las siguientes dos vitrinas, dispuesto a obedecer la orden.

Zola se quedó en silencio, estudiando la sala.

—Pareces nervioso. —Crucé las manos a la espalda y dejé que mi cabeza se ladeara. Él me dedicó una sonrisa débil.

—¿Ah, sí?

—En realidad, pareces aterrado —comenté con dulzura.

Zola apretó la mandíbula justo cuando una bandeja de plata aparecía a mi lado. Portaba delicadas copas grabadas, llenas de un pálido líquido burbujeante.

—Agarra una —me indicó Zola, mientras cerraba los dedos en torno al borde de una de las copas.

Desenredé mis dedos y alargué la mano para hacerme con mi propia bebida. La olisqueé.

—Es cava. —Sonrió—. Los Sangre Salada no beben aguardiente.

Di un sorbito e hice una mueca por la manera en que chisporroteó en mi lengua.

—¿Cuándo me vas a contar qué estamos haciendo aquí?

—Estamos esperando a la mujer del momento. —Zola se balanceó hacia atrás sobre los talones—. Debería estar aquí en cualquier minuto ya. —Contemplé cómo engullía su copa y estiraba la mano a por otra.

La luz iluminaba su piel de un cálido tono marrón que hacía que su rostro casi pareciese apuesto; no pude evitar pensar que no parecía un monstruo. Quizás fuera por eso que Isolde se había embarcado en el *Luna* aquel día. Me pregunté cuánto tiempo había tardado en darse cuenta de su equivocación.

—Quiero hacerte una pregunta —dije, las dos manos cerradas en torno a la estrecha copa.

—Pues hazla.

Lo observé con atención.

—¿Qué eras para mi madre?

Se encendió una chispa en sus ojos mientras me miraba unos instantes.

—Ah, eso depende de a quién se lo preguntes. —Bajó la voz en ademán conspirador—. Un timonel. Un salvador. —Hizo una pausa—. Un villano. ¿Qué versión de la historia quieres oír?

Bebí otro largo trago y el cava ardió en mi garganta.

—¿Por qué dejó el *Luna*?

—Si no hubiese muerto, podrías preguntárselo en persona —contestó—. Aunque no hay quién sepa qué versión te hubiese contado. Jamás debí confiar en ella.

—¿Qué se supone que significa eso?

—Isolde no solo tomó *su* destino en sus propias manos cuando partió de Bastian. Tomó también el mío. Admitirla en mi tripulación es el error más grande que he cometido en toda mi vida.

Fruncí el ceño. Saint había dicho lo mismo sobre ella, pero por razones diferentes.

—Sin embargo, esta noche voy a arreglar eso. Gracias a ti.

Había un eco tenue en el fondo de mi mente que intentaba enlazar todas esas palabras. Nada de aquello tenía ningún sentido.

—¿Cómo puede mi madre tener nada que ver con esto?

—Isolde es la razón de que Holland haya tenido un precio puesto sobre mi cabeza durante todos estos años. Ella es la razón de que perdiera toda oportunidad de hacer negocios en el mar Sin Nombre y la razón de que no haya vuelto desde entonces.

—¿Qué estás diciendo?

—Estoy diciendo que cuando ayudé a la hija de Holland a escapar de Bastian, perdí su favor.

La seda de mi vestido se tensó sobre mi pecho cuando respiré hondo. Me daba vueltas la cabeza.

—Mientes —espeté cortante. Zola se encogió de hombros.

—No necesito que me creas.

Me llevé una mano a las costillas, me daba la impresión de que mis pulmones no tenían espacio suficiente detrás de mis huesos. Lo que estaba diciendo Zola no podía ser verdad. Si Isolde era la hija de Holland...

Un grupo de mujeres pasó flotando por nuestro lado, los brazos entrelazados y hablando en susurros mientras se dirigían al fondo de la sala. Zola apuró su copa, la dejó sobre la vitrina entre nosotros y me sequé la frente con el dorso de la mano. Estaba mareada. De repente, todo parecía como si estuviéramos debajo del agua. Necesitaba aire.

Cuando intenté pasar por su lado, me agarró del brazo y lo apretó.

—¿Qué crees que estás haciendo?

El hombre que estaba a nuestro lado se giró hacia nosotros solo un instante, sus ojos se posaron en la mano de Zola sobre la manga de mi vestido.

—Quítame las manos de encima —gruñí con los dientes apretados, retándolo a que montara una escena.

Solté mi brazo de un tirón y le dediqué al hombre una sonrisa tímida antes de adentrarme entre la hilera de vitrinas, los ojos furiosos de Zola clavados en mi espalda. Zola era un mentiroso y yo lo sabía, pero me había provocado cierta inquietud al decir esas palabras. Rebusqué entre los recuerdos de mi madre, iluminados por la luz de unas velas. Los recuerdos de sus historias. Jamás me había hablado de sus padres. Ni de su hogar.

Pero ¿por qué abandonaría mi madre *esto*?

Miré por la sala a mi alrededor y me mordí el labio. En todas direcciones, la gente reía y charlaba, cómoda con su ropa elegante. Sin embargo, nadie parecía darse cuenta de lo poco que encajaba yo en ese vestido y en ese salón. El lugar estaba lleno de las canciones de las gemas, resonaban con tal fuerza que me hacían sentir desequilibrada. Nadie parecía percatarse de eso tampoco.

Me deslicé entre las vitrinas y mis ojos revolotearon por encima de sus tapas de cristal. Me paré en seco cuando la melodía de la gema de la siguiente vitrina captó mi oído. Era una que solo había oído una vez en la vida.

Larimar. Me quedé muy quieta y escuché. Era como el trino alegre de los pájaros o el silbido del viento en una caverna. Era una de las gemas más raras del mundo. Y ese era el objetivo. Esta gala no era una simple fiesta, era un despliegue de riqueza y poder.

Una mano se deslizó por mi cadera, se envolvió en torno a mi cintura, y mis dedos volaron de inmediato hacia el cuchillo oculto en mi falda. El cava salpicó de mi copa cuando giré en redondo y apreté la punta de mi cuchillo contra la almidonada camisa blanca delante de mí, cerrada en torno a un ancho pecho.

Pero un olor que conocía entró en mis pulmones cuando inspiré. Levanté la vista hacia unos ojos verdes, y mi copa tembló con violencia en mi mano.

West.

CATORCE

Contuve la respiración y me tragué el grito que trepaba por mi garganta mientras levantaba la vista hacia él. Su pelo veteado de dorado estaba retirado de su cara, el color de su piel brillante a la luz de las velas. Incluso el sonido de las gemas se acalló, amortiguado por los violentos vientos que rugían en mi interior.

West levantó una mano entre nosotros para cerrarla en torno al mango de mi cuchillo. Vi cómo tragaba saliva, cómo cambiaban sus ojos, aunque estaban lastrados por oscuros círculos que lo hacían parecer cansado y delgado.

Cerré los puños sobre su chaqueta y arrugué la tela al tirar de él hacia mí. Enterré la cara en su pecho. Al instante, sentí como si mis piernas fuesen a ceder debajo del pesado vestido. Como si fuese a caer al suelo.

—Fable. —El sonido de su voz conjuró el dolor de debajo de mis costillas otra vez y se me aceleró el corazón, la sangre discurría más caliente en mis venas.

Algo en el fondo de mi mente me susurraba una advertencia. Me decía que buscara a Zola. Que levantara mis faldas y huyera. Pero no podía moverme, apretada contra el calor de West, temerosa de que desapareciera. De que hubiese imaginado verlo ahí.

—¿Estás bien? —murmuró, al tiempo que levantaba mi cara para que lo mirara.

Asentí sin fuerza.

Me quitó la copa de la mano y la dejó sobre la vitrina a nuestro lado.

—Vámonos.

Y entonces estábamos andando. Muchos ojos en la sala se desviaron hacia nosotros al vernos pasar y West entrelazó sus dedos con los míos. Dejé que me condujera entre la multitud, hacia el cielo nocturno que aguardaba al otro lado de las puertas abiertas. Ya no me importaba lo más mínimo el plan de Saint y Clove. No me importaba si Zola nos estaba mirando o si era verdad lo que había dicho acerca de mi madre.

—¿El *Marigold*? —susurré, frenética. Apretaba la mano de West con tal fuerza que me dolían los nudillos.

—En el puerto —contestó, y apretó el paso.

—¡Fable! —La voz profunda de Zola resonó por encima del sonido de la cháchara.

Capté un atisbo de Clove contra la pared del fondo, Zola a su lado. Empezaron a abrirse paso a empujones entre la gente hacia nosotros. Sin embargo, fue el repentino y tintineante sonido del cristal al romperse lo que hizo que se me parara el corazón a medio latido. Me quedé paralizada. La mano de West escapó de la mía.

Un centenar de pensamientos estallaron de manera caótica en mi mente cuando mis ojos aterrizaron en la figura de una mujer. Una anciana. Tenía una expresión conmocionada, los ojos abiertos como platos debajo de su pelo plateado, trenzado en un intrincado laberinto sobre su cabeza. Estaba salpicado de peinetas de turmalina rosa a juego con los anillos que cubrían sus dedos. A sus pies, los fragmentos de una copa de cristal estaban desperdigados en torno a su vestido violeta.

La profunda resonancia ronca de su voz sacudió la habitación a nuestro alrededor cuando habló.

—¿Isolde?

La mano de West encontró la mía de nuevo y pasó un brazo a mi alrededor para alejarme de ahí. Avancé a trompicones a su lado y miré por encima de mi hombro para verla mejor. Fruncí el ceño al reconocerla.

Delante de nosotros, las puertas se cerraron de un sonoro portazo y unos hombres con chaquetas azul marino se alinearon por la pared gritando órdenes. La sala se llenó del sonido de voces a medida que los invitados se echaban hacia atrás y nos arrastraban a West y a mí con ellos.

—¡Tú! —gritó uno de los hombres, y tardé un momento en darme cuenta de que se dirigía a mí.

—Mierda —masculló West detrás de mí.

La mujer dio media vuelta y se dirigió hacia otro juego de puertas que se abría en el otro extremo de la sala. Una mano caliente me agarró y tiró de mí hacia delante. West levantó un puño por el aire y, cuando cayó, impactó contra la mandíbula del hombre.

Se tambaleó y cayó sobre la multitud al tiempo que desenvainaba una espada corta de su cadera. Una mujer chilló. Más guardias emergieron de entre la multitud, nos rodearon y la luz de las velas centelleó sobre cuatro armas, todas apuntadas hacia West. Aunque los ojos de todos ellos estaban fijos en mí.

West sacó el cuchillo de su cinturón, lo sujetó a su lado con una expresión de siniestra calma. Abrí los ojos como platos al mirarlo. Tenía la misma cara que le había visto la noche en que había tirado a Crane al mar. Había cuatro guardias a nuestro alrededor, pero West dio un paso al frente de todos modos. Cuando diera el siguiente, estaría muerto.

—No lo hagas. —Alargué la mano hacia su cuchillo, pero él se puso fuera de mi alcance y me esquivó—. ¡West, no lo hagas! —Entonces parpadeó, como si acabara de recordar que yo estaba ahí. Agarré su chaqueta y tiré de él hacia atrás. Empujé su pecho hasta conseguir que retrocediera hasta la pared.

—¡Iré con vosotros! —dije a los hombres detrás de mí—. No lo toquéis.

West me agarró del brazo y apretó, pero me solté y me puse fuera de su alcance.

Las espadas que nos apuntaban bajaron un poco y el hombre de antes, con la nariz ensangrentada, asintió en dirección a West.

—Os quiere a los dos.

Levanté la vista hacia West, pero él estaba tan confuso como yo. Sus ojos verdes lucían como cristales a la tenue luz. Entornados y suspicaces.

El guardia dio un paso atrás y esperó. Me abrí paso entre la multitud, con West pegado a mis talones. La sala se quedó en silencio mientras seguíamos a los chaquetas azules hacia la puerta abierta por la que había desaparecido la mujer. Unos segundos después se estaban cerrando a nuestra espalda y el lejano sonido de la música comenzó de nuevo.

Otra ristra de farolillos bañaba de luz el techo por encima de nuestras cabezas, iluminando más murales y relieves mientras nuestras pisadas resonaban por el pasillo.

—¿Qué demonios está pasando? —gruñó West detrás de mí.

Unas enormes puertas de madera se abrían en la oscuridad al fondo del pasillo y alcancé a ver la figura de Clove entrar en una sala iluminada.

El guardia se detuvo. Luego nos hizo un gesto para que siguiéramos adelante mientras él volvía por donde habíamos venido. West y yo nos quedamos en el pasillo desierto y nos miramos.

—Uníos a nosotros. Por favor —nos llamó una voz suave desde el otro lado de las puertas.

El sonido de la gala se perdió detrás de nosotros al soltar la mano de West y entrar en la habitación. Su sombra siguió a la mía hasta ponerse a mi lado; deslizó los ojos por todo lo que había en la habitación, hasta encontrar a Zola.

El guardia lo empujó hacia delante y Zola se tambaleó; tuvo que apoyarse en la pared mientras las puertas se cerraban con un chirrido grave a nuestra espalda.

La mujer del vestido violeta estaba al lado de un reluciente escritorio de madera de caoba. Detrás de ella, la pared estaba empapelada en papel pintado con pinceladas doradas que se curvaban y ondulaban para formar un laberinto de olas oceánicas todo el camino hasta el techo. Su vestido parecía estar hecho de crema líquida, revoloteando en torno a su figura menuda hasta arremolinarse en el suelo a su alrededor.

—Soy Holland. —Cruzó las manos delante de ella y la luz centelleó sobre las gemas de sus anillos. Me miraba a mí.

West dio un paso hacia mí mientras yo miraba a la mujer sin saber muy bien qué decir.

Los ojos de Holland recorrieron mi cara, fascinada.

—Tú eres Fable —dijo con dulzura.

—Así es —contesté.

En el rincón, Clove tenía los brazos cruzados delante del pecho, apoyado contra la pared de al lado de una chimenea encendida. Sobre la repisa había un retrato enmarcado y todo el aire pareció abandonar la habitación cuando mis ojos se enfocaron en una niña con un vestido rojo, un halo dorado alrededor de la cabeza.

Era Isolde. Mi madre.

—Y tú debes ser West —dijo Holland, al tiempo que deslizaba los ojos hacia él—. Patrón del barco tapadera de Saint.

West se quedó muy quieto a mi lado. Era lo bastante listo como para no negarlo, pero no me gustó el brillo de sus ojos.

Estaba aterrada por que en cualquier momento pudiera hacer algo que llevaría un cuchillo hasta su cuello.

—Sí, sé muy bien quién eres —contestó Holland a su pregunta tácita—. Y sé muy bien lo que haces.

Miré de uno a otra. ¿Cómo podía alguien como Holland saber nada de West cuando nadie en los Estrechos lo sabía?

—¿Qué quieres? —preguntó West inexpresivo. Holland sonrió.

—No te preocupes. Llegaremos a eso.

—Holland. —La voz de Zola engulló el silencio, pero cerró la boca cuando los ojos afilados de Holland aterrizaron sobre él.

La grieta de su habitual fachada fría era ahora tan ancha como un cañón. Zola no tenía ningún poder ahí y todos nosotros lo sabíamos. Clove era el único que no parecía preocupado. No estaba segura de si eso me daba miedo o me aliviaba.

—No creo que estuvieras en la lista de invitados a esta gala, Zola —dijo Holland, y el sonido de su voz fue como música. Suave y cantarín.

—Mis disculpas —contestó Zola. Se irguió un poco—. Pero había pensado que ya era hora de que solucionáramos nuestras diferencias.

—¿Eso pensaste? —El tono de Holland se aplanó—. Dejé muy claro que si alguna vez volvías a atracar en un puerto del mar Sin Nombre, sería la última vez que atracaras en ningún sitio.

—Sé que tenemos cosas pendientes...

—¿Cosas pendientes? —preguntó ella.

—Han pasado casi veinte años, Holland.

Miré a Holland de nuevo y capté sus ojos sobre mí antes de que volaran de vuelta a Zola.

Zola se desabrochó la chaqueta de manera metódica, sin apartar los ojos de ella, y el guardia de Holland dio un paso hacia él, un cuchillo en la mano. Zola agarró las solapas y abrió la chaqueta para mostrar cuatro bolsillos. De cada uno de ellos colgaban las cuerdas de una bolsita de cuero.

Holland hizo un gesto con la barbilla en dirección a la mesa que había contra la pared. Zola dejó en ella las bolsas, una por una. Holland no se movió mientras él volcaba las gemas sobre la bandeja de espejo y las alineaba con cuidado para su inspección.

Zola esperó mientras Holland estudiaba el botín.

—Considéralo un regalo.

—¿Crees que unos pocos cientos de quilates de gemas pueden comprar mi perdón por lo que hiciste? —Las palabras sonaron tan bajas que dio la impresión de que el aire se enfriaba, a pesar del fuego que rugía en la chimenea.

—Eso no es todo lo que te he traído. —Los ojos de Zola se posaron en mí.

Di un paso atrás por instinto y me apreté contra la pared mientras me miraba. Los ojos de Holland, sin embargo, no se separaron de Zola.

—¿Crees que esto fue idea *tuya*?

Zola entreabrió los labios, los ojos clavados en Holland.

—¿Qué?

—Págale. —La orden de Holland cayó como una piedra en el silencio.

El guardia dio la vuelta al escritorio y agarró una caja de plata de una balda. La depositó en la bandeja antes de abrirla con cuidado. En el interior había más cobres de los que había visto en toda mi vida. Miles, quizás.

Clove se movió por fin. Salió de entre las sombras antes de hablar.

—No hay necesidad de contarlos —dijo—. Confío en ti. —Le hablaba a Holland.

El frío gélido del mar me encontró y alargué la mano hacia la manga de la chaqueta de West en un intento por serenarme. Por unir todas las piezas.

Clove no estaba espiando a Zola. Estaba *entregando* a Zola. A Holland.

—Una madre jamás se cura de la pérdida de un hijo. Es una herida que supura siempre —explicó Holland sin más—. Una que ni siquiera tu muerte aliviará.

Zola ya estaba retrocediendo con disimulo hacia la puerta, los ojos muy abiertos.

—Te la he traído. Para ti.

—Y lo aprecio. —Holland levantó un dedo y el guardia abrió la puerta, donde esperaban otros dos hombres.

Entraron en la habitación sin decir una sola palabra y, antes de que Zola supiese siquiera lo que estaba pasando, lo habían agarrado de la chaqueta y lo arrastraban hacia el pasillo oscuro.

—¡Espera! —gritó.

Clove cerró la tapa de la caja con un chasquido mientras resonaba el eco de los gritos de Zola, y me di cuenta de que el ruido en mis oídos era mi propia respiración que entraba y salía en bocanadas aterradas. La voz de Zola se cortó de repente y oí su peso caer al suelo.

Mis dedos estaban resbaladizos sobre el mango del cuchillo de dentro de mi falda mientras miraba hacia la oscuridad. Parpadeé cuando vi un charco de brillante sangre fresca avanzar por el mármol blanco y llegar hasta la luz que salía por la puerta de la habitación. Entonces no hubo más que silencio.

QUINCE

Estaba muerto. Zola estaba muerto.

Intenté encajar ese poco de verdad junto con todo lo demás que había ocurrido a lo largo de los diez últimos días. Esta era la razón de que Clove hubiese entrado a formar parte de la tripulación de Zola. Todo conducía a este único momento.

Zola no era solo un problema para Saint o West. Era un problema que los Estrechos necesitaban solucionar. Saint plantó a Clove en el *Luna* para llevar a Zola a manos de Holland. Lo había convencido de que podía librarse de sus amenazas de una vez por todas. Pero ¿cómo lo había hecho?

El dinero que Holland le había entregado a Clove parecía una recompensa y mi instinto me decía que el nombre de Saint no se había mencionado en ningún momento. Para Holland, Clove era solo un comerciante de los Estrechos que buscaba ganar muchos cobres.

En realidad, era un plan brillante. Mi padre había utilizado la contienda entre Zola y Holland para conseguir que navegara directo a su propia muerte. ¿Por qué matar a un comerciante y arriesgarse a sufrir las represalias del Consejo de Comercio de los Estrechos cuando una comerciante poderosa del mar Sin Nombre podía hacerlo en su lugar?

—¿Por qué no me lo contaste? —pregunté, y mi voz sonó lejana.

Clove me miró con una expresión que transmitía comprensión, pero mantuvo la boca cerrada y deslizó los ojos hacia Holland. No quería que ella supiera más de lo necesario.

Clove recibía órdenes de Saint, y Saint tenía una razón para todo lo que hacía. La realidad era que aunque yo confiara en él, Saint no confiaba en *mí*. ¿Y por qué habría de hacerlo? Había tramado mis propias tretas contra él para liberar al *Marigold*.

Mis ojos se desviaron otra vez hacia la sangre de Zola en el suelo de mármol blanco y observé cómo centelleaba cuando la luz del fuego se movía por encima de ella. Hacía solo unos momentos, el hombre había estado ahí a mi lado. Todavía podía sentir su mano sobre mi brazo, apretándolo.

El silencio ensordecedor me hizo parpadear y me di cuenta entonces de que Holland me estaba mirando, como si esperara que dijese algo. Cuando no lo hice, pareció desilusionada.

—Creo que ya es suficiente por una noche, ¿vosotros no? —comentó. No estaba segura de cómo responder a eso. Ni siquiera estaba segura de qué estaba preguntando—. Te quedarás aquí. —No había ninguna invitación en su tono. No era una pregunta. Sus ojos todavía me estudiaban; los deslizó por mi pelo, mis hombros, mis pies—. Hablaremos por la mañana.

Abrí la boca para discutirle eso, pero West se me adelantó.

—No se va a quedar aquí —dijo, su tono seco.

Clove recogió despacio la caja de monedas, antes de metérsela debajo de un brazo.

—Me temo que voy a tener que estar de acuerdo con él en eso.

West y él no parecían tenerle miedo alguno a Holland, pero yo estaba lo bastante aterrada por todos nosotros. Con un solo gesto de un dedo de Holland, West o Clove serían los siguientes en ser arrastrados hacia la oscuridad.

—Os quedáis todos —dijo Holland—. Fable no es la única con la que tengo asuntos pendientes. —Esa calma que lucía en sus ojos era la misma que había visto hacía unos instantes, cuando había levantado ese dedo.

En el pasillo, oí cómo arrastraban algo por el mármol. Tragué saliva con esfuerzo.

—Espero que os sintáis como en casa —dijo Holland, al tiempo que alargaba la mano hacia el reluciente picaporte de otra puerta. La abrió y apareció un pasillo bien iluminado con farolillos.

Esperó a que yo saliera por ella, pero no me moví. Estaba ocupada, la vista fija en el retrato de mi madre sobre la repisa de la chimenea. La luz del fuego se reflejó en sus ojos.

Los anillos de los dedos de Holland centellearon cuando dio un paso hacia mí. La refinada tela de su vestido onduló como plata fundida y las peinetas de su pelo titilaron. No pude evitar pensar que era como alguien de una de las viejas leyendas. Un espectro o un hada marina. Algo no de este mundo.

Mi madre también había sido así.

Holland tomó mi mano en la suya y la sujetó entre nosotras. La giró de modo que la palma quedara hacia arriba. Deslizó los pulgares por las líneas de mi mano y la apretó cuando vio el extremo de mi cicatriz asomar por debajo de mi manga.

Sus ojos azul pálido se levantaron hacia los míos al tiempo que me soltaba.

—Bienvenida a casa, Fable.

Casa.

La palabra se estiró y onduló, su sonido extraño en mis oídos.

Agarré mi falda con ambas manos y salí por la puerta, a pesar del retortijón que sentí en el estómago. Puede que Saint hubiese obtenido lo que quería, pero ahora era Holland la que tenía ventaja y ella lo sabía.

El guardia nos condujo por otro pasillo que terminaba al pie de una escalera de caracol. Subimos por ella hasta una galería que se asomaba sobre la planta baja. El hombre no se detuvo hasta que llegamos a una puerta al final de la barandilla. Estaba pintada de rosa perla con un ramo de flores silvestres en el centro.

—Alguien vendrá a buscarte con la primera campana —dijo el guardia, al tiempo que abría la puerta para que pasara.

La habitación estaba bañada en pálida luz de luna que entraba por una gran ventana. Bajo ella había una cama, medio envuelta en sombras.

West entró primero, pero el hombre le plantó una mano en el pecho.

—Esta habitación es para ella.

—Entonces, yo también me quedo aquí. —West lo apartó de un empujón y sujetó la puerta abierta para que lo siguiera.

Me giré hacia Clove, que estaba apoyado en la barandilla. Me dedicó un asentimiento tranquilizador.

—Te veré por la mañana. —Su actitud era fría, pero había un brillo inquieto en sus ojos. Yo no era la única que veía que Holland era el aceite en una lámpara, lista para prenderse.

El guardia que había arrastrado a Zola hacia la oscuridad apareció en la cima de la escalera. Vino hacia nosotros con pasos rápidos y estudié su chaqueta y sus manos en busca de algún rastro de sangre. Pero estaba pulcro y limpio, igual que la gala y sus invitados en el piso de abajo.

Ocupó un lugar al lado de la puerta y West la cerró detrás de mí. Luego se quedó muy quieto para escuchar cómo el cierre encajaba en su sitio. Cuando las pisadas se perdieron en la distancia, sus hombros se relajaron. Se apoyó contra la puerta, cruzó los brazos delante del pecho y me miró.

—¿Qué demonios está pasando, Fable? —masculló.

Me dolía la garganta al verlo bañado por la luz azul hielo de la luna.

—Saint. —Por alguna razón, el nombre de mi padre me sonó desconocido—. Me ha utilizado para atraer a Zola hasta aquí, de manera que Holland lo matase. —Ni siquiera estaba segura de comprenderlo todo, pero esas eran las piezas que había logrado juntar.

—¿Atraerlo cómo? ¿Qué es Holland *para ti*?

—Creo… —Busqué las palabras correctas—. Creo que es mi abuela.

West abrió los ojos como platos.

—¿*Qué*?

La palabra sonó extraña y deformada cuando la dijo, y me percaté de que la oscuridad se estaba cerrando sobre mí. No conseguía meter aire en mi pecho.

El fantasma de mi madre rondaba entre estas paredes, había como un eco de ella en el aire.

En el batiburrillo de recuerdos que danzaban por mi mente, busqué algo que Isolde pudiera haberme contado acerca de este sitio. Pero no había nada más que historias sobre inmersiones y sobre las calles de la ciudad en la que había nacido. Nada sobre la Casa Azimuth ni sobre la mujer que vivía en ella.

—Cuando Isolde escapó de Bastian, ocupó un puesto en la tripulación de Zola. —Apreté las manos contra la seda azul que ceñía mi tronco—. Holland era su madre. Esa es la razón de que Zola perdiera su licencia para comerciar en el mar Sin Nombre. Por eso no ha navegado por estas aguas durante más de veinte años.

West se quedó callado, pero la habitación estaba llena de su maraña de pensamientos. Buscaba una manera de salir de esto. Una escapatoria de la trampa en la que los dos habíamos caído sin saberlo.

Fui hasta la ventana. Miré hacia donde debía estar el puerto en la oscuridad.

—¿Y la tripulación?

West se separó de la puerta y las sombras encontraron su cara, lo cual hizo que la oscuridad de debajo de sus ojos fuese aún más severa.

—No harán nada.

—¿Estás seguro de eso? —pregunté, mientras pensaba en Willa. Cuando no apareciéramos por el puerto, seguro que estaría dispuesta a hacer trizas la ciudad para encontrarnos.

Me senté en el borde de la cama y él se quedó de pie delante de mí, contempló mi cara desde lo alto. Levantó la mano como si fuese a tocarme, pero entonces se quedó muy quieto. Fijó los ojos en un brillo dorado medio oculto debajo de la tela de mi vestido. Deslizó la punta de un dedo por debajo del cordel y tiró hasta que el anillo colgó en el aire entre nosotros.

Lo miró durante un momento antes de que sus ojos verdes se levantaran hacia los míos.

—¿Eso es lo que estabas haciendo en Dern?

Asentí y tragué saliva.

—Lo siento. —Las palabras se quebraron en mi garganta.

West frunció el ceño aún más.

—¿Por qué?

—Por todo esto.

No solo me refería a lo ocurrido aquella mañana en la almoneda. Era todo. Eran Holland y Bastian y West quemando los barcos de Zola. Era todo lo que él no quería contarme sobre lo que había hecho por Saint. Cuando salí del *Marigold*, había encaminado nuestros rumbos hacia este momento. Y no quería admitir que ahora West me parecía diferente. Que se parecía más a mi padre.

Me tocó la cara y deslizó las yemas de los dedos hasta enterrarlas en mi pelo.

No sabía lo que había hecho en los Estrechos mientras intentaba encontrarme, pero noté que el peso de lo que fuese lo lastraba. Estaba como oscurecido por ello. En ese momento, lo único que quería era sentir sus manos ásperas sobre mi piel y engullir todo el aire a su alrededor hasta que pudiera saborearlo a él sobre mi lengua. Sentir como si estuviese escondida en su sombra.

Bajó la cara hasta que su boca levitaba a apenas unos milímetros de la mía, y me besó con tal suavidad que el ardor de las lágrimas brotó al instante detrás de mis ojos. Mis manos bajaron por su espalda y él se inclinó hacia mí. Respiró hondo, como si estuviese sorbiendo mi calor hacia su interior. Olvidé lo que me había dicho Clove, cerré los ojos e imaginé que estábamos a la luz de los farolillos en el camarote de West en el *Marigold*.

West arrastró los dientes por mi labio de abajo y sentí una punzada de dolor donde la piel todavía se estaba curando, pero no me importó. Lo besé otra vez y sus manos se cerraron en torno a mi falda. La levantaron hasta que pude sentir sus dedos por mis piernas; subieron por mis muslos y cuando sentí que cerraba la mano en torno a los puntos de mi corte, hice una mueca y bufé entre dientes.

West se apartó de mí con brusquedad para mirarme.

—No es nada —susurré, y tiré de él hacia mí otra vez.

Pero él me ignoró y levantó la falda hasta mis caderas para poder ver el corte. Los torpes puntos sujetaban la piel unida en una línea irregular en el centro de un hematoma amoratado. West deslizó un pulgar alrededor de él, apretó la mandíbula.

—¿Qué pasó?

Estiré el vestido otra vez entre nosotros, avergonzada.

—Uno de los dragadores de Zola trató de asegurarse de que no emergía de una zambullida.

Los ojos de West brillaban con intensidad, lanzaban chispas incluso, pero su boca permaneció inmóvil. Calmada.

—¿Quién fue?

—Está muerto —murmuré.

Se quedó callado, me soltó, y el espacio entre nosotros volvió a ser como un abismo vacío. El calor que había habido en su contacto desapareció de un plumazo. Me estremecí. Los últimos diez días centellearon en sus ojos, me mostraron un atisbo de esa parte de West que había visto la noche en que me habló de su hermana. La noche en que no me había hablado de Saint.

No necesito saberlo, susurró una parte de mí. Pero la mentira que impregnaba esas palabras resonaba detrás de ellas. Porque en algún momento, tendríamos que destapar esos huesos enterrados, junto con todo lo demás que West pudiera estar ocultándome.

DIECISÉIS

Estaba sentada en el suelo, apoyada en la pared, mientras contemplaba el rayo de luz mañanera reptar por la alfombra con flecos hasta que tocó las puntas de mis pies. Las horas habían pasado en silencio, con solo el ocasional sonido de unas botas al otro lado de la puerta cerrada.

West estaba al lado de la ventana, observando la calle, y a la luz pude ver mucho mejor los elegantes detalles de su chaqueta. La lana borgoña caía hasta sus rodillas, y el color hacía que su pelo pareciese aún más rubio. Me pregunté cómo narices había conseguido nadie que se pusiera eso. Incluso sus botas brillaban.

No había dormido nada, dedicada a observar los ojos cansados de West mirar por la ventana. Daba la impresión de que no los había cerrado desde hacía días, los ángulos de sus pómulos más marcados.

Como si hubiese notado mi atención sobre él, giró la cabeza hacia mí.

—¿Estás bien?

—Sí, estoy bien —dije. Mis ojos se posaron en sus manos. La última vez que había visto a West, me había dicho que había matado a dieciséis hombres. Me pregunté cuántos serían ahora—. Estás preocupado por ellos —comenté, pensando en el *Marigold*.

—Estarán bien. —Noté que lo decía para tranquilizarse a sí mismo, no a mí—. Cuanto antes salgamos de aquí, mejor.

Llamaron con suavidad a la puerta y los dos nos quedamos muy quietos. Vacilé un instante antes de ponerme en pie. Hice una mueca cuando los puntos de mi pierna tiraron de la piel y las faldas de mi vestido ondularon alrededor de mis pies mientras cruzaba la alfombra descalza. Cuando abrí la puerta, una mujer menuda esperaba en el pasillo con un vestido limpio en las manos. Era de una delicada tela rosa pálido, casi del mismo tono de las paredes de la habitación.

Clove estaba apoyado contra la barandilla de la galería, su caja de monedas en el suelo a sus pies. Se había quedado ahí fuera toda la noche.

—He venido a vestirte —anunció la mujer, levantando la vista hacia mí.

—No soy una muñeca —espeté—. No necesito que me vista nadie.

Detrás de ella, Clove reprimió una carcajada. La mujer parecía confusa.

—Pero los ganchos...

Le quité el vestido de las manos y cerré la puerta antes de que pudiera terminar su frase. La prenda rieló cuando la sujeté en alto para inspeccionarla. Era extravagante, con un cuello alto y la falda plisada.

West parecía pensar lo mismo; guiñó los ojos incluso, como si le hiciera daño a la vista.

Lo dejé caer sobre la cama con un bufido y alargué las manos hacia los cierres del vestido azul que llevaba. Los de la parte superior se soltaron con un chasquido, pero cuando no pude llegar a los del centro, gemí frustrada.

Metí la mano en el bolsillo de mi falda para echar mano del cuchillo. West observó desde donde estaba al lado de la ventana mientras yo deslizaba la hoja por la costura en mis costillas. Di un tirón y la cintura hecha a medida se soltó rasgando la tela. Enrollé el corpiño hacia abajo hasta que la prenda entera cayó al suelo con un frufrú de tela amontonada. Me dolían los hombros y las costillas magulladas, por fin libres de la constricción de la seda.

West miró aluciando la combinación y el miriñaque ajustado en torno a mis caderas.

—¿Qué dem...?

Lo silencié con una mirada asesina. Me puse el vestido nuevo y abroché los botones de la espalda hasta donde pude. Cuando mis dedos ya no lograban llegar al siguiente, West terminó de abrocharlos con cara de pocos amigos. Las mangas cortas dejarían mi cicatriz a la vista y, por un momento, la idea me inquietó. Estaba acostumbrada a ocultarla.

Me quité las horquillas y dejé que toda mi melena cayera antes de sacudirla para ahuecarla bien. Los mechones de un caoba intenso cayeron sobre mis hombros, oscuros contra el color pálido del corpiño. Cuando abrí la puerta de nuevo, la mujer seguía ahí plantada, un par de zapatos de la misma tela rosa entre sus delicadas manos.

Abrió los ojos de par en par al ver la seda azul desgarrada en el suelo a mi espalda.

—Oh, santo cielo.

Recuperó la compostura enseguida, dejó los zapatos en el suelo y yo me los puse uno detrás de otro, con el vestido recogido en los brazos. Se alteró un poco al ver la cicatriz de mi brazo y yo dejé caer las faldas y esperé a que dejara de mirar.

Se puso roja como un tomate.

—Te acompañaré al desayuno. —Inclinó la cabeza a modo de disculpa.

West ya estaba esperando en el pasillo con Clove. La mujer los esquivó con cuidado, como si tuviese miedo de tocarlos. Clove parecía encantado. Dio un paso a un lado para dejarla pasar y la mujer los condujo escaleras abajo. El pasillo por el que habíamos llegado la noche anterior estaba ahora inundado de luz solar procedente de los ventanales que iban de suelo a techo. Por la pared interior había varios retratos pintados; sus intensos colores saturados representaban rostros de hombres y mujeres vestidos con túnicas y adornados con joyas.

Las monedas de la caja de Clove tintincaban mientras seguíamos a la mujer, lado a lado, por las escaleras de caracol.

—Es hora de que me cuentes qué demonios está pasando —dije en voz baja. Los ojos de Clove saltaron hacia West, recelosos.

—Ya sabes lo que está pasando. Decidí cobrar la recompensa de Holland y he traído a Zola de vuelta a Bastian desde los Estrechos.

—Pero ¿por qué? —Clove era leal a Saint, pero no era estúpido y no habría arriesgado el cuello por nada. Había algo más para él en todo aquello—. ¿Por qué harías todo esto y vendrías tan lejos por orden de Saint?

Clove arqueó una ceja, irritado.

—Consiguió que me compensara el esfuerzo. —Dio unas palmaditas sobre la caja de plata que llevaba bajo el brazo—. Voy a usar este dinero para fundar una flota nueva bajo el emblema de Saint.

—¿Qué? ¿Por qué no montarte por tu cuenta?

Clove sacudió la cabeza con una carcajada.

—¿Tú querrías tener que competir con Saint?

No, desde luego que no. Nadie en su sano juicio querría hacerlo. Esta era una manera de que todo el mundo obtuviera lo que quería.

—Llevaba más de un año tratando de convencer a Zola de volver a Bastian, pero no estaba interesado. Le tenía demasiado miedo a Holland.

—Hasta que me utilizaste a mí como cebo —musité—. Si Saint quería utilizarme para traer a Zola hasta Holland, sabía bien dónde encontrarme. Podía haber venido a buscarme a Jeval en cualquier momento. —Clove siguió caminando a mi lado, en silencio—. ¿Por qué ahora?

Clove giró la cabeza hacia atrás para mirar a West otra vez. Me detuve y la falda resbaló de mis dedos.

—O sea que yo tenía razón. —Lo fulminé con la mirada—. Esto sí que tiene que ver con West.

West nos miró a uno y otro, pero no dijo nada. Era probable que ya hubiese pensado eso mismo.

Saint ya llevaba un tiempo trabajando contra Zola, pero cuando se dio cuenta de que yo lo había utilizado para ayudar a West, había visto una manera de solucionar no un problema, sino dos. Conseguiría embaucar a Zola para que fuese a Bastian y me sacaría a mí del *Marigold*.

—Menudo bastardo —gruñí con los dientes apretados.

West me observaba por el rabillo del ojo, el músculo de su mandíbula en tensión. Una vez dijo que jamás conseguiría estar del todo libre de Saint. Empezaba a preguntarme si no tendría razón.

Giramos dos veces más antes de encontrarnos ante un par de anchas puertas que daban a un enorme mirador. Las paredes de cristal subían hasta un techo que enmarcaba el cielo azul. La luz era tan brillante que tuve que parpadear varias veces hasta que mis ojos se adaptaron.

En el mismo centro de la sala había una elegantísima mesa redonda, donde esperaba Holland.

El cinturón en torno a su cintura llevaba espirales de esmeraldas incrustadas, la misma piedra que colgaba de la cadena de oro alrededor de su cuello, que centelleó a la luz mientras contemplaba la ciudad por las ventanas, una taza de té en la mano.

West la miró con atención, una pregunta indescifrable en los ojos.

Nuestra acompañante se detuvo en la puerta y nos hizo un gesto para que pasáramos. Entré en la sala con West a mi lado, Clove detrás de nosotros.

—Buenos días —saludó Holland, sus ojos perdidos en el paisaje dorado delante de nosotros—. Sentaos, por favor.

El mirador estaba lleno de plantas, que hacían que el aire estuviese caliente y húmedo. Hojas silvestres e interminables enredaderas trepaban por las ventanas, y había flores de todos los colores desperdigadas entre las ramas y los tallos.

Alargué la mano hacia la silla, pero un joven apareció detrás de nosotras y la sacó para mí. Me senté con cautela mientras echaba un vistazo a todo lo que había sobre la mesa.

Había pastas y tartaletas dispuestas en elaborados diseños sobre estantes y bandejas de plata, y bayas frescas amontonadas en cuencos de porcelana blanca. Se me hizo la boca agua al oler el azúcar y la mantequilla, pero West y Clove mantuvieron las manos en sus regazos. Así que yo hice lo mismo.

—Es como mirar al pasado. —Holland dejó con delicadeza su taza en el platillo que tenía delante—. Eres la viva imagen de tu madre.

—Tú también —dije.

Eso hizo que su boca se torciera un poco, pero era verdad. Podía ver a mi madre en todos los ángulos de Holland, incluso con sus años y su pelo plateado. Tenía la misma belleza salvaje e indomable de Isolde.

—Entiendo que nunca te habló de mí. —Ladeó la cabeza en ademán inquisitivo.

—No, no lo hizo —respondí con sinceridad. Mentir no tenía ningún sentido.

—Reconozco que cuando Zola me envió un mensaje diciendo que me traía a la hija de Isolde, no le creí. Pero no hay quien lo niegue. —Sus ojos me recorrieron de arriba abajo otra vez—. Todavía estoy intentando dilucidar cómo pude no saber de ti. En el mar no sucede nada sin que yo lo sepa.

Pero yo conocía la respuesta a esa pregunta. Nadie excepto Clove sabía quién era yo, y además había pasado cuatro años en Jeval, lejos de la curiosidad del mundo entero. Por primera vez, me pregunté si esa sería una de las razones de Saint para dejarme ahí.

—Isolde era una chica testaruda —murmuró—. Preciosa. Talentosa. Pero muy muy testaruda.

Guardé silencio, muy atenta a las comisuras de su boca. Los cambios de sus ojos. Pero la superficie de Holland no revelaba nada.

—Tenía diecisiete años cuando se marchó en el *Luna*, sin despedirse siquiera. Desperté una mañana y no bajó a desayunar. —Levantó su taza y vi que temblaba en su mano mientras bebía otro sorbo de té caliente—. Si su padre no hubiese estado muerto ya, eso lo habría matado.

Escogió una pasta de la bandeja y la dejó en el plato que tenía delante justo cuando las puertas se abrieron a nuestra espalda. Un hombre entró en la sala, la chaqueta abotonada hasta el cuello y el sombrero en la mano. Tardé un momento en ubicarlo: el capitán del puerto.

West pareció darse cuenta en el mismo momento que yo, y se giró solo un poco en su silla para mantenerse de espaldas a él.

El hombre se detuvo al lado de la mesa antes de entregarle a Holland un rollo de pergaminos.

—Están desmantelando el *Luna* en estos mismos momentos. Hay un buen puñado de víveres, pero nada en las bodegas. Las velas están en buen estado.

—Bueno, siempre podemos encontrar utilidad a velas —murmuró Holland, mientras revisaba los pergaminos—. ¿La tripulación?

—En los muelles, buscando trabajo —repuso el hombre.

Miré de reojo a Clove, con los dragadores en mente. Si Holland se quedaba con el *Luna*, era muy probable que nadie les hubiese pagado. Y tendrían que buscar alguna forma de regresar a Jeval.

—Borra el atraque de los registros del puerto. No quiero que nadie vaya a ir por ahí indagando —dijo Holland.

La mano de West se apretó sobre el reposabrazos de su silla. Holland no solo había asesinado a Zola. Iba a hundir su barco e iba a borrar todas las pruebas de que hubiese estado en Bastian alguna vez. Para cuando terminara, sería como si no hubiese entrado en puerto jamás.

—Quiero el *Luna* en el fondo del mar antes de la puesta de sol. No necesito que el Consejo de Comercio sepa nada de esto antes de la reunión.

Los ojos de Clove se cruzaron con los míos por encima de la mesa. Mi única apuesta era que se refería a la reunión del Consejo de Comercio que iba a tener lugar entre los Estrechos y el mar Sin Nombre en Sagsay Holm.

El capitán del puerto emitió una especie de gruñido gutural a modo de respuesta.

—Hay otro barco no programado anotado también ahí. —Señaló hacia el pergamino que Holland tenía en las manos—. El *Marigold*.

Me puse rígida al instante, y mi taza golpeó el platillo un poco demasiado fuerte. A mi lado, la quietud de West me provocó un escalofrío. Parecía a punto de saltar de la silla y cortarle el cuello al hombre.

Holland levantó la vista hacia mí.

—No creo que tengamos que preocuparnos por ellos. ¿Y tú?

—No —repuse. Le sostuve la mirada. Ahí había un intercambio de algún tipo, solo que no estaba segura de cuál.

Holland le devolvió los pergaminos al capitán del puerto sin darles más importancia y el hombre asintió antes de girar sobre los talones y dirigirse de vuelta a las puertas.

Observé cómo se marchaba, los dientes apretados. Si Holland tenía al capitán del puerto en el bolsillo, eso significaba que no ocurría nada en esos muelles que ella no supiera.

—Bueno —empezó Holland, cruzando las manos sobre la mesa mientras miraba a Clove—, confío en que podrás regresar a los Estrechos.

—La verdad es que creo que acabas de decirle que hundiera el barco en el que llegué —contestó Clove, enfadado.

—Entonces, yo me encargaré de ello. Pero hay una cosa más que necesito que hagas.

—Te he traído lo que querías. —Hizo un gesto hacia la caja de plata—. Y ya me has pagado la recompensa.

—Estoy dispuesta a doblarla —dijo ella. Clove entornó los ojos con suspicacia.

—Te escucho.

Holland pescó una baya del cuenco y la sujetó en alto delante de ella.

—Saint.

El sonido de mi corazón tronaba en mis oídos, mis dedos se apretaron en torno al asa de la taza.

Clove apoyó ambos codos en la mesa.

—¿Qué quieres de Saint?

—Lo mismo que quería de Zola. Venganza. Mi hija murió en su barco y lo hago a él responsable. Se lo espera en la reunión del Sagsay Holm. Quiero que te asegures de que no llegue nunca.

Clove miró la mesa fijamente, pensativo. Casi podía oír los engranajes de su mente dar vueltas, formulando opciones. Trataba de tejer algún tipo de plan que nos sacara a todos de este lío. Cuando abrí la boca para hablar, él me silenció con la más leve negación de la cabeza.

Me di cuenta entonces de que la implicación de Saint en el cobro de esa recompensa no era lo único que Clove había mantenido en secreto. También había ocultado el hecho de que Saint era mi padre.

—¿Quieres el trabajo o no? —lo presionó Holland.

Aguanté la respiración. Si Clove rechazaba el encargo, Holland se lo daría a otra persona.

Clove la miró a los ojos.

—Quiero el trabajo.

Apoyé las manos en mi regazo y mis dedos retorcieron la tela de la falda. Holland había encontrado una manera de estirar sus garras hasta el otro extremo del mar, entrar en los Estrechos y tentar a Zola a salir. Ahora quería a Saint.

—Bien. —Se metió la baya en la boca y la masticó—. Y eso me lleva a ti. —Miró a West.

Él le sostuvo la mirada, expectante.

—Una vez que Saint esté fuera de juego, quedará una ruta comercial entera vacante. Si alguien conoce los negocios de Saint, ese es el timonel de su barco tapadera.

Y ahí estaba: la otra parte de su plan. Holland no solo quería venganza. Esto también era un negocio.

—No estoy interesado —dijo West sin rodeos.

—Lo estarás —lo contradijo Holland, sin quitarle el ojo de encima—. Alguien como yo siempre puede utilizar los talentos de alguien como tú. Haré que te merezca la pena.

Me mordí el carrillo por dentro mientras observaba a West con atención. Su expresión estoica ocultaba lo que fuese que estuviera pensando.

—Si lo que he oído de ti es cierto, entonces esto no es nada que no puedas manejar.

—No sabes nada sobre mí —insistió él.

—Oh, yo creo que sí. —Holland sonrió. Un silencio incómodo llenó el espacio entre nosotros antes de que sus ojos se posaran en mí de nuevo. Se puso de pie y dobló la servilleta con cuidado antes de dejarla sobre la mesa—. Ahora, Fable. Hay algo que quiero enseñarte.

DIECISIETE

Las puertas de la Casa Azimuth se abrieron a la cegadora luz de última hora de la mañana. Holland estaba en la cima de las escaleras, tan solo una silueta rutilante. Era etérea. Su largo pelo plateado caía por la capa bordada en oro que flotaba a su espalda mientras se dirigía hacia la calle.

West vaciló en el escalón de arriba, los ojos clavados en ella. Llevaba la chaqueta sin abotonar, el cuello de la camisa blanca abierto, y el viento revolvía su pelo rebelde de donde lo había peinado la víspera.

—Esto no me gusta —dijo en voz baja.

—A mí tampoco —musitó Clove detrás de mí.

Los ojos de West volaron hacia el puerto a lo lejos. Sin embargo, desde donde estábamos, era imposible distinguir los barcos. La tripulación del *Marigold* debía de estar preocupada ya, y si Holland tenía al capitán del puerto en el bolsillo, los estaría vigilando de cerca. Solo podía cruzar los dedos por que mantuviesen un perfil bajo y esperasen como les había ordenado West.

Holland nos miró a los tres con una pregunta en los ojos que me hizo sentirme incómoda. Ya no estábamos en los Estrechos, pero regían las mismas reglas. Cuanto menos supiera sobre quiénes eran West y Clove para mí, mejor.

La seguimos escaleras abajo hasta la calle. Daba la impresión de que toda la ciudad estaba en marcha ya. No se me pasó por alto la manera en que la gente levantaba la vista al ver pasar a Holland; a West tampoco. Lo vigilaba todo a nuestro alrededor, miraba hacia las ventanas en lo alto y por las callejuelas de los lados, y su silencio me estaba poniendo más nerviosa a cada minuto que pasaba.

Clove no me había contado en detalle lo que había hecho West para mi padre, pero había dicho lo suficiente para preocuparme por lo que era capaz de hacer. Lo que estaría dispuesto a hacer si creyera que Holland era peligrosa y lo que eso significaría para él.

Hacía menos de un día, había temido no volver a verlo nunca. Esa sensación de pesadumbre volvió a mí y se enconó en el centro de mi pecho. Me acerqué más a él y su mano se deslizó hacia la mía, pero no la tomó. En lugar de eso, cerró el puño, como si en cualquier momento fuese a agarrarme y a huir conmigo hacia el puerto.

Una parte de mí deseaba que lo hiciera, pero se iba a producir un cambio de poder en los Estrechos. Zola ya no estaba y Holland había fijado su objetivo en Saint ahora. Aparte de que fuese mi padre, eso no auguraba nada bueno para el *Marigold*. Si nos queríamos adelantar a los acontecimientos, teníamos que saber qué se nos venía encima.

Las monedas del cofre de Clove tintineaban entre sus brazos a mi lado. No había aceptado la oferta de Holland de guardar el dinero en su estudio y ahora su cofre llamaba la atención de casi todos los transeúntes, mientras seguíamos camino hacia el muelle más lejano, en el lado sur de Bastian. El emblema de Holland estaba pintado en el ladrillo del muelle en sí, con malecones privados que se extendían tan lejos de la orilla que en cada uno podían atracar tres barcos con facilidad. Era distinto de cualquier cosa que yo hubiese visto jamás en los Estrechos. Parecía un pequeño puerto en sí mismo, más que un simple muelle de atraque.

Los hombres que montaban guardia ante las puertas las abrieron cuando llegamos a la entrada. Holland no perdió el paso y siguió caminando por el pasillo central, salpicado de puestos variados. Los espacios de trabajo rectangulares estaban divididos por vigas de madera pulida, cada trabajador enfundado en un delantal con el emblema de Holland marcado a fuego en el cuero.

No tenían nada que ver con los trabajadores que llenaban Ceros. Estos llevaban camisas blancas limpias, el pelo peinado o trenzado, y se notaba que estaban recién aseados. Estaba claro que a Holland le gustaba que su cuartel general estuviese igual que su casa: pulcro y ordenado. Y la forma en que nadie la miraba a los ojos al pasar revelaba el miedo que le tenían.

Mis ojos saltaban de unos a otros en los puestos por los que pasábamos. Algunos parecían comerciantes de gemas que estaban limpiando piedras, descascarillando la roca exterior de rubíes crudos o pasando las piedras por cedazos en busca de los trozos de zafiro más pequeños y rotos. Ralenticé el paso cuando vi a un hombre cortando un diamante amarillo. Trabajaba con movimientos rápidos y creó el remate de la piedra más por memoria muscular que por vista. Cuando terminó, la dejó a un lado y empezó con otra.

—Esto es todo lo que he construido a lo largo de los últimos cuarenta años. —La voz de Holland sonó detrás de mí—. Todo lo que Isolde dejó atrás.

La pregunta era por qué. Era la misma que me había estado haciendo desde que el *Luna* entrara en puerto.

Bastian era precioso. Si había barrios bajos, aún no los había visto. Era bien sabido que había trabajo más que suficiente y mucha gente abandonaba los Estrechos para ocupar un puesto de aprendiz aquí y tener oportunidades nuevas. ¿Qué había alejado a Isolde del mar Sin Nombre?

Giré la cabeza hacia atrás en dirección a West. Estaba en el centro del pasillo, mientras recorría con los ojos el inmenso muelle.

—No deberíamos estar aquí —dijo de repente. Se pasó una mano por el pelo para retirarlo de su cara en un gesto familiar que me indicó que estaba nervioso. No era solo Holland. Había algo más que lo inquietaba.

El pasillo se abría a un gran corredor, y Holland no nos esperó antes de caminar con pasos medidos hacia los tres hombres que montaban guardia delante de una puerta forrada en grueso terciopelo. Holland se quitó los guantes de las manos, desabrochó su capa y entró. Cuando Clove se sentó en la silla de cuero de al lado de la puerta, ella lo fulminó con la mirada.

La oscura habitación se iluminó cuando uno de los hombres encendió una larga cerilla para prender las velas dispuestas por las paredes. El espacio parecía una versión refinada y más lujosa del cuartel general de Saint en el Pinch. Había mapas colgados de las paredes, los bordes de la tierra marcados en rojo; tuve que hacer un esfuerzo por no alargar la mano y seguir su contorno con los dedos. Eran mapas de buceo.

—Eres dragadora —dijo Holland, a la que no se le había pasado por alto cómo estudiaba los mapas—. Como lo era tu madre.

—Así es.

Se medio rio mientras sacudía la cabeza.

—Esa no era la única cosa que no comprendía de esa chica. —Su voz se acalló—. Siempre fue inquieta. No creo que hubiese nada en este mundo que pudiera calmar el mar dentro de ella.

Pero yo sabía que eso no era cierto. La Isolde que yo conocí había sido serena, hecha de aguas profundas. Quizás Holland estuviese diciendo la verdad acerca de ella, pero eso fue antes de Saint. Eso fue antes de mí.

Leí los lomos de los libros alineados en las estanterías hasta que mis ojos se posaron en una vitrina de cristal detrás del escritorio. Estaba vacía. En su interior había un pequeño cojín de satén, detrás de una placa grabada que no alcanzaba a leer.

A Holland pareció agradarle mi interés.

—Medianoche —dijo, siguiendo la dirección de mi mirada hasta la vitrina. Puso una mano sobre ella y dio unos golpecitos con un anillo contra el cristal.

Ladeé la cabeza y la miré con expresión inquisitiva. La gema medianoche era una piedra que solo existía en las leyendas. Si ella tenía una, la hubiese exhibido en la gala.

—¿Eso tampoco te lo contó? —Holland esbozó una sonrisilla de suficiencia.

—¿Contarme qué?

—La noche que Isolde desapareció, también lo hizo la gema medianoche que había en esta vitrina.

Crucé los brazos, el ceño fruncido.

—Mi madre no era ninguna ladrona.

—Nunca la tomé por una. —Holland se sentó en la mullida silla, puso una mano en cada reposabrazos—. ¿Alguna vez has visto una? ¿Una gema medianoche?

Holland sabía la respuesta. Nadie la había visto. Lo poco que sabía acerca de la piedra era lo que había oído en las historias de comerciantes y estibadores supersticiosos.

—Es una gema bastante peculiar. Negra y opaca, con vetas violetas —explicó—. Fue descubierta en una inmersión en la Constelación de Yuri. —Conocía el nombre por los mapas del mar Sin Nombre. Era un grupúsculo de arrecifes—. Isolde fue quien la encontró.

Dejé caer las manos a los lados desde donde las tenía remetidas en mis codos. A mi lado, West estudiaba mi cara, en busca de alguna evidencia sobre lo que afirmaba Holland.

—Eso es mentira. Me lo hubiese contado. —Mis ojos volaron hacia Clove, que estaba haciendo todo lo posible por pasar inadvertido. Cuando por fin me miró a los ojos, inclinó la cabeza hacia un lado.

Sí que era verdad.

—¿Estás segura de eso? —insistió Holland—. Todo comerciante que se precie y ambos Consejos de Comercio asistieron la primera y única vez que se exhibió en Casa Azimuth, y todos ellos te dirán que no es un mito. —Holland levantó la barbilla—. Lo hubiese cambiado todo. Hubiese puesto patas arriba el negocio de las gemas. Pero unos días más tarde, Isolde desapareció. Igual que la medianoche.

La miré pasmada, sin tener muy claro qué decir. Había acusación en su voz. Suspicacia.

—No sé nada acerca de la gema medianoche —musité.

—Hmm. —Holland frunció los labios.

No sabía si me creía o no, pero no estaba mintiendo. No había oído a mi madre mencionar la medianoche ni una sola vez.

Una llamada a la puerta rompió el silencio entre nosotros y la tensión de Holland se disipó.

—Adelante.

La puerta se abrió y, al otro lado, un joven no mucho mayor que yo esperaba con un rollo de pergaminos atados con una cinta de cuero bajo el brazo.

—Llegas tarde —dijo Holland con desdén—. ¿Te ha visto alguien?

—No. —La mirada gélida del joven se posó en ella al entrar. Hasta entonces, no había visto a nadie ni siquiera mirar a Holland a los ojos, pero él lo hacía. Sin reservas.

Se detuvo delante del escritorio y esperó con los pergaminos en unas manos llenas de cicatrices. Eran cicatrices de platero: cruzaban por encima de sus nudillos y se envolvían en torno a las palmas de sus manos. Las seguí por sus brazos hasta que desaparecían bajo sus mangas enrolladas.

Y ahí, justo debajo del codo, llevaba un tatuaje negro sobre la piel del antebrazo. La forma retorcida de dos serpientes enrolladas, cada una comiéndose la cola de la otra.

Di un paso adelante para ver mejor su forma. Era un tatuaje idéntico al que tenía Auster. En el mismo lugar exacto.

Los ojos de West observaban al hombre en silencio. Él también lo había visto.

Nunca le había preguntado a Auster acerca de la marca. No era inusual que los comerciantes tuviesen tatuajes. Pero si era de Bastian, no podía ser una coincidencia.

—Enséñamela —musitó Holland. El hombre hizo un gesto con la cabeza hacia mí y hacia West.

—No los conozco.

—Así es. No los conoces —repuso Holland con frialdad—. Ahora enséñamela.

El hombre vaciló un instante antes de desatar la correa de cuero que sujetaba los pergaminos. Luego los desenrolló con cuidado sobre el escritorio para revelar un dibujo hecho con trazos finos de tinta negra al estilo del diagrama de un barco. Solo que no era un barco. Me acerqué un paso para estudiar el pergamino.

Era una tetera.

Holland se inclinó hacia delante y miró el dibujo con atención.

—¿Estás seguro de que puedes hacer este tipo de trabajo? —Su dedo se deslizó por las dimensiones representadas.

No había forma humana de que nadie pudiese hacer algo así. Jamás había visto nada igual. La tetera se asentaba dentro de una cámara de plata con huecos geométricos recortados, y el dibujo revelaba incrustaciones de varias gemas de distintas caras. En el margen, venían detalladas en orden alfabético:

ámbar, fluorita, jade, ónice, topacio. Daba la impresión de que la cámara giraría, con lo que crearía una miríada de dibujos de colores.

—Si cree que no puedo hacerlo, pídale a uno de sus aprendices que lo haga.

Me gustó la manera en que la miraba ceñudo, sin arredrarse. A Clove también le gustó. Observaba al joven con una sonrisa irónica.

—Si tuviese a alguien con la suficiente destreza para hacerlo, no te lo hubiese encargado a ti, Ezra. —Holland bajó la voz—. Henrik dice que puedes hacerlo. Si se equivoca, tendrá que pagarme a *mí* por su error.

Ezra cerró los pergaminos y anudó las tiras de cuero.

—¿Hemos terminado?

Mis ojos se posaron en el tatuaje otra vez y, cuando levanté la vista, Ezra me estaba mirando. Sus ojos bajaron también hacia la marca.

Holland dio unos golpecitos metódicos en la mesa.

—Tienes diez días. Necesito tenerla en mis manos antes de la reunión del Consejo de Comercio en Sagsay Holm.

Me puse tensa al recordar lo que había dicho Holland esa mañana. Ese también era su plazo para dar debida cuenta de Saint.

Ezra contestó con un asentimiento. Me miró a los ojos una vez más antes de dar media vuelta, salir por la puerta y desaparecer por el pasillo.

—¿Qué es? —pregunté, mientras observaba la puerta cerrarse.

—Un regalo. —Apoyó las manos en el escritorio otra vez—. Para los Consejos de Comercio de los Estrechos y el mar Sin Nombre.

El juego de té tenía que valer una fortuna. Si era un regalo, se estaba preparando para hacer algún tipo de solicitud a los Consejos de Comercio. Uno que requería persuasión, aunque aún no era capaz de imaginar qué. Holland se había deshecho de Zola, con lo que solo quedaba Saint como rival en Ceros. Pero ella ni siquiera comerciaba ahí. Jamás había visto un barco con su emblema en un solo puerto de la zona. Después de ver el alcance de sus negocios, no tenía sentido que su ruta excluyera los Estrechos. Era conocida mucho más allá del mar Sin Nombre, su poder y su riqueza legendarios. Entonces, ¿por qué no comerciaba en Ceros?

La única explicación era que, por una razón u otra, Holland *no podía* navegar por los Estrechos.

—No tienes licencia para comerciar en los Estrechos, ¿verdad? —pregunté, sumando dos más dos. Holland parecía impresionada.

—El Consejo de Comercio de los Estrechos cree que si me permiten abrir mi propia ruta a Ceros, hundiría a los comerciantes nativos. —En efecto, eso haría—. Construí este imperio con mis propias manos, Fable —explicó—. Cuando empecé, no tenía nada, y ahora legaré al mar Sin Nombre el negocio de gemas más poderoso que nadie haya visto jamás.

Pude ver en sus ojos que esto era lo que quería enseñarme. El éxito. El poder.

—Solo hay un problema: este imperio no tiene heredero.

West se quedó muy quieto a mi lado y noté cómo emanaba la tensión de él en el silencio ensordecedor que nos envolvía. Clove también me observaba. Pero toda mi atención estaba puesta en Holland. Entorné los ojos y entreabrí los labios mientras trataba de desenterrar las palabras.

—Ni siquiera me conoces.

Me dedicó una sonrisa de aprobación.

—Quiero cambiar eso.

—No necesito un imperio. Tengo una vida y una tripulación. En los Estrechos. —Las palabras dolieron mientras las pronunciaba. Estaba tan desesperada por volver al *Marigold*, que sentí cómo las lágrimas amenazaban con brotar.

—La oferta no es solo para ti. —Miró a West—. Me gustaría que te plantearas formar parte de mi flota.

—No. —West respondió tan deprisa que Holland apenas había terminado de hablar cuando él abrió la boca.

—¿Ni siquiera vas a escuchar mi oferta?

—No, no quiero saberla —dijo, impertérrito.

Holland ya no parecía divertida. Parecía enfadada. Di un paso involuntario hacia West, pero ella se dio cuenta y miró de uno a otra. Le había revelado demasiado.

—Me gustaría que os tomaseis una noche para sopesar mi oferta. Si sigue sin interesaros para cuando salga el sol, sois libres de marcharos.

Me mordí el carrillo por dentro mientras observaba la brillante chispa de luz en sus ojos. En una sola noche había aprendido más sobre mi madre de lo que había aprendido en toda mi vida. Saint no era el único que tenía secretos, y no podía evitar sentirme traicionada.

Si Holland estaba diciendo la verdad acerca de Isolde, significaba que era una ladrona. Una mentirosa. Jamás me había hablado de mi abuela en el mar Sin Nombre ni del descubrimiento de la gema más importante de la historia, del cual ella era responsable. Sin embargo, había algunas cosas sobre mi madre que sabía que eran verdad. Cosas en las que confiaba. Si había destruido la única opción de Holland para meter un pie en los Estrechos, seguro que había tenido una razón.

Y aquí había más en juego de lo que Holland nos estaba revelando. Deshacerse de Zola y Saint no era solo una cuestión de venganza. Era una estrategia. Eran los dos comerciantes más poderosos, ambos con sede en Ceros. Estaba despejando el campo de batalla antes de mover ficha con el Consejo.

Saint no era el único que tenía un largo juego en marcha.

DIECIOCHO

El hombre de Holland nos acompañó otra vez escaleras arriba; deslicé la mano por la barandilla de la galería y levanté la vista hacia el tragaluz acristalado por encima de nosotros. El polvo centelleaba sobre el cristal como las facetas de una gema.

—Fable. —La voz de West me hizo pestañear. Estaba al final del pasillo con Clove, el rostro crispado de la aprensión.

Mis dedos resbalaron de la barandilla y cerré los puños. West esperó a que entrara en la habitación y cerró la puerta a nuestra espalda. Dejó a Clove fuera.

Palpé por la mesa en busca de una cerilla y encendí las velas. A través de la ventana, vi el sol que se ocultaba por el horizonte. Cuando saliera de nuevo, estaríamos de camino al puerto.

—¿La vas a aceptar? —Las palabras de West llenaron el silencio.

Se me cayó el alma a los pies al mirarlo, la cerilla humeante aún en la mano. Estaba tenso, su dureza al descubierto.

—¿Qué?

—¿Vas a aceptar la oferta de Holland?

Me giré para mirarlo de frente.

—¿De verdad me estás preguntando eso?

West no me sostuvo la mirada, sino que dejó caer la vista al suelo entre nosotros.

—Eso hago, sí.

Lo agarré del brazo y esperé hasta que me miró.

—Le dije que no la quería.

El alivio en su rostro fue más obvio de lo que estaba segura que él quería revelar. Pero no parecía convencido.

—No puedes confiar en ella, Fable —murmuró—. Pero eso no significa que debas rechazar su oferta.

—Suenas como si *quisieras* que la aceptara. —Me dejé caer en la silla de al lado de la ventana—. ¿Qué pasa? —pregunté con suavidad.

La expresión de West era indescifrable. Se quedó callado durante un buen rato antes de por fin contestar.

—Tenemos que hablar.

Sin embargo, no estaba segura de estar preparada para lo que quizás dijera.

—No hace falta.

—Sí, sí hace falta.

—West...

—Deberíamos hablar sobre ello antes de que decidas nada.

—Te lo he dicho. Ya lo he decidido —repetí.

—Tal vez cambies de opinión cuando oigas lo que tengo que decir.

Mi pulso latía a toda velocidad debajo de mi piel, y mi mente corría como loca. No estaba segura de por qué de repente tenía miedo de él. Desde el momento en que Saint me había dicho que West no era quien creía que era, había estado conteniendo la respiración. Esperando a ver dónde aparecería la fisura entre nosotros. A lo mejor era aquí.

—Hay más detrás de mi puesto con Saint de lo que te he contado. Estoy seguro de que eso ya lo habías deducido. —Se metió las manos en los bolsillos y apretó los labios antes de continuar—. Estaba trabajando en la tripulación de un barco, como tantos otros niños pobres de Waterside. El timonel era ese del que te hablé. No era un buen hombre.

Todavía me acordaba de la expresión de West cuando me contó que el timonel le pegaba palizas en la bodega de la nave.

—Una de nuestras rutas nos llevaba a Ceros durante dos días cada tres semanas. Una noche, cuando atracamos en el puerto, fui a Waterside a ver a Willa. Cuando llegué, supe que algo iba mal, pero ella no quería decirme nada. Tuve que preguntar aquí y allá hasta descubrir que alguien que trabajaba en la taberna iba por ahí cuando yo no estaba y robaba a Willa y a mi madre. El tipo sabía que no había nadie ahí para impedírselo y Willa no me lo había dicho porque le daba miedo lo que podría hacer.

Yo había visto esa expresión en el rostro de Willa: el miedo a que West se ocupara de algún asunto con sus propias manos. Eso era lo que había estado intentando evitar cuando vendió su daga en la almoneda de Dern. Estaba tratando de mantener a West fuera del problema.

—Era casi de día cuando por fin llegué a la taberna y, cuando lo encontré, estaba borracho. De no haberlo estado, no creo que hubiese sido capaz de... —Hizo una pausa. Sus ojos se deslizaron por el suelo, como si viese el recuerdo delante de él—. Estaba sentado en una mesa solo. Ni siquiera lo pensé. No tuve miedo. Me limité a acercarme a él, cerré las manos en torno a su cuello y un silencio se apoderó de mí. Fue como... fue muy *fácil*. Se cayó de su silla y no paraba de patalear y de intentar quitarse mis manos de encima. Pero yo simplemente seguí apretando. Seguí apretando incluso después de que dejara de moverse.

No sabía qué decir. Traté de imaginármelo, con unos catorce años quizás, estrangulando a un hombre adulto en medio de una taberna vacía. Su pálido pelo ondulado delante de la cara. Su piel dorada a la luz del fuego.

—No sé cuánto tiempo tardé en darme cuenta de que estaba muerto. Cuando por fin lo solté, me quedé ahí sentado, mirándolo. Y no sentí nada. No me sentí mal por lo que había hecho. —Tragó saliva—. Cuando por fin levanté la vista, había una sola persona más en la taberna, sentada en la barra. No me había percatado de su presencia hasta ese momento. Y él me observaba. —West me miró a los ojos—. Era Saint.

Me lo imaginé sin problemas: sentado ante la barra, con su abrigo azul y un vaso verde en la mano. Los engranajes de su mente girando sin parar.

—Sabía quién era. Lo reconocí. Al principio, no dijo nada. Se limitó a seguir bebiendo su aguardiente y, cuando terminó, me ofreció un puesto en su tripulación. Ahí mismo, tal cual. Por supuesto, lo acepté. Pensé que cualquier cosa tenía que ser mejor que el timonel para el que estaba trabajando. Y lo fue. Saint fue justo conmigo. Así que cuando me empezó a pedir que le hiciese favores, los hacía.

—¿Qué tipo de favores? —susurré. West soltó el aire despacio.

—Llegábamos a puerto y, a veces, había alguna cosa que debía hacerse. Otras veces, no. Infligir castigos por deudas impagadas. Hacer daño a gente que no se dejaba intimidar. Hundir barcos, o negocios enteros, o sabotear mercancías. Hacía lo que fuese que me pidiera.

—¿Y Sowan?

Sus ojos centellearon. No quería hablar de Sowan.

—Eso fue un accidente.

—Pero ¿qué pasó?

De repente, su voz sonaba más callada.

—Saint me pidió que me ocupara de un comerciante que estaba maquinando contra él. Prendí fuego a sus almacenes cuando paramos ahí en nuestra ruta. La tripulación no lo sabía —murmuró, casi para sí mismo. Pero esa era la parte de la historia que ya me había contado—. Cuando atracamos en Dern, descubrí que había alguien en el almacén cuando provoqué el incendio.

Yo había estado ahí cuando el comerciante se lo dijo. Había visto las miradas de confusión que intercambiaron Paj y los otros, aunque alguna parte de ellos tenía que saber lo que West hacía para Saint. Eran demasiado listos para no haberse dado cuenta.

Un millón de cosas revolotearon por mi mente, pero demasiado deprisa. No pude agarrar ni una sola. Saint tenía razón en lo de que no conocía a West. Zola también la tenía. Solo había visto los lados de West que él había elegido enseñarme.

—Todos hemos hecho cosas para sobrevivir —murmuré.

—Eso no es lo que estoy tratando de decirte. —El aire a su alrededor cambió mientras hablaba—. Fable, necesito que entiendas algo. Hice lo que necesitaba hacer. No me gustaba, pero tenía una hermana y una madre que necesitaban mi jornal, y tenía un lugar en una tripulación que me trataba bien. Sé que no es correcto, pero si pudiese volver atrás, creo que volvería a hacerlo todo otra vez. —Lo dijo con un convencimiento absoluto—. No sé en qué me convierte eso. Pero es verdad.

Dio la impresión de que esas eran las palabras que más le había costado decir. Porque estaba diciendo la verdad. No podía cargar las culpas sobre nadie más. *Este* era West y no estaba mintiendo al respecto.

—Por eso no quiere perderte Saint. Por eso te dio un barco tapadera para dirigir. —Me froté la cara con una mano, exhausta de pronto—. Pero ¿por qué no me lo contaste? —pregunté—. ¿Creías que no lo averiguaría?

—Sabía que iba a tener que hablarte de mi trabajo con Saint. Solo quería que... —Hizo una pausa—. Me daba miedo que cambiaras de opinión. Sobre mí. Sobre el *Marigold*.

Quería decirle que no lo hubiese hecho. Que no hubiese cambiado nada. Pero no estaba segura de que fuese verdad. Trabajar como tripulación para mi padre era una cosa. Yo lo *conocía*. No había ningún misterio en quién era o lo que quería. Pero lo de West era diferente.

—Vamos a tener que averiguar una manera de confiar el uno en el otro —comenté.

—Lo sé.

Sabía que West estaba muy enredado con mi padre, pero esto era diferente. West era la razón de que la gente temiese a Saint. Él era la sombra que Saint proyectaba sobre todo lo que lo rodeaba. El botín del *Lark* no solo compraba la libertad de West con respecto a mi padre. Compraba su alma.

—Si no hubieses sabido de la existencia del *Lark*... si no hubieses necesitado salvar el *Marigold*, ¿me habrías aceptado en la tripulación?

—No —contestó, sin un solo instante de vacilación. Se me cayó el alma a los pies, al tiempo que se me anegaban los ojos de lágrimas—. No creo que lo hubiese hecho. Hubiera querido que te alejases de mí lo más posible —admitió—. En cierto modo, una parte de mí todavía desearía que no hubiésemos votado aceptarte.

—¿Cómo puedes decir eso? —espeté, indignada.

—Porque tú y yo nos hemos condenado, Fable. Siempre tendremos algo que perder. Lo supe ese día en la Trampa de las Tempestades, cuando te besé. Lo supe en Dern cuando te dije que te quería.

—Entonces, ¿por qué lo hiciste?

Se quedó callado tanto tiempo que no estaba segura de que fuese a contestar. Cuando por fin lo hizo, su voz sonó hueca.

—La primera vez que te vi, estabas de pie en el muelle de las islas barrera. Nunca antes habíamos atracado en Jeval y te estaba buscando. Una chica con el pelo caoba oscuro y pecas, con una cicatriz en la cara interna del brazo izquierdo, había dicho Saint. Pasaron dos días antes de que aparecieras.

Yo también recordaba ese día. Fue la primera vez que había hecho algún tipo de negocio con West. La primera vez que había visto el *Marigold* en las islas barrera.

—Estabas regateando con un comerciante, tratando de conseguir un precio mejor por el piropo que le estabas vendiendo. Y cuando alguien lo llamó desde la cubierta de su barco y el hombre levantó la vista, sisaste una naranja sanguina de una de sus cajas. Como si toda la razón de que hubieses estado ahí de pie hubiese sido para esperar el momento en que no mirara. Dejaste caer la naranja en tu bolsa y cuando se giró hacia ti otra vez, seguiste discutiendo con él como si tal cosa.

—No me acuerdo de eso —dije.

—Pues yo sí. —La sombra de una sonrisa levantó las comisuras de sus labios—. Desde aquel día, cada vez que fondeábamos en Jeval, sentía una especie de compresión dolorosa en el pecho. —Levantó una mano y la metió por su chaqueta abierta como si lo estuviese sintiendo ahora—. Era como si aguantara la respiración, temeroso de que no estuvieses en los muelles. De que te hubieses marchado. Y cuando desperté en Dern y no estabas ahí, volví a tener la misma sensación. No podía encontrarte. —Su voz vaciló y las palabras sonaron entrecortadas. Parecía tan pesado. Tan cansado...

—Pero sí que me encontraste. Y no quiero la oferta de Holland.

—¿Estás segura?

—Estoy segura.

Sus facciones se suavizaron, la expresión de sus ojos más familiar. El sonido del viento silbaba por fuera de la ventana y sus hombros por fin encontraron algo de relajación.

—Pero ¿qué vamos a hacer con respecto a Saint? —pregunté cuando mi mente divagó hacia mi padre.

—¿A qué te refieres?

—Holland va tras él, West. Es solo una cuestión de tiempo hasta que averigüe que Clove no va a cumplir su parte del trato. Encontrará otra manera de hacerlo.

—Cortamos nuestros lazos con él. —West se encogió de hombros—. Saint puede cuidar de sí mismo. —Fruncí el ceño mientras trataba de entender lo que decía—. No podemos implicarnos, Fable. Nos dejó tirados para lidiar con Zola cuando no podíamos mover el barco. Ahora tendrá que apañárselas con Holland. No le debes nada.

—No se trata de deberle algo o no. Se trata del futuro de los Estrechos. —Eso era verdad, en su mayor parte.

West suspiró, se pasó una mano por el pelo ondulado.

—Razón por la cual tenemos que volver a Ceros.

Para mí, no era tan sencillo. Si Holland obtenía licencia para comerciar en los Estrechos, no importaba cuánto dinero tuviese el *Marigold*. Holland borraría del mapa a todos los comerciantes del lugar en cuestión de años.

Y más peligroso que eso era el hecho de que la idea de que le pasara algo a Saint me daba miedo. Pánico. No me gustaba seguir siendo leal a él por instinto cuando él no me había sido leal a mí. Pero esto iba más allá de cuando le supliqué un puesto en su tripulación, más allá de cuando me abandonó en Jeval. Si Holland le ponía las manos encima a Saint, yo lo perdería para siempre. Y no importaba lo que hubiese hecho, ni por qué. No podía permitir que eso ocurriera.

West no podía entenderlo. Jamás podría.

—Mañana, zarparemos de Bastian y volveremos a casa —sentenció.

Asentí y alargué un brazo para tomar su mano.

Él me miró, sus ojos bajaron hacia mi boca. Pero no se movió.

—¿Me vas a besar? —susurré.

—No estaba seguro de si todavía querías que lo hiciera.

Me levanté y me puse de puntillas. West apoyó la frente en la mía antes de abrir mis labios con los suyos; solté el aire que había estado conteniendo desde que desperté en el *Luna*. Tenía ganas de llorar, ahora que el dolor de mi pecho se había liberado y me llenaba de alivio. Porque había estado aquí antes, una y otra vez en mis sueños desde que saliera de los Estrechos. Solo que esta vez, era real. Esta vez, no me despertaría. West estaba vivito y coleando, cálido entre mis brazos. Y la sensación de él en contacto conmigo reverberaba en cada gota de mi sangre.

No sabía lo que había esperado que dijera ni qué explicaciones tendría para el pasado. Pero West no tenía ninguna.

Más aún, no tenía remordimientos.

No sé en qué me convierte eso.

Sus palabras se avivaron otra vez en mi mente con un susurro mientras acariciaba su cara y sus brazos se apretaban a mi alrededor. Sin embargo, no sentí miedo de él como había pensado. Me sentí a salvo. No sabía si podía querer a alguien como mi padre, pero lo hacía. Con un amor que era profundo y suplicante. Con un amor que era aterrador.

Y no sabía en qué me convertía eso *a mí*.

DIECINUEVE

ME QUEDÉ TUMBADA EN LA CAMA, DESPIERTA, MIENTRAS escuchaba la respiración de West. Sonaba como las olas que lamían la costa de Jeval en los días cálidos, cuando entraban a toda velocidad y luego salían con una leve succión.

Jamás creí que fuese a recordar nada de eso cuando partí de Jeval: el color de los bajíos, la extensión del cielo, el sonido del agua… Esos cuatro años habían estado tan ensombrecidos por el dolor de perder a mi madre y la añoranza de mi padre que habían consumido tanto la luz como la oscuridad. Hasta West. Hasta el día en que el *Marigold* apareció en las islas barrera, sus extrañas velas tipo alas combadas al viento. Tardé casi seis meses en creerme que cada vez que lo veía alejarse por el horizonte no sería la última. Había empezado a confiar en West mucho antes de ser consciente de ello, pero aún no estaba segura de que él confiara en mí.

Un destello de luz se prendió a lo largo de la grieta de debajo de la puerta. Lo observé hasta que desapareció. Al otro lado de la ventana, aún quedaba más de una hora para que amaneciera, por lo que el cielo seguía negro.

Me escurrí de los pesados brazos de West y me senté. Agucé el oído. Casa Azimuth estaba en silencio, excepto por el sonido de unas pisadas calladas en la escalera al fondo del pasillo. Mis pies descalzos encontraron la mullida alfombra y me quedé ahí parada, la falda entre los brazos para que no hiciera ruido. West estaba sumido en un sueño profundo, su cara relajada por primera vez desde que lo vi en la gala.

El cierre de la puerta chirrió con suavidad cuando lo levanté para abrir la puerta. Clove estaba roncando contra la pared, las piernas cruzadas delante de él y el cofre de monedas debajo del brazo.

El resplandor de una lámpara de gas oscilaba por la pared. Me asomé por encima de la barandilla para ver una cabeza de pelo plateado en el piso de abajo. Holland caminaba por el pasillo, enfundada en una bata de raso.

Me giré otra vez hacia la habitación oscura a mi espalda antes de pasar por encima de las piernas de Clove e ir en pos de la luz. Iluminaba el suelo delante de mí mientras doblaba esquina tras esquina en la oscuridad. Cuando llegué al final del pasillo, se esfumó.

Más adelante, había una puerta abierta.

Caminé hacia ella con pasos sigilosos. Veía la sombra de Holland moverse por el mármol, y la luz golpeó mi cara cuando me asomé por la rendija. Era una habitación revestida de madera con una pared cubierta de mapas solapados, las otras equipadas con candelabros de bronce. Holland estaba en un rincón, contemplando un cuadro que colgaba sobre el escritorio. Mi madre estaba envuelta en un vestido verde esmeralda con una gema violeta en un broche enorme, su rostro resplandeciente a la luz de las velas.

Abrí más la puerta y los ojos de Holland bajaron para conectar con los míos.

Levantó un dedo para secar una esquina de su ojo.

—Buenas noches.

—Casi buenos días ya —contesté. Entré en la habitación y los ojos de Holland se posaron en mi vestido arrugado.

—Bajo aquí cuando no puedo dormir. No sirve de nada estar tumbada en la cama cuando puedo adelantar algo de trabajo.

La verdad era que no parecía estar trabajando. Más bien parecía que Holland había bajado a ver a Isolde.

Sacó una cerilla larga de una caja de la mesa y observé cómo su mano flotaba por encima de las mechas. Cuando la última vela estuvo encendida, sopló para apagar la cerilla y yo aproveché la luz para estudiar los mapas ensamblados juntos en la pared del fondo. Mostraba un detallado sistema de arrecifes, pero no eran una cadena de islas cualquiera. Ya las había visto antes.

La Constelación de Yuri.

Me acerqué un paso para leer las anotaciones en tinta azul sobre los márgenes de los diagramas. Había varias zonas tachadas, como si alguien las hubiese marcado de manera metódica. Era un cuadrante de buceo activo, como los que colgaba mi padre en las dependencias del timonel en el *Lark*. Y eso solo podía significar una cosa.

Holland todavía buscaba la gema medianoche.

Detrás de ella, otro gran retrato de un hombre colgaba rodeado de un marco dorado. Era guapo, con pelo oscuro, ojos grises y una barbilla un tanto orgullosa. Pero había amabilidad en su rostro. Algo cálido.

—¿Ese es mi abuelo? —pregunté. Holland sonrió.

—Así es. Oskar.

Oskar. El nombre parecía encajar bien con el hombre del retrato, pero no estaba segura de haberlo oído alguna vez en boca de mi madre.

—Se formó como zahorí de gemas con su padre, pero le había entregado su corazón a las estrellas. En contra de la voluntad de tu bisabuelo, Oskar encontró un puesto como aprendiz de un navegante celestial.

Supuse que de ahí le venía el nombre a la Casa Azimuth, así como su diseño.

—Fue el mejor de su tiempo. No había ni un solo comerciante en el mar Sin Nombre que no venerara su trabajo, y casi todos los pilotos que navegaban por estas aguas habían sido aprendices suyos en un momento u otro. —Sonrió con orgullo—. Pero le enseñó a Isolde el arte de los zahorís de gemas cuando se dio cuenta de lo que la niña podía hacer.

La tradición de un zahorí de gemas era algo que se pasaba de generación en generación, pero solo a personas que tenían el don. Mi madre se había percatado pronto de que yo lo tenía. Me pregunté cuánto tiempo había tardado Oskar en verlo en Isolde.

Levanté la mano para tocar el borde de otro retrato. Parecía el mismo hombre, pero más mayor. Llevaba el pelo blanco cortado corto, rizado alrededor de las orejas.

—Es raro que tu madre no te hablara nunca de él. Tenían una relación estrecha desde que ella era pequeña.

—No me habló de muchas cosas.

—Tenemos eso en común. —Holland sonrió con tristeza—. Isolde siempre fue un misterio para mí. Pero Oskar... él la entendía de un modo que yo nunca pude.

Si eso era verdad, ¿por qué no me había hablado nunca de él? La única explicación que se me ocurría era que tal vez no quisiera arriesgarse a que nadie supiera que era la hija de las personas más poderosas del mar Sin Nombre. Eso causaría su propio tipo de problemas. Sin embargo, no podía quitarme de encima la sensación de que la razón de que mi madre no me hubiese hablado de Holland era porque no quería que la encontrara. Que quizás Isolde había tenido miedo de ella.

—No sabía que tuviera una hija hasta que recibí un mensaje de Zola. No lo creí, pero luego... —Respiró hondo—. Luego te vi.

Miré el retrato de mi madre otra vez y me comparé con él. Era como mirarme a un espejo, excepto porque había algo dulce en ella. Algo intacto. Sus ojos parecían seguirme por la habitación, sin separarse de mí ni un instante.

—¿Te contó de dónde sacó tu nombre? —preguntó Holland, sacándome de mi ensimismamiento.

—No. No lo hizo.

—Del Escollo de Fable —dijo. Volvió hacia el escritorio y movió un montón de libros para revelar un mapa de la costa de Bastian pintado sobre la superficie. Deslizó un dedo por el irregular borde de la tierra, luego lo arrastró por el agua hasta lo que parecía una isla diminuta—. Aquí era donde se escondía cuando quería alejarse de mí. —Se rio, pero el sonido fue un poco amargo—. El faro del Escollo de Fable.

—¿Un faro?

Holland asintió.

—No tenía más de ocho o nueve años cuando empezó a desaparecer días enteros. Después reaparecía como salida de ninguna parte y como si no hubiese pasado nada. Tardamos casi dos años en averiguar a dónde iba.

Se me comprimió el pecho y mi corazón llegó a trastabillarse incluso. No me gustaba que esta mujer, una extraña, supiese tanto sobre mi madre. No me gustaba que supiese más que yo.

—¿Cómo murió? —preguntó Holland de pronto, y la expresión de sus ojos se volvió aprensiva. Como si hubiese tenido que hacer acopio de valor para preguntarlo.

—En una tormenta —expliqué—. Se ahogó en la Trampa de las Tempestades.

Holland parpadeó mientras soltaba el aire que había estado reteniendo.

—Ya veo. —Se produjo un silencio largo antes de que hablara otra vez—. Le perdí la pista a Isolde durante años después de que dejara la tripulación de Zola. No me había enterado de que había muerto en el *Lark* hasta hace un año.

—¿Por eso quieres a Saint?

—Es una de las razones —me corrigió.

No tenía ni idea de qué sabía Holland sobre Saint e Isolde, pero notaba una piedra en mi estómago desde esa mañana, cuando había pronunciado el nombre de mi padre. Si Holland quería ver muerto a Saint, era muy probable que consiguiera lo que quería. Y esa idea me hizo sentir como si me estuviese hundiendo, sin aire en los pulmones, la luz de la superficie cada vez más lejos por encima de mi cabeza.

West había dejado claro que Saint tendría que apañarse por sí solo, pero aunque Holland no lo matara, Saint moriría antes de permitir que ella le arrebatara su negocio. Y de pronto lo vi todo claro: lo que había ocurrido hacía cuatro años no importaba; tampoco lo sucedido aquella noche en el *Lark*; no importaba lo que había pasado el día que me abandonó en Jeval; ni el momento en que me entregó ese mapa de la Trampa; ni la mañana que lo había chantajeado con el collar de mi madre. Todo se enfocó con colores claros y nítidos.

Saint era un bastardo, pero era mío. Me pertenecía. Y lo que era aún más increíble, de verdad lo quería.

—He cambiado de opinión —dije, antes de poder pensármelo mejor. Holland levantó la vista hacia mí, una ceja arqueada.

—¿Has reconsiderado mi oferta?

Me mordí el labio cuando la imagen de Saint sentado ante su escritorio volvió a mi mente. La luz tenue y turbia. El vaso de aguardiente en su mano. El olor del humo de su pipa mientras estudiaba sus libros de contabilidad. Di un paso hacia Holland.

—Quiero hacer un trato.

Se inclinó hacia mí con una sonrisilla irónica.

—Te escucho.

—No mentí cuando dije que Isolde jamás me habló de la gema medianoche, pero sé que sigues buscándola. —Miré los mapas de reojo—. Y sé que yo puedo encontrarla.

Eso la silenció. Hubo una repentina quietud en ella y las sombras de la habitación parecieron agolparse en sus ojos.

—He tenido a tripulaciones enteras buscando ese escondite durante años. ¿Qué te hace creer que puedes encontrarlo?

—Mi madre no solo me enseñó a dragar.

No parecía sorprendida en lo más mínimo.

—O sea que sí eres una zahorí de las gemas. No estaba segura.

—Podías habérmelo preguntado sin más.

Holland se medio rio.

—Supongo que tienes razón. —Se levantó de la silla y dio la vuelta al escritorio—. Has dicho que querías hacer un *trato*. ¿Qué quieres de mí?

—Tu palabra. —La miré a los ojos—. Si encuentro la medianoche para ti, dejas a Saint en paz.

Eso dio la impresión de pillarla desprevenida. Entornó los ojos.

—¿Por qué? ¿Qué tienes que ver tú con él?

—Se lo debo —dije—. Eso es todo.

—No te creo.

—No me importa si me crees o no. —Su boca se curvó hacia arriba por un lado mientras tamborileaba con un dedo sobre la mesa—. No quiero tu imperio, pero encontraré la gema medianoche. Cuando lo haga, tendré tu palabra de que no tocarás a Saint. Ni a su negocio. —Le tendí la mano.

Holland la miró, pensativa. Vi cómo me estudiaba, cómo trataba de ver de qué pasta estaba hecha.

—Creo que quizás Saint sea más para ti de lo que había pensado. Creo que era más para Isolde de lo que había pensado.

No era estúpida. Estaba uniendo las piezas. Sabía que Saint era el timonel de Isolde, pero no sabía que era su amante. Y yo no iba a decirle que estaba en lo cierto.

—¿Tenemos un trato o no? —Levanté la mano entre nosotras.

Me la estrechó, con una sonrisa que hizo destellar la luz de las velas en sus dientes.

—Tenemos un trato.

VEINTE

Bastian estaba precioso a la oscuridad previa al amanecer.

Estaba al lado de la ventana, las yemas de los dedos apretadas contra el cristal frío mientras contemplaba el titilar de las farolas abajo en las calles. La Casa Azimuth se alzaba en la cima de una colina y vigilaba el entorno como un centinela. En realidad, era muy apropiado. Holland tenía un ojo puesto en todo lo que ocurría en esta ciudad. Los muelles. Los comerciantes. El Consejo de Comercio. Y ahora tenía su objetivo puesto en Ceros.

Era solo una cuestión de tiempo antes de que hiciese lo mismo en los Estrechos.

Los mapas de las paredes de la oficina de Holland estaban enrollados y atados con hilo de bramante sobre la mesa de al lado de la puerta. Me había mirado a los ojos al dármelos y, en ese momento, un fogonazo de reconocimiento me hizo quedarme paralizada. Me había dado la sensación de estar mirando a mi madre.

Hubo una interrupción en el ritmo regular de las respiraciones de West y le di la espalda a la ventana. Estaba tumbado sobre las colchas, un brazo metido debajo de una almohada, e incluso a la tenue luz, pude ver que sus mejillas estaban recuperando el color.

Por eso no lo había despertado, me dije. Por eso me había quedado en el silencio oscuro durante la última hora, esperando a que abriera los ojos. Pero en realidad, tenía miedo.

Trepé a la cama y observé cómo su pecho subía y bajaba. Tenía el ceño fruncido, los ojos aún cerrados. Entonces aspiró una brusca bocanada de aire. Dio un respingo, sus ojos aletearon antes de abrirse y observé cómo los enfocaba, un tanto frenético. Recorrió toda la habitación con su vista nublada hasta que me vio. Al hacerlo, soltó el aire que había contenido.

—¿Qué pasa? —Alargué la mano para enganchar los dedos por dentro de su codo. West tenía la piel caliente, el pulso acelerado.

Se sentó, al tiempo que retiraba el pelo de su cara. Deslizó los ojos hacia la ventana y me di cuenta de que miraba hacia el puerto. Hacia el *Marigold*.

—Deberíamos irnos. Zarpar antes de que salga el sol.

Mi corazón atronaba en mis oídos cuando él se levantó. Apreté los dientes.

—No podemos. —Crucé los dedos para evitar que mis manos temblaran—. *Yo* no puedo.

Casi al instante, el rostro de West cambió. Se volvió hacia mí despacio, su espalda hacia el cielo oscuro.

—¿Qué? —El sonido de su voz sonó aún más grave por el sueño.

Abrí la boca, en busca de una forma de decirlo. Había ensayado las palabras en mi cabeza una y otra vez, pero ahora se me escapaban.

La expresión de sus ojos se transformó despacio de la preocupación al miedo.

—Fable.

—No puedo volver a los Estrechos contigo —dije—. Todavía no.

Su expresión se volvió pétrea.

—¿De qué estás hablando?

Cuando hice ese trato con Holland, sabía que me iba a costar caro con West, pero tenía que creer que era algo que podría arreglar.

—Ayer por la noche —tragué saliva—, hice un trato con Holland. Uno que no te va a gustar.

Todo el color desapareció de sus mejillas.

—¿De qué estás hablando?

—Yo... —Me tembló la voz.

—¿Qué has hecho, Fable?

—Voy a encontrar la gema medianoche. Para Holland.

—¿A cambio de qué? —Las palabras sonaron cortantes.

Este era el momento que tanto había temido. Ese destello de furia en sus ojos. Ese músculo tenso en su mandíbula.

Apreté la lengua contra mis dientes. Una vez que lo dijera, ya no habría vuelta atrás.

—De Saint. —Descrucé las piernas, bajé de la cama y West dio un paso atrás, para alejarse de mí—. Si encuentro la medianoche para Holland, dejará a Saint en paz.

Tardé un momento en comprender la expresión en el rostro de West. Era incredulidad.

—¿En qué demonios estabas pensando?

No tenía una respuesta para eso. No una que él pudiera entender.

—Tengo que hacerlo, West.

—Lo acordamos —murmuró—. Acordamos que cortaríamos todos los lazos con él.

—Lo sé. —Tragué saliva. Él se giró hacia la ventana, miró el mar a lo lejos—. Está en la Constelación de Yuri. Puedo encontrarla.

—¿Y si no puedes?

—Puedo. Sé que puedo. —Procuré sonar convencida—. Me llevaré a una de sus tripulaciones y... —Mis palabras se cortaron en seco cuando se volvió hacia mí. La ira silenciosa de West inundó la habitación a nuestro alrededor.

—No me voy a marchar de Bastian sin ti.

—No te estoy pidiendo que te quedes. —Enredé mis dedos en la combinación de mi vestido—. Lleva al *Marigold* de vuelta a Ceros y me reuniré con vosotros ahí.

Agarró la chaqueta de donde estaba colgada del respaldo de una silla y metió los brazos en las mangas.

—Cuando hiciste ese trato, lo hiciste por los dos.

Había temido que dijera eso. Era justo lo que hubiese dicho yo si West hubiera hecho lo mismo. Pero la tripulación jamás accedería. Lo superarían en votos antes de que terminara de contarles lo que yo había hecho siquiera.

—West, lo siento.

Se quedó muy quieto, luego buscó mis ojos.

—Dime que todo esto no tiene nada que ver con lo que te dije ayer por la noche.

—¿Qué?

Succionó su labio de abajo.

—Creo que has aceptado este trato porque no estás segura de querer volver a los Estrechos.

—Los Estrechos son mi hogar, West. Te estoy diciendo la verdad. Esto tiene que ver solo conmigo y con Saint. Nada más. —Masculló algo en voz baja mientras abotonaba el cuello de la chaqueta—. ¿Qué? ¿Qué estás pensando?

—No creo que quieras saber lo que estoy pensando —dijo en voz baja.

—Sí quiero.

Vaciló un instante y dejó que el silencio se alargara entre nosotros antes de por fin responder.

—Estoy pensando que tenía razón.

—¿Razón sobre qué?

Un poco de rojo afloró bajo su piel.

—Cuando me pediste que te aceptara en esta tripulación, te dije que si tuvieses que elegir entre nosotros y Saint, lo elegirías a él.

Me quedé boquiabierta y un sonidito escapó de mi garganta.

—Eso no es lo que está pasando, West.

—¿Ah, no? —Sus ojos lucían fríos cuando los levantó hacia mí.

Di un paso atrás, herida por sus palabras.

—No lo estoy eligiendo a él por encima de vosotros —insistí, más alto esta vez. Más enfadada—. Si se tratase de Willa, tú harías lo mismo.

—Saint no es Willa —replicó. Estaba rígido, aún no del todo girado hacia mí—. Te abandonó, Fable. Cuando acudiste a él en Ceros, no quiso saber nada de ti.

—Lo sé —dije con una vocecilla débil.

—Entonces ¿por qué estás haciendo esto?

Apenas logré pronunciar las palabras. Al mirar a West en ese momento, me dio la sensación de que habían perdido su significado.

—Es solo que no puedo permitir que le pase nada.

West se limitó a mirarme, sus ojos cada vez más fríos.

—Mírame a los ojos y dime que *nosotros* somos tu tripulación. Que el *Marigold* es tu hogar.

—Lo sois. Lo es —dije. La convicción de mi voz me provocó una punzada de dolor en el pecho. No parpadeé, rezando por que West me creyera.

Agarró el vestido del pie de la cama y me lo dio.

—Entonces, vamos.

VEINTIUNO

La luz de los farolillos aún titilaba en los muelles, reflejada contra los cristales de los escaparates de las tiendas de la colina. West se mantuvo cerca de mí, sus largas zancadas golpeaban los tablones de madera al lado de mis pies. No había dicho casi nada desde que salimos de la Casa Azimuth, pero el ambiente entre nosotros resonaba con su silencio. Estaba enfadado. Furioso, incluso.

No podía culparlo. Había dejado atrás los Estrechos para venir en mi busca y yo lo había atrapado en la red de Holland.

Clove también se había mostrado airado cuando se lo conté. En gran parte porque él era el que tendría que lidiar con mi padre. Nos siguió por las estrechas calles, su preciado cofre de monedas todavía plantado bajo el brazo. No había visto el cofre fuera de sus manos desde que se lo había dado Holland.

Tenía el estómago hecho un nudo cuando llegamos a la entrada del puerto. Se me subió el corazón a la garganta al ver aparecer el *Marigold* ante nosotros.

Estaba precioso. Su madera de tono miel parecía refulgir a la luz de la mañana. El mar estaba claro y azul detrás de él, y sus velas nuevas estaban tan blancas como la nata fresca, enrolladas con sumo cuidado sobre los mástiles. Más de una vez me había preguntado si volvería a verlo.

Me invadió la misma sensación que había sentido cada vez que lo veía llegar a las islas barrera: un profundo alivio, que hizo temblar mi labio de abajo. Cuando West se percató de que me había detenido, se giró hacia mí para observarme desde el pie de las escaleras. El viento revolvió su pelo y él lo remetió detrás de sus orejas antes de sacar la gorra de su bolsillo y ponérsela.

Recogí mis faldas y lo seguí. Los muelles estaban tan ajetreados como siempre, con mercancías para ser registradas y timoneles a la espera de recibir la aprobación del capitán del puerto de Bastian. Cuando pasé por su lado, el hombre estaba a la entrada del atracadero más largo, inclinado sobre una mesa llena de pergaminos. El cuaderno que le había mostrado a Holland estaba abierto, con anotaciones de los barcos que habían llegado a lo largo de la noche. En otra hora o así, lo más probable era que esos registros estuviesen sobre el escritorio de mi abuela.

Mis pasos vacilaron cuando un rostro que reconocí quedó iluminado por el resplandor del fuego de un barril. Calla tenía la cabeza envuelta en una bufanda, los músculos de sus brazos abultados bajo la piel mientras levantaba la tapa de una caja con una mano. La otra todavía la llevaba en un cabestrillo, después de haberle roto yo los dedos.

Busqué por los otros muelles por si veía algún rastro de Koy, pero no lo vi. Tanto él como todos los demás a bordo del *Luna* estarían buscando trabajo como había dicho el capitán del puerto, tratando de rascar todo el dinero que pudieran hasta que los contratase otra tripulación o lograsen adquirir un pasaje de vuelta a los Estrechos.

Más adelante, la proa del *Marigold* estaba oscura, excepto por un único farol en el que titilaba una llama amarilla. Una silueta menuda estaba recortada contra el cielo.

Willa.

Se asomó por encima de la barandilla para mirarnos desde lo alto. Sus apretados rizos estaban recogidos sobre su cabeza como un rollo de cuerda. No podía verle la cara, pero pude oír el largo suspiro que escapó de sus labios cuando nos vio.

La escala se desenrolló un segundo después. Clove fue el primero en subir y West la sujetó quieta para que yo agarrara los peldaños. Cuando no quiso mirarme, cuadré los hombros delante de él y esperé.

—¿Estamos bien? —pregunté.

—Lo estamos —repuso West. Me miró a los ojos, pero aún se mostraba frío.

Deseé que me tocara. Que devolviera mis pies al muelle para que la sensación de mar revuelto en mi interior se apaciguara. Pero había una distancia entre nosotros que no había existido antes. Y no estaba segura de cómo cerrarla.

Trepé por la escala y, cuando llegué arriba, encontré a Willa delante del timón, mirando a Clove con aprensión. Él, sin embargo, no parecía interesado en absoluto. Encontró una caja a proa para sentarse y poner las botas en alto.

Cuando Willa levantó la vista hacia mí, sus cejas treparon por su frente al tiempo que se quedaba boquiabierta.

—¿*Qué* llevas puesto?

Bajé la vista hacia el vestido, abochornada, pero antes de que pudiera responder, una ancha sonrisa se desplegó en sus labios. La cicatriz de su cara centelleó blanca. Pasé por encima de la barandilla y ella lanzó los brazos a mi alrededor. Me abrazó tan fuerte que apenas podía respirar. Luego me soltó y se echó atrás para mirarme.

—Me alegro de verte.

Asentí a modo de respuesta y sorbí por la nariz. Willa me agarró la mano, la apretó, y me escocieron los ojos ante la muestra de afecto. La había echado de menos. Los había echado de menos a todos.

Resonaron unas pisadas bajo cubierta y un momento después Paj estaba subiendo por las escaleras, Auster detrás de él. Iba descamisado, su largo y brillante pelo negro suelto sobre los hombros.

—¡Nuestro amuleto de la mala suerte ha vuelto! —exclamó Paj en dirección a la puerta abierta del camarote del timonel mientras cruzaba la cubierta hacia mí—. ¡Y lleva falda! —Me dio una palmada tan fuerte en la espalda que me tambaleé hacia delante y caí en brazos de Auster. Su piel desnuda estaba caliente cuando apreté una mejilla sonrojada contra su pecho. Olía a agua salada y sol.

Detrás de él, Hamish miraba a Clove con ojos asesinos desde donde estaba en la cubierta lateral.

—¿Qué hace él aquí?

—He venido a tomar el té. —Clove le guiñó un ojo.

Hamish me señaló con la barbilla, luego a West.

—Llegáis tarde. Dos días. —El rictus de su boca era serio.

—Las cosas no fueron exactamente como teníamos planeado —musitó West.

—Nos enteramos de lo de Zola —dijo Paj—. Ha habido rumores en los muelles, y ayer alguien vino a desmantelar el *Luna*.

—El bastardo se lo estaba buscando —bufó Willa—. ¿Dónde habéis estado?

—Podéis contárnoslo luego. —Paj empezó a dirigirse a las dependencias del timonel—. Salgamos de aquí cuanto antes.

Willa asintió e hizo ademán de ir hacia el palo mayor.

—Esperad. —Cerré los puños dentro de los bolsillos de mi chaqueta. Cuando sentí los ojos de West sobre mí, no levanté la vista. No quería ver su cara cuando dijera lo que tenía que decir.

Pero él me cortó. Dio un paso al frente para ponerse delante de toda la tripulación.

—Hay algo que tenemos que hacer antes de volver a Ceros.

—West... —Lo agarré del brazo, pero él se soltó de un tirón y se volvió hacia Paj.

—Fija el rumbo hacia la Constelación de Yuri.

Todos y cada uno de los miembros de la tripulación parecían igual de confusos que yo.

—¿Qué?

—¿La Constelación de Yuri? —Willa nos miró a uno y otro—. ¿De qué estás hablando?

—West —bajé la voz—, no hagas esto.

—¿Y exactamente qué es lo que vamos a hacer en la Constelación de Yuri? —preguntó Hamish, con su mejor intento de ser paciente.

—No *vamos* a hacer nada ahí. Lo voy a hacer *yo* —repuse—. Es un trabajo de dragado. Una expedición que no se repetirá. Cuando termine, me reuniré con vosotros en Ceros.

—¿Cómo es el reparto? —Hamish volvió a ponerse las gafas, cómodo mientras habláramos de cifras. Tragué saliva.

—No hay reparto.

—¿Qué está pasando, Fable? —Paj dio un paso hacia mí.

—En cuanto me encargue de esto, volveré a los Estrechos. Podéis llevaros mi parte del *Lark* y...

—Fable hizo un trato con Holland. —La voz de West rodó por la cubierta entre nosotros.

La confusión en los ojos de la tripulación se convirtió al instante en suspicacia.

—¿Qué trato? —presionó Auster.

—Voy a encontrar algo para ella.

—¿Por qué? —preguntó Paj con desdén. Me pasé una mano por la cara.

—Holland es...

—Es la madre de Isolde —terminó Clove, exasperado.

Los cuatro miraron a West, pero él no dijo nada.

—¿Holland es tu *abuela*? —Hamish se quitó las gafas de la cara. Las dejó colgar de las yemas de sus dedos.

—No lo supe hasta la noche de la gala —dije, los ojos clavados en la cubierta—. Quiere ir a por Saint. Le dije que encontraría algo para ella si lo dejaba en paz.

Otro repentino silencio aullante se extendió por el barco.

—No puedes estar hablando en serio —masculló Paj con voz rasposa—. ¿Hay algún bastardo entre aquí y los Estrechos con el que *no* estés emparentada?

—Ni de coña vamos a aceptar un trabajo para salvarle el cuello a Saint —espetó Willa.

—Estoy de acuerdo —convino Hamish.

—Lo sé. —Era justo lo que esperaba que dijeran—. Por eso voy a hacerlo por mi cuenta.

—No, de eso nada. Y no lo vamos a votar —dijo West—. Poned rumbo a la Constelación de Yuri.

Todos los ojos volaron hacia él.

—West —susurré.

—¿Qué se supone que significa eso? —Willa casi se rio.

—Vamos a ir a la Constelación de Yuri. Haremos esa inmersión y luego nos iremos a casa.

Paj se separó de la barandilla y cruzó los brazos delante del pecho.

—¿Nos estás diciendo que no tenemos ni voz ni voto en esto?

—No. Eso no es lo que está diciendo —aporté.

—Eso es exactamente lo que estoy diciendo —me interrumpió West—. El *Marigold* va a ir a la Constelación de Yuri.

—¿Qué estás haciendo? —Lo miré boquiabierta.

—Estoy dando órdenes. Todo el que no quiera seguirlas puede encontrar un pasaje de vuelta a los Estrechos.

La tripulación lo miró incrédula.

—¿Tienes alguna idea de lo que hemos hecho para llegar hasta aquí? ¿Para encontrarte? —escupió Willa. Esta vez, me hablaba a mí—. Y ahora ¿quieres salvar al hombre que ha convertido nuestras vidas en un infierno durante los dos últimos años?

En proa, Clove observaba la escena con aspecto de divertirse. Cruzó los brazos sobre el cofre en su regazo mientras sus ojos saltaban de West a los otros.

—Todavía no nos has dicho lo que se supone que vamos a dragar —comentó Auster con calma. Parecía el único que no estaba dispuesto a darle a West un puñetazo en la cara.

—Antes de que mi madre abandonara Bastian, le robó algo a Holland —expliqué—. Una piedra medianoche.

Paj abrió los ojos como platos, pero los de Willa se entornaron. Auster se echó a reír, pero guardó silencio cuando me miró a los ojos.

—¿Qué? ¿Vas en serio?

—Está en la Constelación de Yuri. Todo lo que tenemos que hacer es encontrarla.

—No hables en *plural* —gruñó Paj—. No en esto.

Eso me molestó, así que di un paso atrás. Pero Paj no movió ni una pestaña.

—Pero ¡si nadie la ha visto jamás! —chilló Hamish—. Es probable que ni siquiera sea real. Que no sea más que una historia que algún bastardo borracho Sangre Salada contó en una taberna.

—Es real —apuntó Clove, y su voz grave los silenció a todos.

—Aunque lo sea —insistió Hamish, sacudiendo la cabeza—, no se ha vuelto a dragar otro trozo de medianoche nunca desde que Holland exhibió el suyo.

—Lo encontró mi madre. Yo también puedo hacerlo —declaré.

Ese fuego familiar volvió a prenderse en los ojos de Willa.

—Estáis locos. Los dos.

—Quiero que esté todo listo para el final del día. Zarpamos al atardecer —ordenó West.

Los cuatro lo miraron furiosos. Después de otro momento, West se apartó del palo de mesana y se pasó una mano por el pelo antes de dirigirse a la cubierta lateral. Observé cómo desaparecía en el camarote del timonel antes de seguirlo.

La luz de la habitación salía por la puerta abierta y los tablones del suelo crujieron cuando entré. El olor familiar del camarote de West inundó mis pulmones y envolví los brazos a mi alrededor mientras contemplaba la ristra de piedras de serpiente colgada ante la ventana.

—¿Qué ha sido eso? —pregunté.

West sacó un vaso verde de aguardiente del cajón de su mesa, estiró la mano hacia el mamparo y palpó a lo largo de él. El faldón de su camisa se levantó para dejar al descubierto una franja de piel color bronce. Me mordí el carrillo por dentro.

Su mano por fin dio con lo que buscaba y sacó una botella color ámbar de la viga. La descorchó y llenó el vaso.

—He estado teniendo un sueño —empezó—. Desde Dern.

Observé cómo levantaba el vaso y el incómodo silencio se estiró entre nosotros. Se llevó el aguardiente a los labios y se lo bebió de un trago.

—Sobre esa noche que matamos a Crane. —Me ofreció el vaso.

Lo acepté, al tiempo que me preguntaba si esa era la razón de que se hubiese despertado sobresaltado esta mañana en la Casa Azimuth. West echó mano de la botella otra vez y rellenó el vaso.

—Estamos de pie en la cubierta a la luz de la luna y abro la tapa de aquella caja. —Dejó el aguardiente en la mesa y apretó la mandíbula—. Pero no es Crane el que está dentro. Eres tú.

Un escalofrío recorrió mi piel y me hizo estremecerme. El aguardiente tembló dentro del vaso. Me lo llevé a los labios y eché la cabeza hacia atrás hasta apurarlo.

—Estás enfadado conmigo. No con ellos. —West no lo negó—. No puedes obligarlos a ir a la Constelación de Yuri.

—Claro que puedo —dijo con firmeza—. Soy el timonel de este barco. Mi nombre está en la escritura.

—Así no es como funciona esta tripulación, West.

Miró más allá de mí hacia la ventana oscura.

—Pues ahora sí.

El dolor que sentía en la garganta hacía que me costara tragar. West había tomado esa decisión en el mismo momento que le conté mi trato con Holland. Nada de lo que yo pudiese decir iba a hacerlo cambiar ahora.

—Esto no está bien. Deberías llevar el *Marigold* de vuelta a los Estrechos.

—No voy a llevar el *Marigold* a ninguna parte a menos que tú estés en él —sentenció, y dio la sensación de que odiaba esas palabras.

Esto era a lo que se refería cuando dijo que estábamos condenados. West estaba dispuesto a enfrentarse a la tripulación si eso significaba no tener que dejarme en el mar Sin Nombre. Ya estaba pagando el precio por ese día en la Trampa de las Tempestades y por esa noche en su camarote, cuando me dijo que me quería.

Los dos lo pagaríamos durante toda la vida.

VEINTIDÓS

—¡Los tiene!

La voz de Hamish al otro lado de la ventana me hizo soltar la pluma sobre la mesa. Me deslicé fuera del banco y fui hacia las puertas de la taberna, abiertas hacia la calle. Paj venía por la calzada adoquinada con tres pergaminos enrollados debajo del brazo, el cuello de la chaqueta levantado para protegerse del viento frío. Se abrió paso a empujones entre un grupo de hombres que se dirigía a la casa de comercio, y casi hizo caer a uno.

Clove se había ofrecido voluntario a ser el que acudiese al cartógrafo, pues no se fiaba de Paj para hacerlo. No había ocultado el hecho de que no creía que nuestro piloto pudiese llevar al *Marigold* hasta la Constelación de Yuri y vuelta. Pero yo había tenido otros encargos para Clove.

Me asomé a la calle otra vez, pendiente de alguna señal de él. Llegaba tarde.

Metí las manos en los bolsillos de los pantalones nuevos que Willa había ido a comprarme a regañadientes. Era un gusto haber podido quitarme ese vestido ridículo y haberme vuelto a poner un par de botas.

Paj entró en tromba por la puerta un momento después. Fue hasta el reservado en el que nos habíamos instalado y dejó caer los mapas de cualquier manera sobre la mesa. No se molestó en mirarme. De hecho, ninguno de ellos había posado siquiera los ojos en mí durante todo el día.

West hizo caso omiso del despliegue de indignación de Paj, mientras enrollaba las mangas de su camisa.

—Muy bien. ¿Qué tenemos?

—Míralo por ti mismo —refunfuñó Paj.

—Paj —le advirtió Auster, una ceja arqueada.

A su lado, Willa tenía aspecto de aprobar la protesta de Paj. Soltó un bufido al tiempo que echaba otro terrón de azúcar en su té frío.

Paj cedió ante el reproche de Auster. Abrió los mapas sobre el cuaderno de bitácora que me había dado Holland.

—La piedra medianoche se encontró en la Constelación de Yuri. Tuvo que ser así. Según los registros, la tripulación de Holland llevaba dragando las islas desde hacía más de un mes cuando Isolde la encontró. Continuaron en el mismo punto durante semanas después de aquello. —Puso un dedo sobre el desperdigado puñado de masas terrestres—. Desde entonces, la tripulación de Holland ha dragado hasta el último rincón de esos arrecifes. Primero de norte a sur; luego de sur a norte.

—Pero no han encontrado nada —dije en voz baja.

—Es obvio —repuso Paj en tono cortante—. Llevan casi veinte años trabajando en ello y han cubierto todos los arrecifes en los que estaba trabajando la tripulación de Holland cuando Isolde encontró la piedra medianoche. Decir que esto es misión imposible es decir muy poco.

Me senté en el borde de la mesa.

—¿Dónde están los mapas geológicos y topográficos?

Hojeó las esquinas de los mapas hasta que encontró los que buscaba y los sacó.

—Aquí.

Los diagramas se desenrollaron delante de mí. Toda la extensión del mar Sin Nombre estaba etiquetada en distintos colores, con líneas de grosores diferentes para identificar los tipos de rocas y la profundidad del agua. La mayoría de los arrecifes estaban rodeados por basalto, pizarra y arenisca; es decir, sitios excelentes para encontrar la mayoría de las piedras preciosas utilizadas en el comercio de gemas. Pero si mi madre solo había encontrado medianoche en un sitio y Holland no había podido encontrar más desde entonces, estábamos buscando algo diferente.

—¿Qué es esto? —Señalé dos islas en la esquina del mapa, marcadas con el símbolo del cuarzo.

Cuando Paj se limitó a mirarme, Auster le quitó el cuaderno de la mano. Arrastró un dedo por la página hasta que encontró lo que buscaba.

—Hermanas Esfenas.

Había oído hablar de ese sitio antes. Consistía en un par de arrecifes en la Constelación de Yuri donde se dragaba la mayor parte de la esfena amarilla y verde, conocida por su forma de cuña en la roca.

—Parece que también hay un depósito activo de ágata azul en el lugar, pero la serpentina ha desaparecido. Ya la han dragado toda —añadió Auster.

—¿Alguna cosa más?

—Solo algo de ónice aquí y allá.

Guiñé los ojos, pensativa.

—¿Cuándo fue la última vez que la tripulación de Holland buceó ahí?

Paj habló por fin, pero seguía mostrando una expresión pétrea.

—Hace dos años. —Se estiró por encima de mí para mover el mapa—. Este es el punto que parece más interesante. —Señaló hacia las motas negras entre dos largas penínsulas—. Bastante rico en crisocola y no ha sido dragado desde hace al menos diez años.

Eso *sí* que era interesante. La crisocola solía encontrarse en pequeños depósitos desperdigados a lo largo de extensos tramos de agua. Encontrar cantidades suficientes para dragar después de un periodo de diez años era algo inusual.

—¿Alguna otra zona que parezca rara?

—En realidad, no. Holland ha sido meticulosa, han tenido cuidado de no saltarse nada entre medias.

No obstante, si este era el cuadrante en el que habían estado trabajando cuando Isolde encontró la gema, tenía que estar ahí. En alguna parte. Tomé la pluma de sus manos para tachar las zonas que parecían menos prometedoras. Al final, nos quedaron los arrecifes creados sobre un lecho de rocas de gneis y esquisto verde.

—Han revisado esos arrecifes una y otra vez —dijo West, apoyado en la mesa con ambas manos.

—No con una zahorí, eso no lo han hecho —señalé, casi para mí misma—. Oskar murió mucho antes de que Isolde encontrara la medianoche.

—¿Oskar?

—Mi abuelo. —Las palabras sonaban raras incluso para mis oídos—. Era un zahorí de gemas. Si Holland hubiese tenido otro, no estaría tan interesada por el hecho de que yo también lo sea. —Cualquier zahorí con dos dedos de frente evitaría a una comerciante como Holland. Me giré hacia Paj—. ¿Estás seguro de que puedes manejarte en esas aguas?

—¿Tengo elección?

—¿Puedes hacerlo o no? —repetí, con un tono más duro del que pretendía. Paj me lanzó una mirada larga e intensa de enfado.

—Puedo hacerlo.

—Disponemos de una semana —musité. Incluso con dos semanas sería una inmersión casi imposible.

—Necesitamos el rumbo trazado para el atardecer —apuntó West.

—¿Algo más? —Paj nos miró por turno, una sonrisa falsa plantada en la cara.

—Sí —dije, irritada—. Dile a Hamish que necesito una lámpara para examinar gemas. Y otro cinturón de herramientas de dragador.

—Será un placer. —Paj se levantó de la mesa y agarró su chaqueta de malos modos antes de dirigirse a las puertas.

Se cerraron de un portazo justo cuando la camarera llegaba con la tercera tetera. Deslicé mi taza por encima de los mapas para que pudiera llenarla.

—Otro cinturón de dragadora —murmuró Willa—. ¿Qué le pasó al tuyo?

—¿Y a ti qué te importa? —West la fulminó con la mirada. Willa se encogió de hombros.

—Solo siento curiosidad por el uso que se le da a nuestro dinero.

Sus ojos saltaron hacia mí y me mordí el carrillo por dentro. Willa estaba trazando una línea. Ella estaba a un lado y me estaba poniendo a mí claramente al otro.

—¿Queréis comer algo? —La camarera se limpió las manos en el delantal.

Auster metió la mano en el bolsillo de su chaleco.

—Pan y queso. Estofado si tienes. —Dejó tres cobres en la mesa.

—¿No vas a pedir la aprobación de Fable primero? —se burló Willa.

Fruncí el ceño y tuve que hacer un esfuerzo por no volcar mi té en su regazo. Entendía por qué estaba enfadada. Todos ellos tenían derecho a estarlo. Pero no estaba segura de que West comprendiera lo que había arriesgado al forzarlos a esto. Para cuando esta expedición terminara, quizás yo ya no tuviese un sitio en esta tripulación.

Miré otra vez hacia la ventana con un suspiro. Cuando envié a Clove a los muelles, le había dicho que estuviera de vuelta a mediodía.

—Dijo que vendría —me tranquilizó West, que parecía haberme leído la mente.

Aparté mi atención de la calle y la devolví a los mapas.

—Empezaremos en la sección este del cuadrante, donde estaban dragando los barcos de Holland cuando Isolde encontró la medianoche, y nos atendremos a los arrecifes que he marcado. No hay forma de saber si es la decisión correcta hasta que esté ahí abajo, pero son los que mejores condiciones ofrecen para la existencia de un depósito de gemas diversas. Hay agua cálida de la corriente del sur, un lecho de gneis y un puñado de arrecifes lo bastante antiguos como para albergar unos cuantos secretos. —Era el mejor sitio por el que empezar, aunque algo me decía que no sería tan fácil.

La puerta de la taberna se abrió otra vez y tuve que guiñar los ojos contra la brillante luz. Clove se quitó la gorra de la cabeza mientras desabrochaba su chaqueta con la otra mano. Solté un suspiro de alivio cuando vi a Koy detrás de él.

—Me ha costado medio día, pero lo encontré. —Clove se sentó, agarró la tetera sin preguntar y llenó una de las tazas vacías.

Koy todavía estaba mojado, y los cortes recientes en sus dedos me indicaron dónde había pasado los dos últimos días desde que habían requisado el barco de Zola: había estado limpiando cascos. Su rostro no mostraba ni un ápice de vergüenza mientras observaba cómo yo inspeccionaba sus manos. Era un trabajo indigno, uno que era muy probable que Koy no hubiese realizado desde hacía años, pero los jevalís habían hecho cosas mucho peores a cambio de dinero.

A mi lado, West estaba sentado con la espalda muy tiesa y no le quitaba el ojo de encima.

—¿Qué quieres, Fable? —preguntó Koy al cabo de unos instantes, al tiempo que metía las manos en los bolsillos de su chaqueta.

—Tengo un trabajo para ti, si lo quieres.

Sus ojos negros centellearon.

—Un trabajo.

Willa se inclinó hacia delante con la boca abierta.

—Perdona, ¿ahora también contratas nuevos miembros para la tripulación sin nuestro permiso?

—Cierra la boca, Willa —gruñó West. Eso la silenció. Levanté la vista hacia Koy de nuevo.

—Eso es. Un trabajo.

—La última vez que te vi, eras prisionera en el *Luna*, dragando bajo el yugo de Zola. Pasas dos días en Bastian y ¿ahora ofreces puestos de trabajo propios?

—Eso parece. —Me encogí de hombros.

Al otro lado de la mesa, Willa echaba humo por las orejas. Sacudió la cabeza, hizo rechinar los dientes... Koy me miró con el mismo sentimiento.

Volví a centrarme en la mesa para estudiar los mapas.

—Siete días, doce arrecifes, una gema.

—Eso ni siquiera tiene sentido. ¿Qué quieres decir con una gema?

—Quiero decir que estamos buscando una gema, pero no sabemos dónde está.

Soltó un bufido desdeñoso.

—¿Hablas en serio? —Asentí una vez—. ¿Y cómo, exactamente, vas a hacer eso? —Enrollé el mapa entre nosotros y le di unos golpecitos sobre la mesa—. Lo sabía —musitó, al tiempo que sacudía la cabeza—. Eres una zahorí. —No lo negué—. Le dije a todo el mundo en esa isla que tenía que haber una razón para que obtuvieras mejores botines que jevalís que llevaban buceando durante cincuenta años.

Koy nunca me había acusado a la cara, pero había notado que sospechaba de mí. Lo único con lo que había contado para ocultárselo a todo el mundo era con el hecho de ser tan joven. No iba a creerle nadie, a menos que supieran quién era mi madre.

—No me interesa —dijo—. Zola solo me pagó la mitad de lo prometido antes de que quien fuese que le cortara el cuello dejase su cuerpo tirado en el puerto. Voy a gastar la mayor parte en volver a Jeval.

Y ese era el as que tenía guardado en mi manga. Koy tenía una familia en Jeval que dependía de él. Esa era la razón de que hubiese aceptado el trabajo de Zola en primer lugar. Lo más probable era que su hermano se estuviese ocupando de su negocio de *ferry* mientras él no estaba, pero no tardarían mucho en empezar a preguntarse cuándo volvería.

Sin embargo, iba a tener que persuadirlo de que era bueno para su bolsillo si quería convencerlo de que viniera con nosotros.

—Te pagaremos el doble de lo que te prometió Zola. Y te lo daremos ahora —gruñó Clove entre sorbitos de té.

—¿Qué? —Me giré en la silla para mirarlo. Era una oferta muchísimo más generosa que la que yo estaba dispuesta a hacer.

Clove parecía desinteresado, como siempre. No movió ni una pestaña.

—Ya me has oído.

—No tenemos esa cantidad de dinero, Clove. Aquí no. —Bajé la voz. Aunque la tuviéramos, la tripulación me cortaría la cabeza por gastar tanto de las arcas.

—Yo sí. —Se encogió de hombros.

Se refería a la recompensa por Zola. La que iba a utilizar para su propia flota.

—Clove...

—Tú lo necesitas —dijo sin más—. Así que tómalo.

Ese era el Clove que yo conocía. Hubiese robado el dinero para mí si se lo hubiera pedido. Le regalé una pequeña sonrisa de agradecimiento.

—Te lo devolveré. Hasta el último cobre.

Al otro lado de la mesa, noté cómo Koy deslizaba los ojos hacia mí. Estaba claro que ahora me escuchaba.

—También te llevaremos de vuelta a Jeval, libre de cargo, cuando volvamos a los Estrechos —añadí.

Koy se mordió el labio de abajo, pensativo.

—¿En qué lío te has metido?

—¿Quieres el trabajo o no?

Se movió sobre los pies, dubitativo. Era una oferta que no podía rechazar, y los dos lo sabíamos.

—¿Por qué?

—¿Por qué, qué?

—¿Por qué me lo ofreces a *mí*? —Su tono se volvió amargo, y me di cuenta de que me tenía bien calada. Debía ir con cuidado si quería mantenerlo interesado.

—Eres el mejor dragador que he visto nunca. Aparte de mí —me corregí—. Este es un trabajo que es casi imposible y te necesito a ti.

Se giró hacia la ventana, la vista perdida en la calle. A su lado, West me miraba. No le gustaba esto. La última vez que West había visto a Koy, me perseguía por los muelles de Jeval, dispuesto a matarme.

Cuando Koy habló por fin, plantó ambas manos sobre la mesa y se inclinó hacia mí.

—Muy bien. Lo haré. Quiero el cobre ahora, y necesito un cinturón de herramientas nuevo. Esos bastardos me lo quitaron cuando desmantelaron el *Luna*.

—Hecho. —Sonreí.

—Una cosa más. —Se acercó aún más. West se puso en pie, dio un paso hacia nosotros.

—Dime. —Miré a Koy a los ojos.

—No estamos intercambiando favores, Fable. ¿Entendido? —Su voz se profundizó—. Ya te lo dije: yo no corté esa cuerda. Así que si esto tiene algo que ver con lo que ocurrió en aquella zambullida, estoy *fuera*.

Así era Koy. Su orgullo era más testarudo que su ansia de cobre. Si se me ocurría insinuar siquiera que le debía algo, dejaría el dinero atrás.

—Perfecto. No cortaste la cuerda. —Alargué una mano entre nosotros—. Zarpamos al atardecer. Tendré tus herramientas y tu dinero en el barco.

Koy me estrechó la mano. Me miró un instante más antes de girar sobre los talones y encaminarse hacia la puerta.

Willa me miraba incrédula. Le entregué los mapas y negó con la cabeza una vez antes de ponerse en pie. West la observó marchar.

—¿A qué favor se refería Koy? —preguntó.

—Ese bastardo me salvó la vida cuando el dragador de Zola intentó matarme.

—¿De eso es lo que trata todo esto? ¿De una deuda?

—No —rebatí. Me puse de pie—. Lo que he dicho iba en serio. Es un dragador consumado. Lo necesitamos.

Vi en los ojos de West que quería la historia entera. Era una que tendría que contarle en algún momento, pero no hoy.

Clove se echó hacia atrás, los ojos fijos en mí.

—¿Qué?

Se encogió de hombros, una sonrisa irónica jugueteaba en sus labios.

—Solo estaba pensando.

Ladeé la cabeza, ceñuda.

—¿Pensando *qué*?

—Que eres igualita a él —comentó, y bebió otro sorbito de té.

No tuve que preguntar a quién se refería. Hablaba de Saint.

VEINTITRÉS

—¿QUÉ MÁS HAY QUE HACER ANTES DE QUE NOS VAYAMOS? —preguntó Clove, dejando su taza en la mesa.

—Tú no vienes —musité. Sus frondosas cejas se juntaron.

—¿Qué quieres decir con que yo no voy?

—Si Holland averigua que no has ido a los Estrechos, va a querer saber por qué. No podemos arriesgarnos. Además, necesito que le digas a Saint lo que está pasando.

—A Saint no le va a gustar que te deje aquí. Ese no era el plan.

—En realidad, nada está saliendo de acuerdo con el plan, por si no te habías dado cuenta. Te necesito en los Estrechos, Clove.

Lo pensó un poco, mientras sus ojos flotaban de mí a West. Esto no solo tenía que ver con Saint. Clove no confiaba en West. No confiaba en ninguno de ellos.

—Esto es mala idea. Ese piloto vuestro os va a hacer encallar antes de que lleguéis siquiera a la Constelación de Yuri.

—Ese piloto no tendrá ni un problema —espetó Auster.

—Lo vais a pagar muy caro si Fable no logra llegar de vuelta a Ceros. —Clove se dirigía a West ahora.

—Fable consiguió salir solita de esa isla en la que la abandonasteis. Creo que será capaz de volver a Ceros. —Las palabras de West eran como ácido.

—Supongo que tienes razón en eso. —Clove sonrió—. Pues más me vale encontrar un barco que se dirija a los Estrechos. —Se levantó y me guiñó un ojo antes de encaminarse hacia la puerta.

—Uno de Holland —le dije—. Necesitamos que sepa que te has ido.

La camarera dejó sobre la mesa dos grandes platos de pan y queso, seguidos de otra tetera llena. Auster no perdió ni un instante en alargar la mano hacia el platillo de mantequilla.

Untó una gruesa capa en una rebanada de pan y me la dio.

—Come. Te sentirás mejor.

Lo miré con suspicacia.

—¿Por qué no estás enfadado como los otros?

—Oh, sí que estoy enfadado —me corrigió, mientras se hacía con otro pedazo de pan—. Lo que has hecho está mal, West. Cuando nos contrataste, dijiste que todos tendríamos voz y voto por igual. No has cumplido tu palabra.

—Entonces, ¿por qué te muestras agradable? —pregunté.

—Porque... —miró más allá de mí, hacia West—, de haber sido Paj, yo hubiese hecho la misma maldita cosa. —Rompió el pan y se metió un trozo en la boca.

West se apoyó en la mesa y soltó el aire despacio. La expresión rígida y a la defensiva de su mandíbula había desaparecido, y supe que empezaba a asimilar la realidad de lo que había hecho. Quizás Hamish le perdonara la ofensa, pero Willa y Paj no serían tan comprensivos.

West tenía los ojos fijos en la mesa, la mente a pleno rendimiento.

—Sabes que no podemos darle a Holland la gema medianoche si la encontramos, ¿verdad? Es la comerciante más poderosa del mar Sin Nombre. Si encuentras la medianoche para ella... —Dejó la frase en el aire—. Podría arruinarlo todo. Para nosotros y para los Estrechos. —West tenía razón.

Yo había estado pensando lo mismo—. Si obtiene una licencia para comerciar en Ceros, todo lo que hemos planeado se acabó. Nada de ello importaría ya.

—Saint no permitirá que eso suceda. —Procuré sonar segura, pero la verdad era que no había forma de saber lo que haría Saint.

Auster estiró el brazo a por otro pedazo de pan y el tatuaje de las serpientes enredadas asomó por debajo de su manga enrollada: dos serpientes enroscadas, cada una mordiendo la cola de la otra. Era igual que el que tenía el joven llamado Ezra, el que había estado en la oficina de Holland.

Un pensamiento lejano susurró en el fondo de mi mente y me hizo quedarme muy quieta.

La medianoche salvaría a Saint, pero no salvaría los Estrechos. Si Holland abría una ruta a Ceros, hundiría a todos los comerciantes con sede ahí.

—Auster —empecé. Él levantó la vista del plato, la boca llena de pan.

—¿Sí?

—Háblame de ese tatuaje.

Sus ojos grises se afilaron y su mano se quedó paralizada en medio del aire. Al otro lado de la mesa, West permaneció en silencio.

—¿Por qué? —preguntó Auster con recelo.

—¿En qué estás pensando? —West se inclinó hacia mí.

—Tenías razón sobre Holland. Esto no va a ser tan sencillo como intercambiar la gema medianoche por Saint. Si consigue esa licencia para comerciar en los Estrechos, nada de esto importará. Todos nosotros estaremos trabajando en los muelles para cuando ella haya terminado.

—Lo sé. —West asintió.

—Es intocable. Controla el comerció en el mar Sin Nombre y es la propietaria del Consejo de Comercio.

West se encogió de hombros.

—El Consejo de Comercio de los Estrechos ha aguantado bien hasta ahora. No hay nada que podamos hacer excepto cruzar los dedos por que no le concedan la licencia.

—Eso no es verdad —dije, mientras mi cerebro seguía desenredando mi maraña de pensamientos. Los dos me miraron, expectantes—. Sabemos que Holland quiere eliminar a los comerciantes con sede en Ceros. —Desvié la mirada hacia Auster—. Le ha hecho un encargo a un comerciante sin licencia para que endulce el trato con el Consejo. Un encargo que no quiere que nadie sepa.

La boca de Auster se torció.

—¿Con quién?

—Cuando estuvimos con Holland, hizo un trato con alguien que tenía ese mismo tatuaje.

Auster se movió en la silla, parecía incómodo de repente.

—¿Cómo se llamaba?

—Ezra —respondí.

Auster levantó la vista de golpe.

—¿Lo conoces?

—Lo conozco —confirmó.

—¿Qué puedes decirnos sobre él?

—Nada, si sé lo que es bueno para mí. No queréis enredaros con los Roth. Confiad en mí.

—Espera. ¿Eres un Roth? —pregunté, levantando la voz. West no parecía sorprendido en absoluto. Había sabido muy bien lo que era ese tatuaje.

—¿Crees que podemos utilizarlos? —inquirió West en voz baja.

—No —repuso Auster inexpresivo.

—¿Por qué no?

—Son peligrosos, West —contestó Auster—. Henrik te rajaría de arriba abajo antes que invitarte a tomar el té. Igual que Holland.

Retiré la manga de la camisa de Auster para inspeccionar mejor la marca.

—¿De qué conoces a Henrik?

Auster parecía estar decidiendo cuánto podía contarme.

—Es mi tío. No nos llevamos demasiado bien que se diga —añadió—. Cuando abandoné Bastian, abandoné a los Roth. Y nadie abandona a los Roth.

—¿Y Ezra?

Cuando vio que no iba a darme por vencida, Auster suspiró.

—Él no nació en la familia. Henrik lo encontró trabajando para un herrero cuando no éramos más que niños. Lo acogió porque tenía talento. Henrik le procuró la mejor formación posible y, para cuando teníamos catorce o quince años, ya estaba fabricando las mejores piezas de plata de todo Bastian. Solo que Henrik no podía venderlas.

—¿Por qué no?

—Durante años, la familia Roth fue la mayor fabricante de gemas falsas desde el mar Sin Nombre hasta los Estrechos. El negocio los había hecho ricos, pero también les costó cualquier posibilidad de conseguir un anillo de comerciante del Gremio de las Gemas. Es ilegal que nadie haga negocios con ellos.

Eso no le había impedido a Holland hacerle un encargo a Henrik, y comprendía bien por qué. Los bocetos que le había enseñado Ezra parecían algo sacado de un mito. Solo alguien con un verdadero don sería capaz de forjar una pieza como esa.

—O sea que Henrik está utilizando a Ezra para conseguir un anillo.

Auster asintió.

—Eso es lo que quiere, pero no lo va a conseguir nunca. La reputación de los Roth es conocida en todos los puertos del mar Sin Nombre. Nadie va a confiar en Henrik jamás, mucho menos hacer negocios con él.

—Holland lo ha hecho.

—Pero ella no le dirá nunca a nadie quién fabricó la pieza. Ezra jamás recibirá el crédito de lo que sea que le haya encargado. Henrik tampoco.

Si Auster estaba en lo cierto, Henrik era un hombre que trataba de legitimarse. Tamborileé con los dedos sobre la mesa.

—¿Crees que nos ayudarían?

—Ellos no ayudan a nadie. Se ayudan solo a sí mismos.

—A menos que haya un beneficio para ellos —pensé en voz alta. Me eché hacia atrás en el banco, pensativa. No sabía qué era exactamente lo que Holland tenía pensado para los Estrechos, pero West tenía razón sobre ella. No era alguien en quien se pudiera confiar. Y me daba la sensación de que estaba esperando para mover ficha—. ¿Nos llevarías ante él? —pregunté.

Auster me miró como si no pudiese creer lo que acababa de decirle.

—No quieres enredarte con ellos, Fable. Lo digo en serio.

—¿Lo harás o no?

Auster me miró a los ojos durante unos segundos largos antes de negar con la cabeza y soltar un gran suspiro.

—A Paj no va a gustarle esto.

VEINTICUATRO

—Bastardos dementes. —Paj llevaba maldiciendo y soltando palabrotas desde el momento en que salimos del puerto, y Auster había tenido que recurrir a toda su fuerza de voluntad para ignorarlo mientras íbamos caminando hasta el Valle Bajo.

Cuando le había pedido a Auster que nos llevara a ver a los Roth, no había esperado que accediera.

Auster no dio detalles sobre cómo había escapado de su familia cuando Paj y él abandonaron Bastian, y yo no se lo pregunté, pero estaba claro que era un pasado que Paj no quería revivir. Le prohibió a Auster que nos llevara al Valle Bajo y solo cedió cuando se percató de que Auster iría sin él.

Ahora Paj tenía una razón más para estar enfadado y, a cada minuto que pasaba, estaba más convencida de que la brecha entre nosotros quizás fuera demasiado grande para ser reparada. No había tenido la intención de meterlos en la guerra de Holland contra los Estrechos, pero West se aseguró de ello cuando les ordenó ir a la Constelación de Yuri. Lo único que podíamos hacer ahora era llevar el plan a buen puerto y rezar por poder salvar lo que quedara de la tripulación después.

Si Bastian tenía suburbios, eran el Valle Bajo, aunque no tenía nada que ver con el hedor y la mugre del Pinch ni de

Waterside en Ceros. Incluso las palomas posadas en los tejados parecían más limpias que las de los Estrechos.

West caminaba hombro con hombro con Auster y le lanzaba miradas de advertencia a la gente que nos observaba al
pasar. Se fijaban sobre todo en Auster y susurraban unos con
otros. No sabía si era porque lo reconocían o por lo despam-
panante que era. Auster se había acicalado con esmero en el
camarote de la tripulación. Se había cepillado el espeso pelo
negro hasta que caía sobre su hombro como obsidiana fundida. Su camisa también estaba limpia y planchada. Siempre era
guapísimo, incluso después de días en el mar sin lavarse, pero
este Auster era magnífico. Quitaba la respiración.

Paj también estaba diferente. Había una vaciedad en sus
ojos que no había visto en ellos desde el día que me retó a
recoger una moneda del fondo del mar en las islas de coral.

—Sigo pensando que esta es una idea malísima —refunfuñó.

Esa fue la gota que colmó el vaso de la paciencia de Auster. Giró en redondo de repente y Paj casi se estrelló contra él
antes de parar en seco.

Auster levantó la vista hacia la cara de Paj, la boca apretada en una línea recta.

—¿Has terminado ya?

—No, en realidad no —gruñó Paj—. ¿Acaso soy el único
que recuerda lo que nos costó dejar a esta gente atrás? ¡Casi
muero al alejarte de tu familia de perturbados!

—Si tienes miedo, puedes esperar en la taberna. —Auster
lo empujó hacia atrás.

—No es por mí por quien tengo miedo —repuso Paj, y
fue una declaración tan sincera y franca que dio la impresión
de que todo el ruido de la calle se paraba a nuestro alrededor.
El rostro de Paj se suavizó, las comisuras de sus labios se curvaron hacia abajo.

Auster agarró la manga de la camisa de Paj, como para darle confianza.

—Si es Ezra, estaremos bien.

—¿Y si es Henrik?

Auster esbozó su mejor intento de una sonrisa juguetona.

—Entonces estamos fastidiados. —Tiró de Paj hacia él hasta que estuvo lo bastante bajo como para que Auster lo besara. Ahí mismo, en medio de la calle, para que los viera quien quisiera.

No pude evitar sonreír.

—¿Habéis terminado? —preguntó West impaciente.

Auster miró a Paj como si estuviese esperando a que contestara él. Paj suspiró.

—Terminado.

Auster lo soltó, satisfecho por el momento, y lo seguimos a la estrecha callejuela entre los dos últimos edificios de la calle. La boca de la calle se abría entre los letreros de una tetería y una lavandería, los ladrillos ennegrecidos, pintados de hollín.

Auster caminaba con los hombros atrás. Pude apreciar la armadura que empezaba a levantar a su alrededor: la suavidad de su rostro cambió, sus pisadas se volvieron más pesadas. Fuera lo que fuese a lo que iba a enfrentarse, se estaba preparando para ello.

El callejón terminaba de repente en una puerta de hierro con multitud de remaches embutida en el ladrillo.

El viento captó una ristra de algo en lo alto y la hizo oscilar. Guiñé los ojos para intentar distinguir lo que había ahí colgado y no pude evitar hacer una mueca cuando me di cuenta de lo que era.

—¿Eso son...?

—Dientes —musitó Auster, antes de que pudiese terminar de preguntar siquiera.

—¿Dientes humanos?

Auster arqueó una ceja.

—El precio de mentirle a Henrik. —Cerró el puño antes de levantarlo y se giró hacia Paj una última vez antes de llamar a la puerta.

—Deberíais esperar aquí fuera —dijo en voz baja.

Paj se rio con amargura a modo de respuesta y negó con la cabeza una vez.

—Eso es algo que no va a ocurrir.

A mi lado, la mano de West se deslizó hacia la parte de atrás de su cinturón, listo para sacar su cuchillo. Solo había un suave goteo de agua para llenar el silencio mientras esperábamos delante de la puerta cerrada. Yo no podía dejar de mirar la ristra de dientes.

Paj tamborileaba sobre la hebilla de su cinturón, nervioso, pero Auster parecía tan tranquilo. Cruzó los brazos delante del pecho y esperó. Cuando el pestillo por fin emitió un chasquido, no movió ni un músculo.

La puerta se abrió un poco, justo lo suficiente para que apareciera la cara de un chico joven. El profundo valle de una cicatriz se curvaba a lo largo de su mejilla.

—¿Sí? —Parecía más irritado que interesado en lo que fuese que queríamos.

—Estoy buscando a Ezra —dijo Auster en tono neutro—. Dile que Auster ha venido a verlo.

El chico abrió los ojos como platos y se tambaleó hacia atrás.

—¿Auster? —Por la forma en que dijo el nombre, sonó como si llevara una historia aparejada.

Auster no respondió, sino que entró en el vestíbulo en penumbra con el resto de nosotros pegados a sus talones. Había una serie de ganchos dispuestos por la pared, donde unas cuantas chaquetas y sombreros estaban colgados debajo de una serie de óleos de marco dorado. Eran representaciones del mar en distintos estilos y colores, y estaban completamente fuera de lugar sobre esas paredes de yeso agrietado. Incluso las baldosas bajo nuestros pies estaban rotas, sus mosaicos retorcidos y fracturados donde faltaban pedazos.

Unas pisadas resonaron por el pasillo después de un silencio tenso y el chico reapareció. Nos hizo un gesto para que lo siguiéramos hacia la oscuridad, cosa que Auster hizo sin un momento de vacilación. Yo, sin embargo, saqué mi cuchillo del cinturón y lo sujeté con disimulo a mi lado. El chico nos condujo por un pasillo que giraba hacia el cálido resplandor de un farolillo que iluminaba un poco la oscuridad que teníamos por delante.

El marco de una puerta, vacío excepto por las bisagras, daba paso a una gran sala rectangular. Las paredes estaba empapeladas con motivos ondulantes del color de los rubíes, el suelo teñido de un caoba intenso donde era visible. El resto estaba cubierto por una gruesa alfombra de lana, con flecos deshilachados por los bordes.

El escritorio de delante de la chimenea no tenía ni un papel, pero el chico lo ordenó de manera metódica de todos modos, alineando la pluma con el lado derecho. Antes de que terminara, la puerta de la pared del fondo se abrió y por ella apareció el chico al que habíamos visto en casa de Holland. Ezra.

Sus ojos encontraron a Auster de inmediato al entrar en la habitación.

—Tienes que estar de broma.

Auster miró a Ezra inexpresivo antes de esbozar una gran sonrisa.

Ezra pasó por al lado del escritorio, abrió los brazos y le dio a Auster unas sonoras palmadas en la espalda mientras lo abrazaba. Llevaba una máscara distinta a la que le había visto llevar el día anterior en la oficina de Holland. El saludo caluroso entre los dos, sin embargo, parecía irritar a Paj, que rotó los hombros como si tuviera muchas ganas de darle un puñetazo a algo.

Ezra no le hizo ni caso, pero se inclinó hacia Auster al hablar.

—Puede que no haya sido buena idea traerlo. Henrik llegará en cualquier momento.

—Buena suerte si pretendes sacarlo de aquí —musitó Auster.

La cordialidad de Ezra desapareció entonces, y sus bordes se afilaron cuando sus ojos se posaron en mí. Me reconoció casi de inmediato.

—¿Qué hace ella aquí?

—Es una amiga —repuso Auster.

—¿Estás seguro de eso? La vi en casa de Holland.

—Estoy seguro. —Auster puso una mano sobre el hombro de Ezra—. ¿Cómo estás?

A Ezra le costó apartar la mirada de mí.

—Estoy muy bien, Aus. —Auster no parecía convencido. Se agachó un poco para mirar a Ezra a los ojos—. Bien —insistió Ezra—. Estoy bien.

Auster asintió como aceptación de su respuesta.

—Tenemos un encargo para ti.

Ezra lo miró con escepticismo antes de volver hacia el escritorio.

—¿Qué tipo de encargo?

—Uno que sabemos que puedes hacer —interrumpí.

La mano de Ezra se quedó paralizada sobre el libro delante de él al oír el sonido de mi voz. La luz de la lámpara de gas hacía que las cicatrices de sus manos se viesen plateadas. Saqué de mi chaqueta el pergamino que había preparado y lo desdoblé antes de plantarlo delante de él.

Ezra deslizó los ojos por él, cada vez más abiertos.

—¿Esto es una broma?

La puerta se abrió de par en par a su espalda para estrellarse contra la pared. Me sobresalté y di un paso atrás. El destello del acero centelleó en la mano de West a mi lado.

En el umbral de la puerta, vi a un hombre más mayor, una mano metida en el bolsillo de un delantal de cuero. Su bigote tenía las puntas enroscadas hacia arriba, el pelo bien peinado hacia un lado. Unos pálidos ojos azules brillaban debajo de unas espesas cejas mientras saltaban de mí a Paj, para aterrizar por fin en Auster.

—Ah —dijo con voz melosa, y una amplia sonrisa se desplegó en sus labios; solo que le faltaba la calidez que había mostrado la de Ezra—. Tru dijo que nuestro querido Roth perdido estaba sentado en mi salón. Le dije que eso no era posible. Que mi sobrino no tendría jamás las agallas para aparecer por aquí.

—Pues parece que te equivocabas —dijo Auster, mientras le sostenía la mirada con frialdad.

—Veo que has traído a tu benefactor. —Henrik miró a Paj—. Estaré encantado de volver a romper esa nariz. A ver si podemos dejarla recta esta vez.

—Solo hay una manera de averiguarlo —gruñó Paj, dando un paso hacia él.

Auster lo frenó con una mano plantada delante del pecho y Henrik se rio. Luego agarró una pipa de la estantería.

—Creía que habías terminado con los Roth para siempre, Auster.

—Así es, pero eso no significa que no pueda hacer negocios con ellos.

Henrik arqueó una ceja con curiosidad.

—¿Qué negocio puedes tener tú que nosotros pudiéramos querer?

Auster hizo un gesto con la barbilla en dirección al pergamino del escritorio. Henrik lo tomó en las manos.

—¿Qué dem...?

—¿Podéis hacerlo o no? —ladró Auster.

—Por supuesto que podemos. La pregunta es ¿por qué demonios lo haríamos? —Henrik volvió a reírse.

—Ponedle precio —intervine, dispuesta a negociar. Henrik entornó los ojos en mi dirección.

—¿A quién has traído a mi casa, Auster? —El timbre de su voz rayaba en lo peligroso.

—Soy Fable. La nieta de Holland. Y estoy buscando un platero.

Henrik me miró desde lo alto con aires de superioridad.

—No hay ningún precio por el que aceptaría este encargo. Enemistarnos con Holland acabaría con nuestro negocio en Bastian. Para siempre.

—¿Y si le dijera que Holland ya no será su problema nunca más?

—Entonces te diría que eres tan estúpida como bonita —se mofó Henrik—. Ganaría más dinero diciéndole a Holland que habéis estado aquí que con vuestro encargo.

Eso era justo lo que había temido que dijera. No había ninguna razón para que confiara en mí y no había nada que yo pudiese ofrecerle que fuese más valioso que lo que podría ofrecerle Holland. Estaría corriendo más que un simple riesgo al ayudarnos.

Deslicé los ojos por la habitación. Papel medio despegado por las paredes, velas caras, una chaqueta de exquisita confección colgada de un gancho oxidado. Henrik era como Zola. Un hombre que intentaba ser algo que no podría ser jamás. No hasta que tuviese una cosa.

—Haga este encargo y le daré lo que Holland no puede darle —dije. La sonrisa de Henrik se esfumó, sustituida por un músculo tenso en la mandíbula.

—¿Y eso es...?

Lo miré sin parpadear.

—Un sello de comerciante. —Las palabras se marchitaron en mi boca según las decía. No había forma humana de saber si de verdad podría cumplir lo que le ofrecía, pero si alguien podía conseguirlo, ese era Saint.

Los comerciantes tenían que trabajar como aprendices durante años antes de poder solicitar un anillo. Y había solo cierto número de anillos para cada gremio. Era frecuente que los comerciantes trabajaran bajo el anillo de otro más viejo, a la espera de que muriera o cediera su puesto.

Su mano se quedó petrificada sobre la cerilla, hasta que la llama estaba tan cerca de las yemas de sus dedos que tuvo que apagarla.

—¿Qué?

—Puedo conseguirle un anillo de comerciante si realiza este encargo. Y solo si no sale una palabra de aquí.

—Estás mintiendo. —Las palabras rezumaban furia. Pero vi que ya lo tenía atrapado. La desesperación de esa perspectiva estaba muy patente en cada centímetro de su cara.

—No miento. Un anillo de comerciante del Consejo de Comercio de los Estrechos.

—¿Los Estrechos? Vivimos en Bastian, cariño.

—Los dos sabemos que un anillo de un gremio facilita la obtención de un anillo de otro. ¿Qué aprecia más: el favor de Holland o un anillo para comprar uno propio?

Henrik encendió otra cerilla y chupó de la pipa hasta que el humo empezó a ondular desde la cazoleta.

—¿Te ha dicho Auster lo que te pasará si me mientes?

—Sí.

—Tu abuela encontrará pedacitos tuyos por toda esta ciudad —dijo con voz suave—. Y tendré que quitaros a mi sobrino de las manos como compensación.

Paj apretó los puños. Estaba segura de que, en cualquier momento, iba a cruzar la habitación para romperle el cuello a Henrik.

El hombre tomó el pergamino en sus manos para estudiar el boceto. Lo había hecho solo de memoria y mi destreza no era ni de lejos la que debería ser, pero sabían muy bien lo que quería.

—Solo una mocosa nacida en los Estrechos sería tan estúpida.

—Solo los Sangre Salada serían tan blandos —repliqué—. ¿Lo haréis?

Henrik miró a Ezra, que se mantenía estoico contra la pared. Fuera lo que fuese lo que estaba pensando, se lo guardó para sí mismo.

Después de un momento, Henrik levantó la mano y la plantó sobre el hombro de Auster. Le dio un apretón. Un poco demasiado fuerte.

—Lo haremos.

VEINTICINCO

Las velas del *Marigold* se desenrollaron al unísono y chasquearon contra los mástiles mientras el sol se ponía sobre el agua. En un solo día habíamos reunido todo lo necesario para la inmersión en la Constelación de Yuri y, en cuestión de minutos, estaríamos navegando hacia la oscuridad.

Henrik por fin había aceptado nuestro encargo, pero creer en su palabra era como tener fe en la capacidad de las piedras de serpiente para protegernos de los demonios marinos. En verdad, no había manera de saber lo que harían los Roth.

Lo único que parecía seguro era el hecho de que teníamos los días contados. De un modo u otro, Holland iba a mover ficha. Y si lo hacía, los Estrechos no volverían a ser los mismos.

Observé a Clove de pie al final del muelle, la chaqueta abotonada hasta la barbilla. Metí las manos en los bolsillos y respiré contra la bufanda que rodeaba mi cuello mientras caminaba hacia él. El mar estaba gris y tempestuoso en su lucha contra el crepúsculo.

Clove no dijo nada cuando me paré a su lado. Tenía las mejillas enrojecidas por el viento, la punta de la nariz rosácea.

—¿Crees que Saint puede hacerlo? —Observé su rostro mientras él contemplaba el agua, pensativo. Unos mechones de pálido pelo rubio habían escapado de su gorra y revoloteaban alrededor de su cara.

—No lo sé —reconoció. Clove no se había alegrado en absoluto cuando le conté que habíamos ido a ver a Henrik. Se enfadó aún más cuando le dije lo que le había ofrecido.

No sabía lo que diría mi padre cuando se enterara de lo que había estado tramando. Solo podía rezar por que me siguiera el juego. Conseguir un anillo de comerciante para un delincuente era casi imposible, pero si quería que los Roth nos proporcionaran la red de seguridad que necesitábamos, tenía que conseguirlo.

—Seis días.

—Seis días —repitió Clove.

La reunión del Consejo de Comercio en Sagsay Holm reuniría a todos los comerciantes con licencia del mar Sin Nombre y de los Estrechos. Si Holland se salía con la suya, lograría la aprobación del Consejo para abrir su ruta comercial hacia Ceros. Si yo me salía con la mía, jamás tendría la oportunidad de navegar por nuestras aguas.

Clove tendría que actuar deprisa si quería llegar hasta Ceros y luego de vuelta a Sagsay Holm con Saint a tiempo.

—¿Qué sabes de la gema medianoche, Clove? Sinceramente.

—Nada. —Clove suspiró—. Solo sé que tu madre se la llevó cuando abandonó Bastian y que no quería que la encontraran.

—¿Te habló de ella?

—Después de algún que otro vaso de aguardiente de más. —Esbozó una leve sonrisa—. Ni siquiera estaba seguro de que fuese verdad hasta que Holland contó la misma historia.

Si Isolde se la había llevado, tenía que tener una buena razón para hacerlo. Lo único que tenía sentido era que no quería la medianoche en manos de Holland. El valor de la gema estaba en su singularidad. Después de presentarla ante el Consejo de Comercio del mar Sin Nombre, desapareció, lo que la convirtió en poco más que un mito.

—Ni siquiera sé por qué estoy haciendo esto —susurré, mientras contemplaba los destellos plateados del agua a la menguante luz del sol—. Saint jamás lo haría por mí.

Clove se giró despacio hacia mí para mirarme desde lo alto.

—No puedes creer eso de verdad.

—¿Por qué no habría de hacerlo?

Resopló al tiempo que sacudía la cabeza.

—Ese hombre hundiría su flota por ti, Fable. Lo dejaría todo.

Se me hizo un nudo doloroso en la garganta.

—No, eso no es verdad.

Clove se colocó bien la gorra sobre la cabeza, con lo que ocultó su rostro entre las sombras.

—*Isolde* no es el único nombre que no se nos permite pronunciar. —Me dio un beso en la parte de arriba de la cabeza—. Ten cuidado. Y vigila a esa tripulación.

—¿Que los vigile?

—Parecen casi dispuestos a tirar ese timonel por la borda. Y a ti con él.

Apreté los dientes y miré más allá de él hacia el *Marigold*.

—Te veré en Sagsay Holm.

Observé cómo se alejaba, respirando hondo para contener las lágrimas que me escocían en los ojos. Lo que había dicho sobre mi padre era peligroso. Esas palabras tenían el poder de aplastarme. Porque la esperanza más frágil que había tenido en la vida era que, en alguna parte de su carne y sus huesos, Saint me quisiera.

Había una parte de mí que estaba aterrada de averiguar que era verdad. Y una parte aún más grande sabía que eso me destruiría.

Empecé a subir por la escala, colocando una mano tras otra en los peldaños, hasta que unos gritos me hicieron quedarme quieta. Me giré hacia atrás para ver a Holland entrar por la arcada del puerto, envuelta en una capa rojo sangre. Volví a bajar de un salto y observé cómo flotaba hacia nosotros, su pelo plateado ondeando a su espalda.

Iba flanqueada por tres guardias a cada lado, con lo que ocupaban toda la anchura del paseo. Los estibadores tuvieron que apartarse a toda prisa de su camino y apretujarse en los embarcaderos para dejarla pasar.

—¡West! —gritó Willa, que observaba la escena desde la barandilla, con los ojos muy abiertos.

West apareció a su lado un segundo después y, en cuanto vio a Holland, bajó por el costado del barco para aterrizar a mi lado.

—¿De qué va esto?

—No lo sé —susurré.

Holland giró hacia nuestro muelle sin levantar la vista, los ojos fijos en el mar. Los colores del atardecer danzaban sobre su cara y hacían que su capa refulgiera como la hoja de una daga al rojo vivo. Levantó una mano en el aire y los guardias se detuvieron para dejar que recorriera el resto de la dársena ella sola.

Sonrió con calidez cuando se detuvo delante de nosotros.

—Pensé que podía venir a veros zarpar.

—Justo a tiempo —comentó West, con mirada ceñuda.

Hamish venía por el muelle detrás de Holland, absorto en su libro de bitácora, y casi se estampó contra ella antes de que uno de sus guardias lo agarrara del cuello de la chaqueta y tirase de él hacia atrás. Cuando sus ojos por fin se apartaron de los pergaminos, parecía como si estuviese a punto de caerse de espaldas por la sorpresa. Esquivó a Holland con cuidado y se colocó a nuestro lado.

—Te veremos en Sagsay Holm —dije, y di media vuelta hacia la escala.

—Todo lo que os pido antes de zarpar es vuestra escritura de propiedad. —Abrió la mano delante de nosotros, con una sonrisa en los labios.

—¿Qué? —espeté indignada.

—La escritura. Del *Marigold*.

West dio un paso hacia ella y los guardias se acercaron al instante, las manos sobre las empuñaduras de sus espadas.

—Estás loca si crees que voy a...

—Vosotros no confiáis en mí —dijo Holland, los ojos entornados—. Y yo no confío en vosotros. No tengo forma humana de saber si os vais a presentar en Sagsay Holm ni si me vais a dar la medianoche en el caso de encontrarla. Exijo la escritura de propiedad del *Marigold* o se anula el trato.

West se convirtió en fuego a mi lado, la línea de sus hombros en tensión, la cara roja como un tomate.

—No te vamos a dar la escritura —dije yo.

—Si pensáis cumplir con vuestra parte del trato, no hay razón para que os preocupéis, Fable. ¿Qué podéis perder?

Las dos sabíamos la respuesta a esa pregunta. Yo podía perder a Saint.

West se giró hacia Hamish, que parecía estupefacto.

—No puedes ir en serio —dijo, los ojos como platos detrás de los cristales de sus gafas.

West alargó una mano, expectante. En la cubierta del barco, el resto de la tripulación estaba ocupada en sus respectivas tareas a fin de preparar al *Marigold* para zarpar.

Observé horrorizada cómo Hamish metía la mano en su chaqueta y sacaba un sobre ajado del interior.

—West, no lo hagas. —Alargué la mano hacia él, pero me apartó a un lado, agarró la escritura de manos de Hamish y se la entregó a Holland.

Holland abrió el sobre y sacó el pergamino doblado. El sello del Consejo de Comercio de los Estrechos estaba estampado sobre la esquina superior derecha del documento, la tinta negra escrita con mano experta. El nombre de West estaba inscrito como propietario del barco.

Holland la guardó de nuevo en el sobre, satisfecha.

Detrás de mí, West ya estaba subiendo por la escala. Desapareció por encima de la barandilla al tiempo que resonaba su voz.

—¡Levad el ancla!

—Os veré en Sagsay Holm. —Holland dio media vuelta, agarró su capa y echó a andar en dirección contraria.

Maldije en voz baja y subí por la escala. Cuando llegué a cubierta, Koy estaba tumbado en ademán perezoso sobre un montón de cabos enrollados, las manos cruzadas detrás de la cabeza como una hamaca. Willa bajó deslizándose por el palo de mesana y le lanzó una mirada furibunda antes de dirigirse hacia el ancla de proa para ayudar a Paj con el cabestrante.

Hamish masculló algo entre dientes cuando llegó arriba y los dos observamos a West para ver qué iba a hacer. Echó un vistazo a las notas de Paj en el cuaderno de bitácora del piloto, pero el frío que sentí irradiar de él hacia mí me hizo estremecerme.

Hamish me lanzó una mirada recelosa.

—¿Te vas a limitar a quedarte ahí plantado? —espetó Willa.

Me giré para verla de pie por encima de Koy. El jevalí le lanzó una sonrisa fácil.

—Sí. A menos que queráis pagarme extra por ayudar a tripular este barco.

Las mejillas de Willa se encendieron de rabia mientras volvía al cabestrante. Koy parecía muy contento consigo mismo y se dedicó a tamborilear con los dedos sobre sus codos mientras la observaba por el rabillo del ojo.

La advertencia de Clove resonó en mi mente. Para cuando llegáramos a Sagsay Holm, el *Marigold* tal vez ni siquiera tuviese tripulación.

—¿Qué ha sido eso? —preguntó Paj, los ojos dirigidos hacia el muelle, donde Holland salía ya por la arcada.

West se dirigió hacia el timón, su atención puesta en las velas.

—No era nada.

El resto de la tripulación no tenía ni idea de lo que acababa de suceder. Y West no se lo iba a contar. Hamish parecía completamente perplejo, su cuaderno de tesorero sujeto delante de él.

West le pasó el timón a Paj e hizo un gesto con la barbilla hacia el costado de estribor.

—Mantén un ojo puesto en él.

Se refería a Koy, que seguía recostado sobre los cabos, observando a Willa recoger los amarres.

Paj contestó con un asentimiento reticente y West desapareció por la cubierta lateral mientras desabrochaba los botones de su chaqueta.

Me giré hacia Hamish, que arqueó las cejas. Estaba preocupado. Se preguntaba hasta dónde llegaba la línea de su lealtad. ¿Guardarle el secreto a West o informar a la tripulación acerca de la escritura?

Seguí a West a su camarote y cerré la puerta a mi espalda. Estaba de pie ante la mesa de al lado de su catre, anotando una serie de medidas en el cuaderno del piloto. Movía los labios en silencio a medida que anotaba los números. Cuando por fin me miró, fue con la misma distancia que había mostrado esa mañana en la taberna.

—Da la impresión de que podríamos llegar ahí mañana al anochecer si el viento aguanta —comentó, antes de cerrar el libro. La pluma rodó por la mesa.

Asentí, aún a la espera de lo que fuese que fuera a añadir. Pero West guardó silencio, dio la vuelta a la mesa, abrió el cajón y dejó caer el libro dentro. Recolocó algunos mapas en la mesa, sin un objetivo claro, y yo di un paso a un lado para mirarlo a los ojos, pero se giró y se apartó un pelín de mí. Suspiré.

—No has debido hacer eso. Darle la escritura. —Ver los músculos de su cuello destacarse bajo su piel me hizo sentir de repente como si se me revolviera el estómago. Noté un intenso calor por toda la piel—. No dejaré que pierdas el *Marigold*, West. Te lo juro.

Soltó un bufido y sacudió la cabeza.

—No puedes prometer eso.

—Sí puedo. —Me mordí el labio de abajo cuando empezó a temblar.

West cruzó los brazos, luego se apoyó contra la pared al lado de la ventana. La ristra de piedras de serpiente tintineó cuando se columpió al viento. Cualesquiera pensamientos que susurraban en su mente oscurecieron la luz de sus ojos, tenía todos los músculos en tensión.

—Tienes que decirles lo de la escritura —dije.

—Eso es lo último que quieren oír.

—No importa. Merecen saberlo.

—No lo entiendes. —Las palabras no eran más que un murmullo.

—Sí que lo entiendo.

—No, no es verdad. Tú tienes a Saint. Ahora tienes a Holland. —Tragó saliva—. Pero ¿nosotros? Yo, Willa, Paj, Auster, Hamish... todo lo que *nosotros* tenemos es los unos a los otros.

—Entonces, ¿por qué los has forzado a hacer esto?

Tragó saliva.

—Porque no puedo perderlos. Y no puedo perderte a ti.

Quería alargar las manos hacia él y tocarlo. Quería abrazarlo. Pero los muros que había levantado a su alrededor eran muy altos.

—Voy a recuperar esa escritura —insistí—. Cueste lo que cueste.

West dio un paso hacia mí. Incluso en el frío camarote, podía sentir su calor.

—Hacemos esto y hemos terminado con Saint para siempre. —Se estiró hacia mí y agarró mi chaqueta con ambas manos. Me sujetó en el sitio—. Prométemelo.

Levanté los ojos hacia su cara, ni un ápice de duda en mi voz.

—Lo prometo.

VEINTISÉIS

EL MAR NOCTURNO SE EXTENDÍA ALREDEDOR DEL *MARIGOLD* como un abismo negro que se fundía con un cielo oscuro y despejado.

Cuando subí las escaleras, Paj y Auster estaban en el puente de mando, un bol de estofado entre las manos. El barco estaba sumido en un silencio tenso que hacía que el ruido del casco al cortar por el agua sonara como una conversación susurrada.

Hamish había estado dormido en el camarote de la tripulación desde la puesta del sol. Me pregunté si sería porque todavía no se había decidido sobre qué hacer acerca del secreto que West se había callado. Solo sería una cuestión de tiempo antes de que Hamish hablara.

El sonido de los ronquidos de Koy me llegó desde las sombras de la proa. Solo pude distinguir sus pies descalzos cruzados a la luz de la luna.

Una sombra se movió sobre la cubierta a mi lado y levanté la vista hacia donde Willa estaba encaramada muy alto al palo mayor. Estaba instalada en su red a modo de hamaca, la cabeza echada hacia atrás, contemplando las estrellas.

Vacilé un instante antes de agarrar los topes y trepar por el mástil para subir muy por encima del *Marigold*, a merced del viento frío. Llevaba el toque cortante de la escarcha, un poco doloroso al deslizarse sobre mi piel.

Willa me ignoró cuando encontré un sitio para sentarme a su lado. Llevaba sus largos rizos pardos trenzados, retirados de la cara, lo cual hacía que las líneas de su rostro delgado se viesen aún más severas.

—¿Qué quieres? —Su voz sonó hueca. Enrosqué el brazo alrededor del mástil, luego me apoyé en él.

—Darte las gracias.

—¿Por qué?

Seguí la dirección de su mirada hacia el cielo, donde las nubes se entrelazaban en cintas etéreas.

—Por venir a buscarme. —La emoción moldeó las palabras de distintas maneras. Si Willa lo notó, no lo demostró.

—Para lo que nos ha valido.

—Yo no le pedí que hiciese esto. Iba a hacerlo sola.

—No me importa, Fable —dijo—. Al final, has conseguido que todo esto sea sobre ti. Igual que has hecho desde un principio.

—¿Qué? —Me senté más erguida y me incliné hacia delante para mirarla a los ojos.

—Desde que pusiste un pie en este barco, hemos estado haciendo siempre lo que tú quieres. En realidad, ya lo estábamos haciendo antes, puesto que perdíamos dinero en nuestra ruta para acudir a Jeval.

—Yo nunca pedí que hicierais eso.

—No importa. West no iba a parar de ir a esa isla nunca mientras tú estuvieses ahí. Y cuando casi conseguiste que te mataran, tuvimos que cambiar nuestros planes y llevarte de un extremo al otro de los Estrechos para ir en busca de Saint.

—Yo...

Pero Willa no me iba a dejar decir ni una palabra.

—Cuando eso se fue al garete, ¿quién fue a recogerte del suelo de esa taberna? Yo. ¿Quién arriesgó el cuello para llevarte a la Trampa de las Tempestades? Todos nosotros.

—No me estabais haciendo ningún favor con lo del *Lark*, Willa. Si no fuese por mí, el *Marigold* todavía estaría anclado en Ceros, sin velas.

—¡Ojalá lo estuviera! —gritó.

No fue hasta que la luz de la luna se reflejó en su rostro otra vez que pude ver que estaba llorando. Y no eran lágrimas del tipo que brotan por ira. Eran tristes. Rotas.

—Si West hubiese perdido el *Marigold*, yo habría podido irme —soltó, medio atragantada—. Pero tú lo salvaste. Y volví a pensar que, una vez que se desvinculara de Saint y te tuviese a ti, yo sería libre. Pero cruzamos los Estrechos para encontrarte y ya estás haciendo tratos. A tu aire. Como si todo lo que hemos hecho no significara nada.

Se me cayó el alma a los pies al darme cuenta de que, en cierto modo, Willa tenía razón. No había pensado en el coste que esto tendría para ella. Ni una sola vez. Willa me había contado que había encontrado una manera de dejar el *Marigold*. Que había encontrado una manera de ser libre. Y yo se la había arrebatado, queriendo o sin querer.

—No le has dicho que te vas, ¿verdad? —pregunté.

—No.

—¿Por qué?

Sorbió por la nariz.

—Tú no sabes cómo era antes. Cuando trabajaba para Saint. Al desvincularnos de él, pensé que el West que conocía había vuelto. Pero cuando desapareciste en Dern, se convirtió en esa persona otra vez. Él… simplemente desapareció.

—Oí lo de los barcos. ¿Qué ocurrió?

—No importa. Ese no es mi hermano. Esa es una persona que Saint fabricó. —Se secó la mejilla—. Estaba dispuesto a dejarlo todo en los Estrechos por encontrarte. Estaba dispuesto a ponerte a ti por delante de toda la tripulación —continuó—. ¿Qué más está dispuesto a hacer por ti, Fable?

No sabía qué quería que dijera. La entendía. A sus ojos, yo había convertido a West en lo mismo que lo había convertido mi padre. Y pude oír en la voz de Willa que deseaba no haber venido a la taberna aquella noche. No haberme dicho nunca que le pidiera a la tripulación que me aceptara a bordo del *Marigold*.

—Se ha equivocado al forzar a la tripulación a ir a la Constelación de Yuri —dije—. Lo hizo porque tenía miedo.

—Tú le has dado algo que temer. —Por fin me miró. Sus ojos se cruzaron con los míos y pude ver en ellos un millar de palabras que no estaba diciendo.

Era verdad. Y esto era justo por lo que Saint vivía de acuerdo con sus propias reglas y por lo que me las había enseñado a mí.

Abajo, la puerta del camarote del timonel se abrió e inundó la cubierta con la luz de los faroles. West salió de la cubierta lateral e, incluso desde tan arriba en el mástil, alcancé a ver la expresión exhausta de su rostro.

—Tengo que hablar con vosotras —nos llamó antes de mirar hacia el puente de mando—. Con todos vosotros.

Willa estudió a su hermano antes de desenredarse de su hamaca y bajar por el palo mayor. La tripulación se reunió en silencio en torno al timón; se lanzaban miradas los unos a los otros mientras West se remetía el pelo detrás de la oreja. Estaba nervioso.

—Tengo que deciros algo. —Todos esperaron—. Cuando Holland vino a los muelles, se llevó la escritura del *Marigold*. —Lo dijo todo del tirón.

—¿Que hizo qué? —La voz de Paj no sonaba como la suya. Sonó desesperado.

A Willa se le volvieron a anegar los ojos de lágrimas.

—Exigió que le entregara la escritura y se la di.

Auster hizo una mueca, como si las palabras no tuviesen sentido. A su lado, Hamish se miraba las botas.

—Cuando lleguemos a Sagsay Holm, la recuperaremos.

—¿Y después qué? —La voz grave de Paj resonó a nuestro alrededor.

—Después nos vamos a casa —contestó West.

—¿Así sin más? ¿Como si no hubiese pasado nada?

West se quedó en silencio durante largo rato y los demás esperaron su respuesta. Cuando estaba segura de que por fin iba a hablar, dio media vuelta y entró otra vez en su camarote.

La tripulación se miró.

—¿O sea que ahora trabajamos para Holland? —La voz de Willa llevaba un deje cortante.

—No trabajamos para ella. —Me pasé una mano por la cara. Auster se aclaró la garganta, pero fue algo artificial.

—Pues desde luego suena como que sí.

—La recuperaremos —insistí, desesperada por que me creyeran—. Holland me quiere a mí, no al *Marigold*.

Hamish jugueteó con un hilo suelto en el borde de su chaleco.

—Estoy cansado de verme envuelto en los asuntos de tu familia, Fable.

—Yo también —musité.

Lo oía en las palabras de Willa. Lo veía en la cara de cada uno de ellos. Habían pasado años controlados por Saint, y ahora Holland tenía en su poder la cosa más valiosa del mundo para ellos: su hogar. No los había salvado con el *Lark*. Los había atrapado. Conmigo.

VEINTISIETE

La Constelación de Yuri era invisible en la oscuridad. Estaba encaramada a la barandilla en la proa del barco, observando la luz de la luna sobre la superficie del mar. Incluso desde arriba, podía sentirlas: las canciones suaves de las gemas escondidas en el arrecife bajo nosotros.

La cadena de islas era famosa por suministrar una gran porción de las piedras que componían el comercio de gemas tanto en el mar Sin Nombre como en los Estrechos. Desde arriba, sus crestas parecían una maraña de venas que palpitaban a un ritmo constante.

Se oyó un repiqueteo metálico y me giré para ver a Koy en popa. Se acababa de colgar el cinturón del hombro, tras dormir durante todas las horas que nos había llevado llegar a la Constelación de Yuri, y en cuanto despertó, los ojos de todos los miembros de la tripulación estaban sobre él. Fingió no darse cuenta mientras bajaba las escaleras a la cubierta principal.

Las herramientas de dragador que le había pedido a Hamish que le encontrara relucieron en sus manos cuando las deslizó dentro del cinturón una por una. Íbamos a bucear desde que saliera el sol hasta que se pusiera, sin ocasión de afilar los picos o de arreglar los mazos rotos en tierra firme. Hamish había comprado herramientas más que suficientes para que nos duraran a los tres.

Koy pasó el cinturón alrededor de sus caderas y apretó la hebilla sin pensar, los ojos fijos en el agua.

—Parece bastante dócil.

—Sí. —Asentí.

Se refería a las corrientes y yo había pensado lo mismo. Las mareas estaban documentadas de manera meticulosa en las tablas que nos había entregado Holland y habíamos tenido que lidiar con aguas mucho más impredecibles en Jeval.

—¿Vas a contarme qué es lo que tengo que buscar ahí abajo? —preguntó.

Había estado temiendo este momento. De hecho, estaba segura de que si le hubiese dicho a Koy la verdad en la taberna, no hubiese puesto un pie jamás en el *Marigold*. Extraje los cuadernos de buceo de Holland de mi bolsillo interior y saqué el pergamino de debajo de la tapa de cuero.

Koy me lo quitó de los dedos y lo desdobló. Sus ojos se entornaron a medida que se movían por el diagrama.

—Medianoche —se burló—. Estás aún más loca de lo que creía.

Hice caso omiso del insulto.

—Piedra opaca negra. Vetas violetas. Eso es todo lo que necesitas saber.

—Es una suerte que me hayáis pagado por adelantado. —Me devolvió el pergamino.

Auster emergió de las cubiertas inferiores con dos humeantes tazas de loza y yo bajé de la barandilla de un salto para reunirme con él. Plantó una taza en mis manos y el aroma amargo del té negro fuerte subió a mi encuentro.

Bebí un sorbo, con una mueca.

—Más te vale seguir trayendo tazas de estas.

—Sí, eso había pensado. —Esbozó una leve sonrisa.

Paj desató una de las cestas de la barandilla en el puesto de mando y se la tiró a Hamish, que las estaba apilando más abajo. Se giró hacia mí y miró la taza con suspicacia.

De todos los que estaban a bordo, Paj sería con el que más me costaría hacer las paces. Su amor y su odio parecían intrínsecamente ligados, con muy poco espacio entre medias.

—¿Qué quiso decir Henrik cuando dijo que Paj era tu benefactor? —pregunté, al tiempo que bebía otro sorbo.

Auster se apoyó en la barandilla a mi lado y bajó la voz para que Paj no pudiera oírlo.

—Conocí a Paj en los muelles, mientras hacía un recado para Henrik. Paj trabajaba como tripulación de cubierta para un comerciante de nivel medio con el que iba y venía a Bastian casi cada semana. —Hizo girar el té en su taza—. No había pasado ni un mes antes de que empezara a esperar a su barco en el puerto. —Incluso en la oscuridad, vi cómo se sonrojaba.

—¿Y?

—Y no mucho después, Paj empezó a deducir que trabajaba para los Roth. Cuando las cosas se pusieron... —Dejó la frase a medio acabar y se giró hacia atrás otra vez—. Henrik se enteró de lo nuestro. No lo aprobaba. Estuvimos juntos como un año o así cuando casi logré que me cortaran en cuello mientras robaba mercancías de un comerciante de aguardiente para mi tío. Paj ya me había dicho antes que quería que cortara el vínculo con mi familia, pero no había trazado ninguna línea roja en la arena. No hasta entonces. Vino a buscarme una noche antes de zarpar y me pidió que abandonara Bastian y a los Roth. Si no lo hacía, habíamos terminado.

—Tuviste que elegir. Entre él y tu familia.

—Eso es. —Los ojos de Auster palidecieron al más leve tono plateado—. Paj se enteró de que había un fabricante de velas dispuesto a pagar mucho dinero por que lo sacaran a escondidas de Bastian y aceptó el reto. Casi lo mataron en el intento, pero lo logró.

—¿Leo? —pregunté, levantando un poco la voz. Auster sonrió en respuesta.

Leo era el fabricante de velas convertido en sastre que había puesto un negocio en North Fyg, en Ceros. También había sido el que había salvado el *Marigold* al fabricarnos un juego de velas cuando nadie más estaba dispuesto a hacerlo.

—Se había metido en algún tipo de lío con Holland y necesitaba desaparecer. Paj se presentó ante mi puerta unos días después con tres bolsas de dinero. Dijo que se marchaba del mar Sin Nombre y no pensaba volver. Me dio un día para decidir.

—¿Y desapareciste así sin más? ¿Sin que lo supiera nadie?

—Nadie excepto Ezra. Él estaba ahí la noche que me marché, pero me dejó irme. Fingió no verme salir por la ventana. Si le hubiese dicho a alguien que me había marchado, no habría logrado salir del puerto.

Así que había algo más en Ezra que solo Henrik y los Roth.

—¿Lo cambiarías alguna vez? ¿Volverías para estar con tu familia?

—Los Roth comparten sangre, pero no son una familia.

No lo presioné más. Algo me decía que si lo hiciera, desenterraría lo que fuese que Auster había enterrado cuando salió de Bastian.

—Pero no, no lo haría. —Se inclinó hacia mí y apretó el hombro contra el mío—. Ya sabes, volver atrás. Cambiar las cosas.

Me tragué las repentinas ganas de llorar. No hablaba solo de Paj o de los Roth o de Bastian. También hablaba de mí. Auster había sido el primero de la tripulación en confiar en mí. De algún modo, aún lo hacía. Le devolví el empujoncito con el hombro, sin decir ni una palabra.

—¿Listos? —La voz de West sonó detrás de mí y me giré para verlo de pie delante del timón, nuestros dos cinturones en las manos.

Le devolví a Auster mi taza antes de que West tirara mi cinturón por los aires. Lo atrapé al vuelo, mientras echaba un vistazo hacia la línea recta a lo lejos. La luz del día ya empezaba a asomar al cielo negro como el carbón y, en pocos minutos, el sol aparecería como oro líquido, titilante en la línea del horizonte.

Arriba en el puente de mando, Paj y Hamish estaban soltando los amarres que aseguraban el bote de remos para bajarlo hasta el agua.

—Yo marcaré, vosotros me seguís —dije, repitiendo nuestro plan mientras ceñía el cinturón a mi alrededor.

Recorrería los arrecifes en orden y marcaría las zonas donde podría haber medianoche con trozos de seda rosa que había cortado del vestido de Holland. West y Koy me seguirían, dragando. Cuando termináramos con un arrecife, empezaríamos con el siguiente. Pero había más de veinte en la maraña de orillas y crestas allá abajo. Tendríamos que revisar al menos seis al día si queríamos terminar a tiempo de reunirnos con Holland.

—Cuando llegue al final, volveré para dragar con vosotros. —Me eché todo el pelo a un lado, lo trencé por encima de mi hombro y lo aseguré con una tira de cuero.

Willa bajó las escaleras con los remos de la barca. Cuando Koy hizo ademán de agarrarlos, ella los dejó caer sobre cubierta entre ellos.

Koy le sonrió antes de agacharse para recogerlos.

Me había preocupado que pudieran surgir problemas entre la tripulación y Koy, pero él parecía más divertido que enfadado por las tonterías de Willa. Aun así, no podía permitirme que ninguno de ellos lo cabreara. Lo último que necesitaba era que le sacara el cuchillo a alguien.

Koy se subió a la barandilla justo cuando el resplandor del sol trepaba por el cielo. Aguantó ahí contra el viento mientras se quitaba la camisa por encima de la cabeza antes de dejarla caer en cubierta al lado de Willa. Ella la miró, luego deslizó su mirada incrédula hacia arriba y la clavó en él.

West esperó a que yo también subiera a la barandilla antes de seguirme. Nos quedamos ahí los tres un instante, hombro con hombro, los ojos fijos en las oscuras aguas.

—¿Listos? —Miré a West, luego a Koy.

Koy respondió con un asentimiento, pero West no respondió en absoluto. Se limitó a dar un paso el primero para caer por el aire y zambullirse en el mar. Koy y yo saltamos juntos y el aire cálido sopló a nuestro alrededor antes de que entráramos en el agua lado a lado.

West estaba subiendo cuando abrí los ojos debajo de la superficie. Parpadeé con furia para eliminar el escozor de la sal antes de patalear en su dirección. El cielo ya estaba más claro y, en cuestión de minutos, tendríamos la visibilidad suficiente para empezar a trabajar en el arrecife.

El bote flotaba muy cerca de popa y, en cuanto los remos golpearon el agua a nuestro lado nadamos hacia él y nos izamos por encima del costado. El sistema de arrecifes se fue volviendo cada vez más retorcido debajo de nosotros a medida que Koy remaba hacia la isla. La tripulación nos observaba en silencio desde el costado de babor. Estas aguas eran demasiado poco profundas para el *Marigold*, así que tendrían que quedarse anclados en una zona más alejada.

Cuando llegamos al primer arrecife de nuestra lista, West echó el ancla y volvió a saltar del bote.

El agua estaba más templada en los bajíos y el zumbido de las gemas era más intenso. Podía sentirlo por cada centímetro de mi piel mientras aspiraba la primera de una serie de respiraciones profundas y rápidas, en el habitual ritual para estirar mis pulmones. Ya estaba temiendo el profundo frío que sabía que me aguardaba después de horas de bucear. Era el tipo de frío que perduraba durante días.

West se mantenía a flote a mi lado. Echó la cabeza atrás para aspirar una última bocanada de aire por la garganta antes de desaparecer. Yo hice lo mismo y me zambullí en el agua azul oscura detrás de él.

Más abajo, West ya pataleaba en dirección al extremo más alejado de un arrecife que desaparecía en la oscuridad. Su pelo ondulaba hacia atrás alrededor de su cara mientras serpenteaba entre los rayos de luz. Yo me dejé hundir hasta que sentí la presión del agua aumentar.

La reverberación cada vez más intensa a nuestro alrededor era como el coro de cien voces cantando, fundidas en un tono inquietante. Jamás había oído nada igual. Era como sentir el más agudo estrépito metálico en lo más hondo de mi ser.

Este era un arrecife viejo, forjado a lo largo de muchos años, y el color de las rocas se fundía con las siguientes como el *collage* aleatorio de los campos de centeno al norte de Ceros.

West llegó a la punta del arrecife y observé cómo alargaba la mano para acariciar con suavidad la repisa de coral antiguo. Había evidencias de dragado por todas las crestas, pero este arrecife era un monstruo y se regeneraba a una velocidad que hacía que cada grieta en la roca brillara de color blanco con nuevos brotes. Multitud de peces pululaban en torno a crestas puntiagudas, donde delicadas gorgonias, corales burbuja y anémonas moradas estaban desperdigados en brillantes colores y formas.

En alguna parte de la maraña de bajíos, Isolde había encontrado piedra medianoche.

Las puntas de los dedos de West rozaron mi brazo cuando pasé por su lado para hundirme hasta el extremo de la cresta. El color del fondo marino me indicaba que el lecho de roca era de piedra caliza. El arrecife estaría lleno de pequeños depósitos de calcita, fluorita y ónice, y oí sus lejanas llamadas por todas partes a mi alrededor, reverberando desde donde se ocultaban bajo la roca.

Apoyé las manos en la repisa delante de mí y cerré los ojos al tiempo que dejaba escapar una ristra de burbujas entre mis labios. Fruncí el ceño mientras escuchaba. Fui revisando los sonidos uno a uno hasta que encontré la profunda y resonante reverberación de algo que no pertenecía ahí. ¿Algún tipo de ágata? Tal vez ojo de tigre. No lograba distinguirlo.

Abrí los ojos y nadé por encima de la cresta para intentar localizarlo. El sonido aumentó, más como una sensación en mi pecho que como algo que pudiera oír y, cuando estaba tan cerca que sentí como si se retorciera dentro de mí, paré y toqué el pedazo de bulboso basalto roto que me miraba desde debajo de un grupúsculo de corales ramificados.

Saqué una tira de seda rosa de mi cinturón y la até en torno a la fronda de modo que sus extremos ondularan arrastrados por la corriente. Koy bajó a mi lado y se puso manos a la obra. Inspeccionó el lugar antes de elegir un pico y un cincel. Cuando soltó su mazo, me alejé pataleando para seguir revisando el arrecife.

La sombra de West siguió a la mía y, cuando encontré otro depósito sospechoso, me detuve y me enganché a una esquina de la cresta para poder atar otro marcador. West me observó, tomó un pico de su cinturón y, cuando giré para ponerme en marcha otra vez, me agarró de la mano y tiró de mí hacia él a través de la corriente.

Los bordes de la seda besaron mis pies cuando levantó la vista hacia mí, sus dedos se apretaron en torno a mi brazo. Era la primera vez que me había tocado desde que hice mi trato con Holland y pude ver que estaba esperando. A qué, no lo sabía. West iba a la deriva, perdido sin el ancla de la tripulación y el barco. La culpabilidad de saber que yo había sido parte de ello me hizo sentir como si el aire en mi pecho estuviera en llamas.

Entrelacé los dedos con los suyos y apreté. Las comisuras de su boca se suavizaron y me soltó. Entonces dejé que la fuerza del agua me arrastrara por encima del saliente y me alejara de él. En un momento más, dejé de verlo.

Miré abajo mientras la marea me arrastraba por encima del coral, sin apartar los ojos de los arrecifes que discurrían debajo de mí hasta que la canción de otra gema captó mi atención. Luego otra. Y otra. Y cuando miré atrás hacia el final del arrecife, donde había dejado a Koy y a West, no alcancé a verlo en el azul turbio. Mi madre diría que era el color de un mar dormido, porque el agua solo tenía ese aspecto antes del amanecer.

El laberinto de arrecifes tenía de todo, desde diamantes negros hasta los zafiros más singulares, y la mayoría de las historias que me había contado mi madre sobre sus zambullidas en el mar Sin Nombre se habían originado en estas aguas.

Este lugar había conocido a mi madre.

Esa idea me hizo sentir un peso abrumador entre las costillas mientras ataba otra tira de seda y me daba impulso para dejar que la corriente me arrastrara otra vez. Isolde jamás le había contado a nadie dónde había encontrado la gema medianoche. ¿Qué otros secretos había dejado aquí?

VEINTIOCHO

—Fable.

Seguía flotando en el profundo e infinito azul iluminado a mi alrededor. El arrecife se estiraba debajo de mí, el rielar de la luz del sol danzaba en la superficie por encima de mi cabeza.

—Fable. —Mi nombre sonó suave en la voz ronca de West.

Apretó el cuerpo contra el mío y sentí cómo sus dedos se deslizaban entre los míos. Las ampollas de mis manos palpitaron cuando apretó mis nudillos contra su boca.

—Hora de despertarse.

Abrí los ojos justo lo suficiente para ver una tenue luz colarse por las ranuras de las contraventanas cerradas del camarote del timonel. Rodé bajo las mantas para girarme hacia West y acurruqué la cabeza contra el hueco de su hombro. Metí las manos debajo de él. Seguían un poco entumecidas, incluso después de unas pocas horas de sueño en el camarote caliente.

El olor de West llenaba la habitación y lo aspiré con un suspiro profundo y aliviado. Por fin se había ablandado y actuaba más como él mismo de lo que lo había hecho desde que estuvimos en la Casa Azimuth. No sabía qué lo había logrado, si era por estar de vuelta en el mar o si era por las largas horas pasadas bajo el agua en silencio. Pero no me importaba.

—El sol saldrá pronto —dijo, al tiempo que retiraba el pelo de mi cara.

El primer día de inmersión había sido brutal, con corrientes cambiantes que ralentizaban nuestro progreso por los arrecifes. Y aunque habíamos encontrado depósito tras depósito de gemas, ninguno de ellos había tenido nada ni cercano a la medianoche. Peor aún, no teníamos tiempo para dragar lo que sí encontrábamos y tendríamos que dejar todas esas piedras donde estaban enterradas en la roca.

Me acurruqué más cerca de él, no quería rendirme al sol naciente. Tomé una de sus manos y la sujeté ante un rayo de luz. Tenía los dedos llenos de cortes y rozaduras a causa del coral.

—Nunca me has contado cómo aprendiste a dragar —susurré.

La primera vez que lo había visto ponerse un cinturón fue cuando buceé en busca del *Lark*. Era inusual que un timonel hubiese sido dragador en algún momento, puesto que se consideraba uno de los peldaños más bajos en una tripulación.

—Aprendí de niño.

—Pero ¿quién te enseñó?

Daba la impresión de que trataba de decidir cuánto contarme de la historia.

—En realidad, nadie. Solo empecé a seguir a los dragadores al agua cuando buceaban y los observaba trabajar. Pensé que era mejor que quedarme en el barco y darle al timonel una razón para fijarse en mí.

Apreté su mano contra mi cara. Imaginarlo así, muy joven y asustado de permanecer en el barco, hizo que se me revolviera el estómago.

—Y eso me aportó más de una destreza cuando me enrolé con la siguiente tripulación.

La tripulación de *Saint*. Calculé que debió de contratar a West poco después de abandonarme a mí en Jeval. Mientras yo encontraba una manera de sobrevivir en esa isla, West encontraba una manera de sobrevivir en ese barco. Me pregunté cuánto tiempo habría tardado Saint en pedirle a West el primer favor.

Me puse tensa cuando sentí la vibración del catre reverberar en tándem con un retumbar lejano. West también se puso rígido, el oído aguzado.

Me apoyé en los codos y miré hacia la oscuridad. Unos segundos después, se oyó el gemido de nuevo. El retumbar de un trueno.

—No. —Aparté las mantas de golpe y fui hasta la ventana. Abrí las contraventanas.

Las pisadas de West resonaron por el suelo detrás de mí y se me cayó el alma a los pies cuando el viento entró en tromba en el camarote. Dulce, impregnado del olor a tierra mojada. El cielo estaba casi del todo negro y el centelleo de las estrellas todavía se distinguía por encima del barco, pero el olor era inconfundible.

Era una tormenta.

West miró el cielo, escuchó. Pasé por su lado, agarré mi cinturón de donde colgaba al lado de la puerta y salí a cubierta descalza.

Paj estaba al timón, los ojos fijos en el agua.

—Ya me había imaginado que eso sacaría vuestros culos de la cama —gruñó, al tiempo que estiraba una mano hacia el este.

Me asomé por la borda y maldije cuando vi lo que había visto él. Una cresta de espuma blanca rompía las olas a medida que presionaban en diagonal hacia nosotros, las aguas picadas visibles incluso con tan poca luz.

—¿Y ahora qué? —Willa apareció en la cima de las escaleras, los pulgares enganchados a su cinturón de herramientas.

Me pasé ambas manos por el pelo para retirarlo de mi cara, justo cuando West salía a la cubierta lateral.

—No tenemos tiempo de esperar a que pase. Podemos dragar antes de que llegue.

Paj arqueó ambas cejas.

—¿Vais a zambullirnos? ¿Con lo que viene por ahí?

West observó las nubes, pensativo.

—¿Alguna vez has buceado durante una tormenta?

Suspiré.

—Una o dos veces.

—¿Y el barco? —preguntó West. Miró a Paj y a Willa. Esta última fue la que respondió.

—Ya veremos. Los vientos no parecen tan fuertes. Estamos en aguas lo bastante profundas y hemos arriado las velas. Debería aguantar bien.

No me gustó que dijera *debería*.

West lo pensó durante un momento más. Sus ojos volvieron al cielo. La inmersión era cosa mía, pero él seguía siendo el timonel. La decisión final era suya.

—¿Qué pasa con la corriente?

—Se pondrá fuerte —admití—. Sabré cuándo ha llegado el momento de salir del agua.

—Muy bien. —Se quitó la camisa por encima de la cabeza—. Entonces, vayamos ahí abajo.

Fui bajo cubierta y llamé con fuerza a la puerta del camarote antes de entrar en tromba. Koy, Auster y Hamish aún dormían en sus hamacas. El ronquido que arrastraba por la garganta de Hamish fue interrumpido por el sonido de la puerta al estrellarse contra la pared. Agarré el cinturón de Koy de donde estaba colgado del mamparo y lo dejé caer en su hamaca.

Se despertó sobresaltado y se medio sentó mientras soltaba una exclamación ahogada.

—¿Qué demon...?

—Tormenta —le informé—. Levántate.

Koy hizo un ruido gutural, rodó de la lona oscilante y sus pies tocaron el suelo detrás de mí.

Willa refunfuñaba entre dientes cuando volví a la cubierta principal. Trepó al palo mayor con un tramo de cabo enrollado al hombro, lista para reforzar las jarcias.

Koy se recogió el pelo en un moño mientras levantaba la vista hacia el cielo.

—¿Asustado, dragador? —le picó Willa desde arriba.

—He buceado en tormentas que se comerían este barco vivo. —Koy le lanzó una sonrisa perversa.

Habíamos terminado doce de los arrecifes, con veintidós aún por hacer, y el progreso sería lento con el agua tan revuelta. Estaba claro que esto nos iba a retrasar, y no tenía muy claro cómo íbamos a recuperarlo.

Un Auster de ojos soñolientos apareció en la cima de la escalera un segundo después. Miró a su alrededor por la cubierta.

—Bote —le indicó Paj.

Auster obedeció sin hacer preguntas y trotó con pasos pesados hasta el puente de mando para ayudar a West a dejar caer el bote de remos en el agua. El viento lo zarandeó, su cabo de amarre tenso mientras yo mantenía el equilibrio sobre la barandilla. Podía sentir cada uno de mis músculos en tensión, temerosos del salto. Después de un día entero de buceo y muy poco descanso, no había ni un centímetro de mi cuerpo que no estuviese dolorido y las horas que nos aguardaban en las violentas aguas de una tormenta serían lo peor de todo ello.

Antes de poder pensármelo mejor, apreté ambas manos contra mis herramientas para mantenerlas pegadas al cuerpo y salté. Contuve el aliento mientras caía y me zambullí en el mar cuando las primeras olas empezaban a chocar contra el barco.

Pataleé con fuerza para hacer correr la sangre por mis piernas rígidas y aspiré mi primera bocanada de aire en cuanto salí a la superficie. West y Koy cayeron al agua detrás de mí y, en lo alto, la tripulación nos observó desde la barandilla, sus ojos desconfiados clavados en las nubes a lo lejos. Estaban preocupados.

Trepamos al bote y West tomó los remos, los encajó en su sitio y tiró con fuerza hacia su pecho. El viento arreciaba por momentos y tuvo que esforzarse a fondo contra la corriente mientras yo manejaba el timón.

Cuando estuvimos en el lugar adecuado, volví al agua sin perder ni un instante. El ancla cayó hasta el fondo mientras yo apretaba las manos contra mis costillas doloridas y empezaba a llenar mis pulmones.

—Quedaos al lado oeste de la cresta para que la corriente no os empuje contra el arrecife —dije entre respiraciones—. Y vigilad la resaca y las olas. Se volverán más fuertes. —Hice un gesto con la barbilla hacia el ángulo derecho en la distancia, donde el mar ya empezaba a encresparse. Para cuando la tormenta llegara hasta nosotros, las corrientes serían una locura y arrastrarían todo lo que tocaran hacia algún remolino.

Koy y West asintieron, mientras trabajaban en su respiración casi en tándem. Me dolió el pecho con la última bocanada de aire frío antes de zambullirme bajo la superficie.

Dejé que mis brazos flotaran por encima de mi cabeza mientras me dejaba hundir, reservando fuerzas para la corriente. Tocó mis pies primero y mi pelo se retiró de mi cara cuando barrió por encima de mí. El arrecife discurría debajo de nosotros mientras flotábamos por encima de la cresta, las banderas rosas aún visibles, aunque la arena ya enturbiaba el agua y envolvía todo en una neblina verde que nos haría más difícil ver nada. Koy agarró el borde de una roca cuando llegó al lugar donde había dejado el trabajo la víspera y se hundió entre los espesos sedimentos, apenas visible mientras nosotros nos alejábamos. West fue el siguiente, pataleó para librarse de la corriente cuando vio la siguiente marca.

Fue engullido por la neblina y, cuando llegué a la última bandera, nadé hacia abajo y me dejé hundir hasta el arrecife. Los sonidos del mar ya habían cambiado, más profundos ahora con el rugido de la tormenta que seguía a varios kilómetros de distancia.

Saqué el mazo de mi cinturón y elegí el cincel más grande para dar unos golpes rápidos con los que descascarillar la costra de coral. En cuanto la roca de debajo quedó expuesta, apreté el pulgar contra el borde y observé cómo se desmigajaba. Era una piedra rara, su sensación densa en el agua a mi alrededor. Si era lo que creía, la habrían pasado por alto debido a la inusual formación rocosa que había ocultado la forma del depósito. El cuarzo elestial era raro y valioso, pero se formaba dentro de feldespato, no de basalto, que era justo lo que parecía este arrecife. Nadie había ido ahí en busca de cuarzo elestial y nadie se había topado con él por accidente. Si el cuarzo había logrado esconderse así, quizás la piedra medianoche también.

Cuando pude ver la desvaída fachada naranja del basalto, devolví el cincel a mi cinturón y cambié a un pico. Solo hicieron falta unos pocos golpes con el mazo antes de que apareciera la gema morada, pero cinco inmersiones después, todavía no había ni rastro de la medianoche. Retiré los últimos restos de feldespato de la cresta con los dientes apretados, pero cuando la arena se despejó, mi mano se apretó sobre el asa de mi mazo. Nada.

Las frondas del coral oscilaban adelante y atrás en las aguas revueltas, los peces nadaban descarriados mientras empujaban contra la marea. El ruido de la tormenta irradiaba por el mar como el sonido prolongado de los truenos. Me desorientaba. Si había algo de medianoche en ese arrecife, no iba a encontrarlo de este modo.

Me giré y dejé escapar una burbuja entre los labios mientras apretaba la espalda contra la roca y observaba la tenue extensión verde pálido girar en espiral a lo lejos. En pocos minutos perderíamos la poca luz que nos quedaba y nos veríamos forzados a esperar a que amainaran los vientos.

Un repiqueteo agudo resonó a través del agua y levanté la vista hacia la cresta para ver a Koy flotando por encima del arrecife. Estaba golpeando un cincel con otro para intentar captar mi atención. En cuanto nuestros ojos se cruzaron, volvió a zambullirse y desapareció.

West subió de donde estaba trabajando y nadó tras él. Yo los seguí, abriéndome paso por el agua con el sonido atronador de mi corazón en los oídos.

El pelo negro de Koy flotaba hacia arriba en hebras retorcidas mientras golpeaba el mango del cincel. Bajé hasta donde estaba West. Me puse rígida cuando vi el profundo corte rojo que giraba en torno a su hombro. Daba la impresión de haberse golpeado contra la esquina del arrecife.

Toqué con suavidad la piel rajada. West me miró e hizo un gesto de indiferencia con los dedos para restarle importancia a mi preocupación antes de girarse otra vez hacia Koy.

Las manos del jevalí trabajaban deprisa. Miré con recelo la constricción de su pecho, cómo tiraba debajo del músculo. Tenía que salir a la superficie, y rápido. Se echó hacia atrás cuando se soltó otro pedazo de basalto y me quedé boquiabierta. El sabor de la sal y el frío rodaron por mi lengua y floté un poco más cerca para ver mejor una reluciente superficie negra.

West me miró, el ceño fruncido, pero con esa luz tan tenue, no lograba distinguir lo que era. Saqué el cincel de mi cinturón, aparté a Koy de un empujón y le hice señales de que saliera a la superficie antes de que perdiese el conocimiento. West se puso manos a la obra por el otro lado y movimos las puntas de nuestros cinceles cada vez más cerca hasta que una esquina diminuta de la roca se descascarilló y cayó entre nosotros. West estiró un brazo, la atrapó en la palma de su mano y cerró los dedos a su alrededor.

Me froté la arena de los ojos escocidos, la visión empañada. Cuando un pez pasó como una exhalación entre mí y el arrecife, levanté la vista. Algo no iba bien.

El agua giraba a nuestro alrededor en silencio, atrás y adelante. Pero el arrecife estaba desierto, todos los peces y cangrejos desaparecidos de repente. Observé cómo los últimos de ellos correteaban a toda prisa hacia las aguas turbias a lo lejos.

West se quedó paralizado a mi lado. Acababa de ver lo mismo que yo.

Solo podía significar una cosa.

Levanté la vista hacia la superficie, hacia donde la luz rielaba hacía tan solo unos instantes. Ahora, solo había negrura.

VEINTINUEVE

Salí a la superficie boqueando para toparme con el rugido del viento. West emergió a mi lado justo cuando un relámpago zigzagueaba entre las nubes oscuras por encima de nuestras cabezas.

Contuve la respiración cuando vi la ola que venía en tromba hacia nosotros y me volví a hundir antes de que golpeara. West desapareció mientras el agua se estrellaba y se encrespaba en lo alto. Me succionó más hacia el fondo al retirarse, así que pataleé en dirección contraria, pero otra ola llegaba ya para estrellarse contra las rocas que teníamos delante.

Volví a emerger, medio atragantada con el ardor del agua salada en mi garganta ya dolorida. Más allá, West nadaba hacia mí sobre la cresta de otra ola.

—¡Tenemos que volver al barco! —grité. Giré en círculo para buscarlo entre las aguas turbulentas.

A lo lejos, Koy estaba trepando al bote. Nadamos hacia él, zambulléndonos por debajo de cada ola que se encrespaba y, cuando por fin llegamos hasta él, Koy tenía ambos remos en la mano.

—¡Vamos! —gritó en medio del viento.

Me agarré al borde y me icé al interior, resbalé sobre la madera y caí al fondo del casco como un fardo. West subió detrás de mí. Fue directo a por el timón.

Más allá de los bajíos, el *Marigold* cabeceaba sobre el oleaje. Los mástiles se inclinaban adelante y atrás a medida que las olas se estrellaban contra el casco.

Koy metió los remos en el agua y empezó a remar con sonoros ruidos guturales mientras peleaba contra la corriente. El viento era demasiado fuerte. El agua demasiado rápida.

—¡No lo vamos a lograr! —chillé, tiritando. La lluvia era como esquirlas de cristal que mordían mi piel al soplar de lado.

West tenía los ojos clavados en el barco. Cuando abrió la boca para responder, el bote se quedó quieto de pronto, el agua calmada. Por todas partes a nuestro alrededor, el cielo gris empezaba a asentarse, pero las nubes seguían rodando por encima de nuestras cabezas, como una columna de humo furioso. El siseo de mi respiración era el único sonido. Hasta que lo vi.

Cerca de la orilla, el agua se estaba encrespando, un vendaval invisible corría hacia nosotros y arrastraba una pared de agua tras de él.

—¡Rema! —aulló West.

Koy hizo virar el barco y puso rumbo a la playa con un grito, al tiempo que tiraba de los remos con desesperación. Pero era demasiado tarde.

La ola se cernía ya sobre nosotros y su cresta empezó a romper cuando más alta estaba. Observé con un grito atascado en la garganta cómo caía en tromba sobre nuestras cabezas.

—¡Fable! —La voz de West se desvaneció cuando el agua se desplomó sobre nosotros.

El bote desapareció y yo me vi impulsada con fuerza bajo la superficie, arrastrada por el agua como si unas manos tirasen de mí hacia las profundidades. Pataleé y forcejeé para resistirme a su fuerza, me retorcí y giré, desesperada por encontrar la superficie.

Un brillante destello apareció debajo de mí justo cuando el agua me soltó de su agarre. Me lancé hacia él, nadando con toda mi alma. Hasta que no me acerqué más no me di cuenta de que no era debajo de mí, sino encima. El mundo no tenía ni pies ni cabeza debajo del agua.

Salí a la superficie gritando el nombre de West y un gemido escapó de mi garganta cuando vi el bote arrastrado hasta la orilla más adelante. A su lado, West me llamaba a voz en grito. Nadé frenética hacia la playa y, cuando noté la arena debajo de los pies, me levanté y empecé a vadear a duras penas por el agua. West me atrapó entre sus brazos y me arrastró lejos de la corriente.

—¿Dónde está Koy? —jadeé, mientras miraba arriba y abajo por la playa.

—Aquí. —Agitó una mano por el aire. Tenía el cabo del bote tenso por encima del hombro mientras lo arrastraba más arriba por la playa.

Me dejé caer en la arena cuando llegamos a cubierto de los árboles.

—West —grazné—, la piedra.

—La tengo. —Tenía una mano cerrada en torno a la pequeña bolsita que colgaba de su cinturón de dragador.

Solté un suspiro tenso y miré más allá de él hacia el *Marigold*. El barco era solo una sombra en la neblina. West observaba impotente desde el borde del agua cómo cabeceaba y se zarandeaba; su pecho subía y bajaba con respiraciones pesadas.

La tormenta había llegado muy deprisa. Demasiado deprisa. Y los vientos eran más fuertes de lo que habíamos predicho.

Otra ráfaga huracanada sopló por encima del islote e hizo combarse los árboles hasta que sus ramas tocaban la arena. La atronadora resonancia de otro ventarrón fue aumentando, avanzó por la superficie del mar y se estrelló contra el barco.

El *Marigold* se escoró, los mástiles se asomaron casi hasta el agua por el costado de estribor, antes de enderezarse de golpe.

West dio un paso hacia el agua, los ojos como platos.

—¿Qué pasa? —Pero me di cuenta de lo que había pasado en cuanto parpadeé para eliminar la lluvia de mis ojos.

El *Marigold* se estaba moviendo. A la deriva.

—La cadena del ancla —murmuró West, su voz casi inaudible.

Se había partido.

Otro relámpago crepitó en lo alto, y luego otro, hasta que el viento se fue calmando poco a poco. El agua se aquietó, cada ola más suave que la anterior, hasta que ondulaban en torno a nuestros pies con sus últimos estertores.

West ya estaba arrastrando el bote de vuelta al agua.

Salté dentro con los remos en la mano y se los di a Koy en cuanto estuvimos flotando. Nos deslizamos por los bajíos mientras el *Marigold* se alejaba cada vez más. Vi a Willa encaramada al palo mayor, un telescopio de bronce centelleaba en sus manos.

Para cuando logramos superar las olas rompientes, ya nos había visto.

La tripulación ya nos esperaba cuando por fin llegamos al barco. Me agarré al peldaño inferior de la escala y trepé por ella, las manos tan entumecidas que no lograba sentir la cuerda bajo la piel.

West me pisaba los talones, el pelo pegado a la cara.

—¿El ancla?

—Sí —repuso Willa con tono sombrío—. La perdimos en esa última ráfaga.

West maldijo mientras se acercaba a la barandilla y se asomaba para mirar al agua.

—¿Hamish? —dije, al tiempo que desataba la bolsita del cinturón de West—. Necesito la lámpara de gemas.

Abrió los ojos de par en par cuando abrí la bolsita y dejé caer la gema en la palma de mi mano. La giré varias veces antes de agarrarla entre dos dedos.

—¿Es...? —Auster miraba pasmado.

No lo sabía. No sabía lo que era. Parecía ónice, pero tenía un tono translúcido que no parecía del todo correcto. Y la vibración que emanaba no me resultaba familiar. Era una piedra que no conocía, pero sin haber visto jamás un pedazo de medianoche con mis propios ojos, solo había una manera de asegurarse.

—Necesito la lámpara de gemas —repetí, antes de abrirme paso entre ellos para ir hacia el camarote del timonel.

Entré por la puerta, dejé la piedra en un platillo de bronce sobre la mesita baja y West dejó la lámpara de aceite sobre el escritorio. El camarote se llenó de luz.

—¿Qué opinas? —Koy se apoyó contra la pared a mi lado, el rostro centelleante por las gotas de agua de mar que resbalaban por sus mejillas.

—No lo sé —reconocí.

Hamish entró por la puerta con Paj pegado a sus talones, la lámpara de gemas en las manos. La dejó en el escritorio con cuidado y levantó la vista hacia nosotros a través de los cristales empañados de sus gafas.

Me senté en la silla de West y encendí una cerilla. La acerqué al pequeño depósito de aceite de debajo del cristal, pero mis dedos temblaban con tal violencia que la llama se apagó antes de prender la mecha. West tomó mi mano entre las suyas para girar mis dedos hacia la luz. Estaban de un leve tono azulado.

—Estoy bien —dije, en respuesta a su pregunta silenciosa. De algún modo, su piel todavía estaba un poco caliente.

Agarró la colcha de su cama y la echó por encima de mis hombros mientras Hamish prendía otra cerilla y encendía la lámpara con dedos ágiles. La llama se iluminó debajo del cristal y abrí la mano para dejar que West tomara la piedra. Se puso en cuclillas a mi lado antes de dejar la pequeña gema sobre el espejo.

Me enderecé y contuve la respiración mientras miraba a través de la mira. Ajusté la lente despacio. Todo el mundo en el camarote guardó silencio. Guiñé los ojos cuando la piedra se enfocó. Un mínimo resplandor iluminaba su centro, rodeado de bordes opacos. Giré el espejo, traté de manipular la luz y el nudo de mi garganta se expandió.

No había vetas. Ni una sola.

—No es medianoche —musité. Me mordí el labio con fuerza.

Willa apoyó las manos en el escritorio y se inclinó hacia delante hasta quedar casi encima de mí.

—¿Estás segura?

—Segurísima —respondí, derrotada—. No sé lo que es, pero no es medianoche. Algún tipo de espinela, quizás.

Koy estaba medio oculto en un rincón oscuro de la habitación.

—Hemos hecho solo dos arrecifes hoy.

No necesitaba explicar lo que quería decir. Nos quedaba un solo día antes de tener que ponernos en marcha para reunirnos con Holland. En el mejor de los casos, aún nos quedaríamos cortos por ocho arrecifes o así. Si no encontrábamos piedra medianoche, volveríamos a Sagsay Holm con las manos vacías.

—Se hará de noche dentro de pocas horas. —Paj miró a West a la espera de recibir órdenes.

—Entonces, volvemos a empezar al amanecer —dijo West.

Auster agarró a Paj de la cintura y tiró de él hacia la puerta sin decir una palabra. Hamish y Willa los siguieron, con lo que nos quedamos West y yo solos con Koy. Pude ver en la cara de Koy que estaba frustrado. No podía haber tenido muchas inmersiones fallidas en su vida y ya estaba casi tan desesperado por encontrar la medianoche como yo. Miró el suelo en silencio durante un momento más antes de separarse de la pared y salir por la puerta.

—¿El ancla? —pregunté, tan cansada que podría llorar.

—Willa está en ello. —West apagó la llama de la lámpara antes de abrir el cajón de la cómoda y sacar una camisa limpia. Después salió también por la puerta y me dejó sola en su mesa.

Contemplé el charco de agua que había dejado West en el suelo, cómo la luz titilaba sobre su superficie lisa mientras el farol se balanceaba en el mamparo.

Había las suficientes piedras preciosas en estos arrecifes para alimentar a los comerciantes de gemas del mar Sin Nombre durante otros diez años.

Entonces, ¿dónde demonios estaba la medianoche?

No podía ignorar la incómoda sensación de que no la iba a encontrar en la Constelación de Yuri. Que no era un accidente que las tripulaciones de Holland no se hubiesen topado con un solo trozo en los años desde que Isolde la había extraído de las profundidades.

Pero los registros del barco eran claros, no había ni un día sin explicar. La tripulación había estado buceando en la Constelación de Yuri durante casi treinta y dos días antes de regresar a Bastian a por víveres. Un día más tarde habían vuelto, sin desviarse del rumbo en ningún momento.

Me senté más erguida, la vista perdida entre las sombras, la mente a pleno rendimiento. Las finas hebras de una respuesta centellearon en mi cabeza y empezaron a cobrar forma en la oscuridad.

Si yo estaba en lo cierto e Isolde no había encontrado la gema medianoche en la Constelación de Yuri, entonces alguien había mentido. Pero ¿cómo?

Si el piloto había falseado los registros, habría habido al menos treinta personas en el barco de Holland, incluido el timonel, que hubiesen sido capaces de informar de la discrepancia en días y semanas después de la inmersión.

Aunque quizás era mi madre la que había mentido. Si Isolde tenía alguna sospecha acerca del valor de su descubrimiento, tal vez se había guardado el origen de la piedra para sí misma.

Me levanté de un salto tan de repente que la silla se volcó hacia atrás. Cayó con estrépito al suelo detrás de mí mientras mis manos se deslizaban sobre los mapas en busca del que había visto hacía unos días. El mapa que no había mirado dos veces siquiera.

Cuando lo encontré, lo saqué de debajo de los otros. La costa de Bastian. Descolgué el farol de la pared y lo dejé sobre la esquina del mapa, luego moví los dedos por el grueso y suave pergamino hasta que lo encontré.

El Escollo de Fable.

—¡West! —Estudié las profundidades y las tablas anotadas a lo largo de la orilla, el mapa de corrientes que se deslizaban alrededor del pequeño islote—. ¡West!

Apareció por la oscura cubierta lateral con una camisa seca a medio poner.

—¿Qué pasa?

—¿Y si no la encontró aquí? —jadeé—. ¿Y si mintió?

—¿Qué?

—¿Por qué robaría Isolde la gema medianoche? ¿Por qué se iría de Bastian? —Mi voz sonaba lejana—. No confiaba en Holland. Tal vez no quisiera que supiese dónde la había encontrado.

Ahora me estaba escuchando. Metió el otro brazo en la camisa mientras caminaba hacia mí.

—Pero ¿dónde pudo encontrarla? Hubiese tenido que tener un barco y una tripulación. El cuaderno de bitácora dice que estaban aquí.

—Lo estaban —murmuré. Rebusqué entre los pergaminos del cajón hasta que encontré el cuaderno. Lo dejé caer entre nosotros—. Excepto por un día. —Puse el dedo encima de Bastian.

—Es imposible que la encontrara en Bastian. No hay arrecifes en esas aguas. No hay siquiera un banco de arena en kilómetros.

Señalé hacia el islote.

—¿El Escollo de Fable?

—¿Por qué no?

—Porque es solo una roca con un faro encima —dijo.

—¿Y si no es solo una roca?

Recogió la silla y la devolvió a su sitio antes de mirar el mapa de nuevo, pensativo.

—Está muy cerca de Bastian. ¿No crees que si hubiera algo ahí, alguien lo hubiese encontrado hace mucho?

Solté un suspiro exhausto.

—Tal vez sí. Tal vez no. Pero no puedo quitarme de encima la sensación de que estamos buscando en el sitio equivocado. No creo que esté aquí, West.

No sabía si lo que estaba diciendo tenía algún sentido. La falta de sueño y las horas en el agua fría habían embotado mi mente. Pero aun así, esa sensación perduraba. Esa duda.

—¿Estás segura? —preguntó West mientras me miraba con atención. Ceñí mejor la colcha a mi alrededor.

—No. —Era una sensación, no un hecho. Caminé de un lado a otro por delante de él. El calor empezaba a volver bajo mi piel y noté que mis mejillas se sonrojaban—. No creo que esté aquí —repetí, mi voz no más que un susurro.

Sus ojos saltaron de los míos al mapa y vuelta, y observé cómo sopesaba mis palabras. Después de un momento, iba hacia la puerta abierta. En cuanto desapareció por la pasarela lateral, su voz resonó por cubierta.

—¡Preparaos para zarpar!

TREINTA

WILLA HABÍA TARDADO SOLO MEDIA HORA EN ENCONTRAR una solución para nuestro problema de ancla. Sacó una caja con marco de hierro de la bodega de carga y envió a Koy y a West de vuelta al agua para llenarla con rocas del lecho marino. Una vez preparada, la izamos y la amarramos al barco.

Era un apaño temporal, uno que no serviría de gran cosa contra otra tormenta. Cuando llegásemos a Sagsay Holm tendríamos que utilizar nuestras últimas reservas para sustituir el ancla, lo que le daría a todo el mundo una razón más para estar enfadados por las órdenes de West.

Estaba hecha un ovillo en la red del foque, con la colcha del camarote de West bien ceñida a mi alrededor. No había podido dormir mientras navegábamos toda la noche en dirección al Escollo de Fable y renunciábamos a nuestro último día de inmersión en la Constelación de Yuri. Hacía varias horas que habíamos dejado atrás los arrecifes en los que habíamos buceado durante los últimos cuatro días, así que aunque diéramos media vuelta ahora, nos habríamos quedado sin tiempo. Era un riesgo. Uno que ponía la vida de Saint en la cuerda floja.

Unas pisadas silenciosas se deslizaron por la cubierta más abajo y me incliné hacia delante para ver a Koy a proa. Sacó una pequeña botella color ámbar del bolsillo de sus pantalones, retiró el corcho y bebió un trago.

—Nada de aguardiente en el barco —dije. Sonreí cuando se sobresaltó y casi la dejó caer.

Levantó la vista hacia mí y bebió otro trago antes de trepar hasta mí para sentarse a mi lado en el foque. Me pasó la botella, pero me limité a olisquearla, luego la sujeté en alto para verla a la luz de la luna.

—¿Demasiado buena para rebajarte a beber aguardiente jevalí? —Esbozó una sonrisilla irónica.

Era el mejunje casero, y el olor despertó en mí innumerables recuerdos de Speck, uno de los dragadores que tenía un negocio de *ferry* en la isla y cuyo esquife yo había destrozado la noche que conseguí que el *Marigold* aceptara llevarme.

—Todavía no me has contado por qué aceptaste el trabajo en el *Luna* —le dije, antes de beber un trago. El ardor del aguardiente bajó por mi garganta y explotó en mi pecho. Hice una mueca mientras hacía lo posible por aguantarlo.

—Dinero —respondió Koy.

—Sí, claro. —Me reí. Koy ganaba más dinero que nadie en Jeval y su familia no pasaba apuros. Si estaba aceptando empleos en barcos era que iba también a por algo más.

Me miró como si me evaluara. Como si calculase los riesgos de contármelo.

—Dicen los rumores que el comercio entre el mar Sin Nombre y los Estrechos se va a expandir.

—¿Y?

—Eso significa que van a pasar más barcos por nuestras aguas en Jeval.

Sonreí al comprender lo que insinuaba. Koy quería estar listo si los barcos del mar Sin Nombre y de los Estrechos se multiplicaban en las islas barrera. Y lo harían.

—Supongo que es solo cuestión de tiempo antes de que Jeval se convierta en un puerto.

Le devolví la botella de aguardiente.

—Lo dices en serio.

Volvió a poner el corcho en la botella y se quedó callado.

—Crees que es una estupidez.

De inmediato, Koy deseó no haber dicho nada, avergonzado. Nunca había visto esa expresión en su rostro. Jamás.

—No, no es verdad. Creo que es brillante.

—Sí, claro. —Sonaba escéptico.

—Lo digo en serio. —Koy asintió, luego se echó hacia atrás contra las jarcias—. ¿Puedo preguntarte algo si juro no contarle ni a un alma tu respuesta? —Entornó los ojos. Me tomé su silencio como un «sí»—. ¿Por qué cortaste la cuerda?

Soltó un bufido y volvió a descorchar la botella. Se quedó callado largo rato. Bebió tres tragos antes de contestar.

—Si te va a matar alguien, seré yo quien lo haga.

—Hablo en serio, Koy. ¿Por qué?

—Eres jevalí —razonó, con un encogimiento de hombros.

—No lo soy.

Tenía los ojos clavados en el cielo.

—Supongo que si alguna vez te has ido a dormir en esa isla sin estar seguro de si volverás a despertar, eso te hace jevalí.

Sonreí en la oscuridad. Por primera vez, mis recuerdos de esos años no hicieron que me doliese el corazón. Koy tenía razón. Habíamos sobrevivido juntos. Y ese era un vínculo que no se rompía con facilidad. En pocos días, él volvería a Jeval, y me sorprendí al descubrir que sentía la más leve sensación de pena. En las últimas dos semanas, había descubierto una parte de Koy que jamás había visto en mis cuatro años en Jeval. Estaba contentísima de haberlo sacado del agua aquel día en el arrecife, aunque la cosa hubiese acabado conmigo corriendo para salvar la vida por los muelles.

—Baja aquí. —El tono cortante de Willa cortó a través del silencio.

Koy miró hacia ella entre sus pies.

Willa dejó caer un batiburrillo de cabos enredados a sus pies.

Cuando se alejó, Koy arqueó una ceja en mi dirección.

—Creo que le gusto.

Me eché a reír y un destello triunfal se iluminó en sus ojos. Si no lo conociese bien, diría que daba la sensación de que éramos amigos. Pensé que a lo mejor a él se le había ocurrido lo mismo, luego dejó caer la botella en mi regazo y bajó del foque.

—Fable. —Auster me llamó desde donde estaba al lado de Paj detrás del timón. Hizo un gesto con la barbilla hacia el horizonte y me enderecé para buscar lo que él veía.

El Escollo de Fable apareció a lo lejos mientras la luna se ponía, casi invisible en el mar negro. El viejo faro era de un blanco tan prístino que relucía en la oscuridad, asentado sobre una delgada península que se estiraba hacia el agua desde el lado este del islote.

Bajé del foque de un salto cuando West salió a la cubierta principal.

—¡Arriad las velas! —Se puso la gorra sobre el pelo desgreñado.

Trepé al palo mayor y desenrollé las jarcias para poder deslizar la lona hacia arriba. Mi corazón revoloteaba en mi pecho mientras las arandelas silbaban sobre los cabos. En el palo de trinquete, Hamish hizo otro tanto, sin dejar de mirarme por el rabillo del ojo. Estaba pensando lo mismo que yo: que era o bien brillante, o bien estúpida por decidir que nos marcháramos de la Constelación de Yuri. Estábamos todos a punto de averiguar cuál de los dos era.

Como si pudiese oír mis pensamientos, sonrió de repente y me guiñó un ojo.

Le devolví la sonrisa, luego bajé por el mástil mientras la tripulación desenganchaba el cabestrante del ancla. Cuando me quité la camisa, cada centímetro de mi cuerpo aulló de dolor a causa de los últimos cuatro días. West la tomó de mis manos y me pasó mi cinturón. Me lo puse en silencio. Estaba nerviosa, y eso era algo que jamás sentía cuando iba a bucear.

El ancla improvisada de Willa cayó al agua con un sonoro *sploch*. Cuando West empezó a ceñirse su propio cinturón alrededor de la cintura, lo detuve.

—Deja que eche un vistazo primero.

Unos círculos oscuros subrayaban sus ojos y el corte de su hombro estaba hinchado a pesar de todos los esfuerzos de Auster por limpiarlo. Estaba agotado. Y si estaba equivocada sobre el escollo, no necesitaba a West ahí para verlo.

No discutió, sino que asintió a modo de respuesta. Subí a la barandilla y me dejé caer antes de tener tiempo para pensarlo siquiera. Caí al agua y cada dolorcillo de mis brazos y piernas volvió a aflorar mientras pataleaba. Cuando salí a la superficie, la tripulación entera me observaba.

Les di la espalda mientras trataba de suavizar mi respiración entrecortada. No solo le fallaría a Saint si fracasaba en esto. Les fallaría a todos. Otra vez.

Me dejé hundir en el agua con el pecho lleno de aire. Y me quedé paralizada cuando lo sentí.

Cuando la sentí a *ella*.

Por todas partes a mi alrededor, el cálido y meloso flujo de un susurro se coló en el fondo de mi mente y se enroscó en torno a mí en las frías profundidades. Podía sentir a Isolde. Sentirla como si estuviese ahí mismo, buceando a mi lado.

Tenía el corazón acelerado mientras nadaba, abriéndome paso por las aguas tranquilas con los brazos. El mar se había sumido en una calma inquietante, protegido por las orillas curvas y rocosas del escollo. Según parecía, la tormenta no había llegado tan al este, por lo que el agua seguía clara y nítida. Rielaba en los pliegues de luz que penetraban en el suave azul.

El fondo marino no era nada más que sedimentos pálidos dispuestos en ondas paralelas mucho más abajo. No había un arrecife ni nada que se le pareciera a la vista. La extensión de arena estaba cerrada por las paredes de escarpada roca negra que trepaba hacia la superficie en ángulo, donde las olas hacían espuma blanca.

Si había alguna gema que encontrar ahí, no tenía ni idea de dónde podría estar. Y no percibía nada. Cuando había nadado ya la mitad del camino en torno al escollo, miré a lo lejos solo para hallar más de lo mismo. Seguí la corriente. Emergí solo para llenar mis pulmones de aire cuando se retorcieron en mi pecho, pero me volví a sumergir enseguida. Volví a sentirlo al instante, ese susurro familiar, como el sonido de la voz de mi madre al tararear cuando me iba a dormir. Me dejé hundir hasta el fondo. La presión de la profundidad empujó contra mi piel mientras inspeccionaba la franja de roca que rodeaba el islote.

Daba paso a una amplia caverna que caía hacia aguas más profundas. El color se tornaba negro, donde las sombras parecían retorcerse y enroscarse. Por encima, la pared de piedra trepaba en ángulos escarpados e irregulares.

Una corriente de agua fría pasó por mi lado. Estiré la mano para sentirla. El fino rastro de una corriente descarriada. Suave, pero ahí en cualquier caso. Fruncí el ceño y observé el agua a mi alrededor. Por el rabillo del ojo, vi algo moverse que me impulsó a quedarme muy quieta.

Por encima del borde del saliente de roca, una brizna de pelo rojo oscuro centelleó en un rayo de luna que atravesaba el agua. El aire ardía en mi pecho cuando me di la vuelta, girando en la corriente para poder mirar a mi alrededor. Frenética. Porque por un momento, hubiese podido jurar que estaba ahí. Como una voluta de humo que se difumina en el aire.

Isolde.

Encontré la roca bajo mis pies y me di impulso; mi pelo se retiró de mi cara mientras nadaba de vuelta a la superficie. El acantilado subterráneo subía en vertical y, cuando llegué a la repisa, alargué la mano para agarrar la esquina de la roca. El saliente daba a una cavidad, pero no había nada dentro aparte de oscuridad. Ninguna canción de gemas. Ningún resplandor de una luz lejana.

Si Holland decía la verdad, Isolde había encontrado un refugio en esta roca. Lejos de las relucientes calles de Bastian y lejos del ojo vigilante de su madre. Quizás este fuese el sitio con el que había soñado el día que los dejó a ambos atrás. Con días al sol sobre la cubierta de un barco y noches en su casco. Quizás había soñado conmigo.

Mi pulso martilleaba en mis ojos, mis últimos resquicios de aire amenazaban con extinguirse. Notaba la cara ardiente a pesar del frío, y apreté los labios mientras observaba la luz titilar sobre la superficie en lo alto. Isolde estaba aquí de algún modo. El fantasma de mi madre rondaba por estas aguas, aunque ni siquiera en la Trampa de las Tempestades, donde ella había encontrado su fin, me había sentido *así*.

No había nada aquí excepto un eco de alguna parte de Isolde que yo no había conocido y no conocería nunca. Contemplé las aguas negras. Me sentía tan sola que me daba la sensación de que la oscuridad podría succionarme hacia ella. Como si mi madre tal vez me estuviese esperando ahí.

TREINTA Y UNO

Estaba delante de la ventana del camarote de West, todos los ojos puestos en mí. El agua goteaba de mi pelo al mismo ritmo que los latidos de mi corazón y observé cómo se arremolinaba a mis pies.

West había reunido a la tripulación en sus dependencias, pero Koy tuvo el suficiente sentido común como para quedarse bajo cubierta.

—Entonces, ¿ya está? —preguntó Willa en voz baja—. Todo esto, para nada. —Ella y Paj tenían el mismo resentimiento callado pintado en la cara.

Observé mi reflejo titilar en el charco del suelo. Willa tenía razón. Había hecho un trato con Holland y no había sido capaz de cumplir mi parte. Y Saint no era el único que iba a perder. Todavía teníamos que recuperar la escritura del *Marigold*.

La única carta que nos quedaba en la manga era confiar en Henrik.

—Aún nos quedan los Roth —dije.

—Si eso es todo lo que tienes, entonces no tienes nada —declaró Paj en tono neutro.

Auster no se lo discutió.

—Cuando lleguemos a Sagsay Holm, hablaré con Holland. Llegaré a algún tipo de arreglo con ella.

West habló por fin.

—¿Qué significa eso?

No respondí. La verdad era que haría casi cualquier cosa por recuperar la escritura y era probable que Holland lo supiera. No tenía ninguna gema medianoche con la que negociar, así que ella tenía todo el poder.

—¿Qué vas a hacer, Fable? —preguntó Auster en voz baja.

—Lo que ella quiera. —Era tan sencillo como eso.

—Egoísta —masculló Willa en voz baja.

—Estás enfadada conmigo, Willa. No con ella —espetó West.

—¿Hay alguna diferencia?

—Willa. —Auster alargó la mano hacia ella, pero Willa se lo quitó de encima de malos modos.

—¡No! Esto no es lo que acordamos. Dijimos que encontraríamos a Fable y volveríamos a Ceros a terminar lo que habíamos empezado.

—Lo siento —dijo West. Su disculpa vino seguida de un silencio solemne y todos los miembros de la tripulación lo miraron—. Estuvo mal por mi parte ordenar llevar el barco a la Constelación de Yuri sin una votación.

—Puedes repetirlo —refunfuñó Paj.

—No volverá a ocurrir —rebatió West—. Tenéis mi palabra.

Willa miró a su hermano. Tragó saliva con esfuerzo antes de hablar.

—Yo no estaré ahí para ver si la cumples.

—¿Qué? —preguntó con voz cansada.

—Cuando volvamos a Ceros, me voy. —West se puso tenso, los ojos clavados en ella. Se había quedado sin palabras—. He terminado, West —dijo con más suavidad—. Estoy harta de seguirte de puerto en puerto. De dejar que cuides de mí.

—La emoción de su voz profundizó sus palabras—. Quiero marcharme del *Marigold*.

West tenía el mismo aspecto que tendría si le hubiese dado una bofetada.

El resto de la tripulación parecía tan consternada como él. Miraron a uno y otra sin tener muy claro qué decir.

Fue Hamish el que al final dio un paso al frente. Se aclaró la garganta.

—Tenemos dinero suficiente para sustituir el ancla y volver a los Estrechos. Tendremos que parar en las islas de coral para rellenar las arcas.

—Muy bien —contestó West. Se giró hacia la ventana como indicación de que podían retirarse.

Salieron por la puerta uno detrás de otro, arrastrando los pies por la cubierta lateral. Willa se giró hacia atrás antes de seguirlos.

—West. —Esperé a que me mirara. Cuando no lo hizo, me incliné hacia él y apoyé la cabeza en su hombro. Él apretó los labios sobre la parte de arriba de mi cabeza y respiró hondo.

Nos quedamos ahí de pie unos instantes antes de dejarlo a solas. Fui bajo cubierta por las escaleras del final del pasillo; el farolillo del camarote de la tripulación estaba encendido, la raja de debajo de la puerta iluminada. Fui hasta ella y me asomé al interior.

Willa estaba de pie delante de su baúl, su daga en las manos. Le daba vueltas despacio, de modo que las gemas reflejaran la luz.

Abrí la puerta un poco más para entrar. Me senté en mi hamaca, con los pies colgando por encima del suelo.

—Lo sé —dijo en tono neutro—. No debería haberlo hecho de ese modo.

—Estabas enfadada.

—Aun así, estuvo mal. —Dejó su cinturón de herramientas dentro del baúl y lo cerró antes de sentarse en la tapa, de frente a mí—. Sé que es horrible, pero creo que parte de mí se alegró cuando pasó todo esto. —Cerró los ojos—. Como si por fin tuviese una buena razón para irme.

Comprendía lo que quería decir. Había temido el momento de tener que decirle a West que se iba y, cuando él se enfrentó a la tripulación, se sintió justificada.

—La egoísta soy yo —susurró. Le di una patadita suave en la rodilla con la punta del pie.

—No eres egoísta. Quieres vivir tu vida. West lo entenderá.

—Tal vez. —Willa tenía miedo. De perderlo. Del mismo modo que él tenía miedo de perderla a ella.

—¿Qué harás? —pregunté. Se encogió de hombros.

—Supongo que buscaré trabajo en un astillero o con un herrero. Quizás de aprendiza o algo así.

—A lo mejor construyes un barco para nosotros algún día. —Sonreí. Y eso la hizo sonreír también a ella.

Nos quedamos calladas un rato, escuchando el murmullo del mar alrededor del casco.

—Será duro para él —dije al fin—. Estar sin ti.

Willa se mordió el labio de abajo, la vista perdida en la oscuridad.

—Lo sé. —Me eché hacia un lado en la hamaca y la sujeté abierta para ella. Vaciló un instante antes de levantarse y subirse a la hamaca a mi lado—. ¿Crees que me perdonará? —susurró.

La miré.

—No hay nada que perdonar.

Después del *Lark*, Willa me había dicho que ella no había elegido esta vida. West la había metido en su tripulación para mantenerla a salvo. Pero ya no era la niña pequeña que había sido entonces, cuando no eran más que unos mocosos de Waterside. Había llegado la hora de que encontrase su propio camino.

TREINTA Y DOS

Sentía la mirada de West sobre mí mientras estaba de pie a proa, observando cómo Sagsay Holm aparecía ante nosotros.

El pueblecito lucía rutilante al sol del atardecer, los edificios de ladrillo rojo amontonados como piedras a punto de desmoronarse. Pero mis ojos estaban fijos en un solo barco del puerto: madera teñida de oscuro y una proa tallada con forma de demonios marinos. Estirada sobre el foque había una ancha lona blanca con el emblema de Holland.

El nudo de mi estómago no había hecho más que apretarse en las horas desde que habíamos zarpado del Escollo de Fable. Me había plantado ante el escritorio de mi abuela y le había dicho que podría encontrar la gema medianoche. Había cerrado un trato en el que me lo jugaba todo a una sola carta, y había perdido.

Si Clove llegaba hasta Saint a tiempo de que pudiese conseguir un anillo de comerciante con el que negociar, y los Roth de verdad cumplían su promesa, quizás aún tuviéramos una opción de hundir a Holland. Pero eso no evitaría que Saint se encontrara con una soga al cuello. Si había algo que se le daba mal a mi padre era jugar según las reglas de otros. Era tan imprevisible como Henrik.

Agarré los cabos de amarre y los lancé hacia el muelle a medida que nos acercábamos a él. La lazada se enganchó en torno al poste más lejano mientras el capitán del puerto bajaba por la pasarela de madera, los ojos fijos en los pergaminos que llevaba en las manos. Garabateaba con la pluma de izquierda a derecha, sin molestarse en levantar la vista hasta que West bajaba ya por la escala.

Se asomó por debajo del ala de su sombrero cuando las botas de West tocaron el muelle.

—¿El *Marigold*?

La mirada de West se tornó suspicaz de inmediato.

—Sí.

—Holland os espera en el *Dragón Marino*. —Echó un vistazo a nuestro emblema e hizo una marca en el pergamino. Miró a West de arriba abajo, pero no dijo lo que fuese que estuviera pensando—. Yo no la haría esperar si fuese vosotros.

West levantó la vista hacia mí y solté el aire despacio antes de pasar por encima de la barandilla para bajar por la escala.

—Recuperaré la escritura, West.

Parecía preocupado. Temeroso, incluso.

—Es solo un barco, Fable.

Sonreí con tristeza, al tiempo que ladeaba la cabeza.

—Creí que no íbamos a mentirnos. —La comisura de su boca se frunció un poco—. Aún tengo alguna carta en la manga. Todavía tengo mi parte del botín del *Lark* y…

—*Tenemos* alguna carta en la manga —me corrigió—. Saint también.

Asentí y bajé los ojos al suelo. No por primera vez, West se había visto arrastrado al completo caos que éramos Saint y yo, y no me gustaba. Solo me recordaba que había abandonado las reglas por las que me regía antes de conocerlo. Las reglas que los dos habíamos acordado dejar atrás. Aunque ahora me preguntaba si nos estábamos engañando al pensar que podíamos hacer las cosas de manera diferente, como habíamos dicho.

Había cuatro guardias apostados a la entrada del muelle de Holland, debajo de un arco con su emblema. Era probable que todos los puertos del mar Sin Nombre tuviesen uno igual a ese. Al final del embarcadero, una escalera de madera de dos tramos subía hasta el costado de babor del *Dragón Marino*.

—Hemos venido a ver a Holland —anuncié, mientras miraba con recelo la espada corta colgada de la cadera del guardia.

Me miró de arriba abajo antes de dar media vuelta. West y yo lo seguimos. Recorrimos el muelle justo cuando el sol desaparecía y, uno por uno, los faroles del *Dragón Marino* iban cobrando vida.

Subí las escaleras desde el muelle, arrastrando la mano por la barandilla resbaladiza. Un rico olor a carne asada emanaba del barco y, cuando llegué a la cubierta, me giré hacia el *Marigold*. Estaba medio oculto entre las sombras de otro navío, las velas arriadas.

El hombre de Holland ya nos esperaba. Extendió una mano hacia el pasillo para indicar una puerta abierta por la que pude ver la esquina de una alfombra carmesí sobre los tablones de madera. Respiré hondo para tranquilizarme antes de dirigirme hacia ella.

En el interior, Holland estaba sentada ante una pequeña mesa pintada de dorado con tres cuadernos diferentes abiertos en el regazo, uno encima del otro.

Me miró entre sus espesas pestañas.

—Me preguntaba si os presentaríais.

—Dijimos al atardecer —le recordé. Holland cerró los libros y los dejó en la mesa.

—Por favor, sentaos.

Yo tomé asiento frente a ella, pero West se quedó de pie, los brazos cruzados delante del pecho.

Una ceja dubitativa se arqueó por encima de la otra mientras Holland lo miraba.

—Bueno, ¿dónde está?

—No la tengo —dije, con la voz más neutra que pude reunir.

El más mínimo indicio de alguna emoción hizo que el rictus de su boca vacilara.

—¿Qué quieres decir con que no la tienes?

—Cubrimos todos los arrecifes de ese sistema. No está ahí —mentí. Aunque seguía convencida de que la medianoche no estaba en esas aguas.

—Me parece recordar que dijiste que podrías encontrarla. Insististe, incluso. —Su voz se tornó inexpresiva y, cuando sus ojos se deslizaron hacia West de nuevo, tragué saliva y la imagen de las botas de Zola en ese oscuro pasillo se avivó en mi mente. La forma en que se habían estremecido—. Teníamos un trato, Fable. —La amenaza estaba ahí, en el tono grave que afloró bajo las palabras—. Pero sé que me lo puedes compensar.

West se puso rígido a mi lado.

Abrió uno de los cuadernos y sacó un pergamino doblado del interior. Se me puso la carne de gallina cuando lo abrió y lo deslizó hacia mí por encima de la mesita baja.

—La reunión del Consejo de Comercio es dentro de dos días. Estarás ahí. Como mi representante.

La miré atónita.

—¿Representante de qué?

—De mi nueva ruta comercial en los Estrechos.

Deslicé el pergamino de vuelta hacia ella sin mirarlo.

—Ya te dije que no estaba interesada.

—Eso fue antes de que tuviese en mi poder la escritura del *Marigold* —dijo con dulzura. Levantó el documento y me lo dio. Mi mano temblaba cuando lo abrí para leer las palabras—. La recuperarás cuando tenga tu firma en un contrato de dos años para dirigir mi nueva flota.

Mis labios se entreabrieron y esa sensación enfermiza volvió a mi estómago.

—¿Qué? —Pero ya sabía la respuesta. Me había enviado a una misión imposible con la medianoche mientras ella preparaba su jugada. Jamás había contado con que la encontrara.

Por el rabillo del ojo, vi a West dar un paso hacia mí. Antes de haber terminado de leer el documento siquiera, me lo quitó de los dedos. Observé cómo su mirada frenética recorría las palabras ahí escritas.

—No va a firmar nada —dijo West, al tiempo que arrugaba el pergamino en el puño.

—Oh, sí que lo hará —lo contradijo Holland, sin un ápice de duda en su voz—. Firma el contrato y tendrás todo lo que quieres. La escritura del *Marigold* y un negocio en los Estrechos. El *Marigold* puede trabajar para mí incluso, si queréis. —Levantó su taza de té y la sujetó delante de ella—. Si pongo a una comerciante nacida en los Estrechos como cabeza visible de mi nueva ruta a Ceros, el Consejo de Comercio cederá.

Traté de que mi respiración se ralentizara mientras apretaba las manos sobre los reposabrazos de la silla.

—¿Y Saint?

—Saint es un problema que ninguna de las dos queremos tener. Confía en mí. —Bebió un trago de té de la taza con reborde dorado—. Para cuando instalemos nuestra sede en Ceros, ya se habrán ocupado de él. Sin él y sin Zola como contrincantes, te voy a entregar a ti el control del comercio de las gemas en esas aguas.

Miré a West, pero él tenía la vista clavada en Holland, su mirada asesina echaba chispas.

—Reúnete conmigo en Wolfe y Engel mañana por la noche con el contrato. —Sus ojos se posaron en mis manos temblorosas, así que cerré los puños y las puse en mi regazo. Se inclinó hacia mí y esa amabilidad suave volvió a su rostro—. No sé en qué casco mugriento de barco naciste, Fable. No me importa. Pero cuando vuelvas a los Estrechos, va a ser bajo *mi* emblema.

TREINTA Y TRES

La tripulación me miraba desde el otro lado del camarote. En silencio. Incluso Koy parecía haberse quedado sin palabras.

—No lo vas a firmar —espetó Paj—. Hemos estado perdiendo dinero a espuertas desde que salimos de Dern para poder llevarte de vuelta a los Estrechos y hacer lo que habíamos dicho que íbamos a hacer.

—Podéis hacerlo sin mí. Esto no cambia nada —dije.

—Lo cambia todo —musitó Willa. Detrás de los otros, estaba girada hacia el farol y contemplaba su llama a través del cristal. Esto tenía implicaciones diferentes para ella. Si yo no estaba en el *Marigold*, era probable que no fuese a abandonar la tripulación.

—Si firmo el contrato, recuperamos la escritura de propiedad del *Marigold*. Si Saint y los Roth cumplen su parte, ni siquiera importará el contrato. Será nulo.

—¿Y si *no* cumplen su parte? —preguntó Willa.

—Entonces, navegáis con un tripulante menos durante los dos siguientes años. No es tanto tiempo. —Procuré sonar como si lo creyera. Dos años lejos del *Marigold*, lejos de West, sonaba como una eternidad. Pero era un precio que pagaría a gusto si significaba tener un lugar al que llamar hogar cuando mi contrato expirara.

—Con contrato o sin él, tenemos que decidir cuál será nuestro próximo movimiento. Todavía hay dinero de sobra para montar una ruta comercial desde Ceros. —Hamish dejó el libro de contabilidad abierto en la mesa entre nosotros. Desde que habíamos salido del Escollo de Fable, no había dejado de hacer cuentas—. No necesitamos un cuartel general en tierra, no de inmediato.

Todo el mundo miró a West, pero él guardó silencio a mi lado.

Paj suspiró, luego dio un paso al frente para estudiar el libro.

—No tiene ningún sentido obtener una licencia del Gremio de las Gemas si Holland va a empezar a trabajar en los Estrechos. Yo abogaría por limitarnos sobre todo al aguardiente.

—Eso se vende siempre —convino Auster—. También el gordolobo.

Tenía sentido. No había un solo puerto en los Estrechos que no acogiera con los brazos abiertos cargamentos de ambos.

—Eso era lo que estaba pensando yo. —Hamish asintió—. Aún estaremos en conflicto con Saint, pero eso no es nada nuevo. Tres puertos para empezar: Sowan, Ceros y Dern. En ese orden.

—No sé si ya somos bienvenidos en Sowan. No durante un tiempo, al menos —apuntó Auster.

Hamish miró a West de reojo, pero no dijo nada. Era probable que lo que West le había hecho a ese comerciante de Sowan ya se supiese por todas partes en los Estrechos. Era una reputación que les costaría un poco quitarse de encima, pero había un sitio en los Estrechos en donde las reputaciones no importaban lo más mínimo.

—¿Y Jeval? —comenté.

En el rincón del camarote, Koy se enderezó y sus ojos buscaron los míos.

—¿Jeval? —Paj sonaba escéptico—. Es un lugar de reabastecimiento, no un puerto.

—Si se va a abrir una ruta comercial entre el mar Sin Nombre y los Estrechos, entonces es solo cuestión de tiempo antes de que Jeval se convierta en un puerto de verdad. Es el único atracadero entre Sagsay Holm y Dern. —Repetí las palabras que me había dicho Koy tan solo el día anterior.

Las comisuras de la boca de Hamish se curvaron hacia abajo mientras lo pensaba.

—Ni siquiera hay comerciantes en Jeval.

—Todavía no. —Eché un vistazo a Koy—. Pero si vamos a comerciar con aguardiente y gordolobo, en Jeval siempre habrá dinero para eso.

—No es mala idea —admitió Auster, con un encogimiento de hombros—. ¿West?

West lo pensó un poco mientras se rascaba la pelusilla de la mandíbula.

—Estoy de acuerdo.

—Tendríamos que encontrar a alguien fiable con el que montar el negocio —murmuró Hamish.

—Creo que conozco a alguien. —Sonreí e hice un gesto con la barbilla en dirección a Koy.

Todos se giraron hacia él.

—¿Eso es verdad? —preguntó Hamish.

Koy se separó de la pared para ponerse más derecho.

—Creo que podríamos llegar a algún acuerdo. —Estaba restándole importancia al tema, pero pude ver el resplandor de la emoción a su alrededor.

Hamish cerró el libro y se sentó en la esquina de la mesa.

—Bueno, pues solo nos queda votar. —Recorrió con los ojos cada una de nuestras caras—. Fable, tu voto aún cuenta si tu parte del botín va a entrar en el negocio.

—Va a entrar —afirmé sin dudarlo.

—Muy bien. —Hamish dio unas palmadas delante de él—. ¿Quién está a favor de usar un tercio del botín del *Lark* para llenar la bodega de aguardiente y gordolobo?

Miró primero a Willa, que abrió la boca para hablar, pero West la interrumpió.

—Ella no vota.

Hamish cerró la boca de golpe mientras lo miraba estupefacto.

—Los únicos que votan son los que van a aportar su parte del botín del *Lark*.

—¿De qué estás hablando? —Willa por fin se apartó del farolillo, cuya luz iluminaba solo la mitad de su cara.

—La parte de Willa ya no forma parte de nuestras arcas —dijo West, aunque seguía sin dirigirse directamente a ella.

Willa miró hacia mí, como si esperase que yo me opusiera.

—West...

—Quiero que lo tomes —le dijo por fin—. Haz lo que quieras con el dinero. Monta tu propio negocio. Paga por entrar de aprendiza en alguna parte. Lo que quieras. —Dio la impresión de que le dolía pronunciar las palabras. A Willa se la anegaron los ojos de lágrimas cuando levantó la vista hacia él—. Sea lo que sea que nos depare el futuro —West tragó saliva—, tú no tiene por qué estar atascada aquí.

Hamish se quedó callado, a la espera de la respuesta de Willa, pero ella no dijo nada.

—Muy bien. De las personas con derecho a voto, ¿quién está a favor de llenar la bodega de aguardiente y gordolobo? ¿Fable?

Asentí a modo de respuesta.

—Estoy de acuerdo.

Paj y Hamish dijeron lo mismo, seguidos de Auster. West, sin embargo, seguía de pie a mi lado, la mirada perdida en los libros de contabilidad cerrados.

—Tiene que ser una votación unánime —dijo Hamish.

La mente de West daba vueltas. No sabía si estaba haciendo cálculos económicos o barajando distintas opciones, pero me daba la sensación de que no me iba a gustar lo que iba a decir a continuación.

—Podríamos usar el dinero para liberar a Fable del contrato con Holland.

—Ni hablar —dije, con una mirada significativa—. Eso *no* va a ocurrir.

Los otros guardaron silencio.

—¿Por qué no? —preguntó West.

—Dijimos que íbamos a emplear lo que habíamos encontrado en el *Lark* para iniciar nuestro propio negocio. No lo vamos a desperdiciar con Holland.

—No es desperdiciarlo, exactamente —murmuró Willa.

—No va a aceptar el dinero. No necesita cobre. Solo hay una cosa que quiere Holland y no la tenemos —dije, más irritada de lo que pretendía. Yo les importaba, pero no iba a dejar que Holland se aprovechara de la oportunidad que yo le había dado al *Marigold*. De la oportunidad que ellos me habían dado a mí.

—West, todavía necesitamos tu voto —insistió Hamish con suavidad.

West me miró, sus ojos recorrieron mi cara despacio.

—Muy bien. —Tragó saliva, pasó por mi lado y fue hacia la puerta.

—West. —La voz de Paj lo detuvo—. Todavía hay reparaciones sobre las que hablar.

—Hablaremos de ello por la mañana.

Paj lo dejó marchar, contemplando cómo desaparecía por la cubierta lateral. La boca de Willa se retorció hacia un lado mientras me miraba y yo respondí a su pregunta tácita con un asentimiento antes de seguirlo.

La noche era inusualmente cálida, el aire agradable, y hacía que la cubierta centelleara en la oscuridad. La sombra de West pasó por encima de mis pies desde el puente de mando. Sacó un trozo de cabo deshilachado del barril de popa mientras yo subía las escaleras. Hizo como que no me había visto. Me apoyé contra la barandilla y observé cómo desenrollaba el cabo y separaba las hebras para utilizarlas como estopa. Empezaba a resultarme familiar, la forma en que se marchaba de inmediato a trabajar en tareas tediosas cuando estaba molesto.

—Son dos años —dije, tratando de mostrarme amable con él. West no respondió, se limitó a deslizar la punta de su cuchillo con brusquedad entre las hebras—. Dos años no es nada.

—Eso no es verdad —gruñó, luego dejó caer otro tramo de cabo—. Deberíamos intentar comprar tu libertad de ese contrato.

—Sabes que eso no funcionaría.

—Si pones un pie en ese barco, Holland jamás te dejará marchar. Encontrará una forma de prorrogar el contrato. De atarte con algún tipo de deuda. Lo que sea.

—No es Saint.

—¿Estás segura de eso? —espetó airado.

Me mordí la lengua. No le iba a mentir. La verdad era que no conocía a Holland. En ocasiones, me daba la impresión de que tampoco conocía de verdad a Saint. Pero no podía fingir que no entendía lo que estaba diciendo. Desde el momento en que vi a Holland por primera vez en la gala, había estado maquinando para entregarme ese contrato. Me había atrapado. Y lo peor era que yo había sido lo bastante estúpida como para caer en la trampa con los ojos cerrados.

West paró de trabajar con la cuerda. Contempló el agua antes de deslizar los ojos hacia mí.

—No quiero que lo firmes —dijo, la voz ronca.

Fui hasta él, le quité el cabo de las manos y lo dejé caer sobre la cubierta. Se ablandó un poco cuando metí los brazos por debajo de los suyos y los pasé alrededor de su cintura.

—Saint cumplirá su parte. Lo sé.

West apoyó la barbilla sobre mi cabeza.

—¿Y los Roth?

—Si Saint cumple, ellos también lo harán.

Se quedó callado un momento.

—Nada de esto hubiese sucedido si no hubiera tratado de vengarme de Zola por lo que le hizo a Willa.

—West, esto siempre fue sobre Holland. Nada de esto hubiese sucedido si yo no te hubiera pedido que me llevaras a través de los Estrechos.

West sabía que eso era verdad, pero su naturaleza era echarse la culpa de las cosas. Hacía demasiado tiempo que había gente que dependía de él.

Incliné la cabeza hacia atrás para mirarlo.

—Prométeme que harás lo que tienes que hacer.

Tomó un mechón de mi pelo y dejó que resbalara entre sus dedos. Me estremecí. El silencio por parte de West era un mal presagio. No era un hombre de muchas palabras, pero sabía lo que quería y no le daba miedo agarrarlo.

—Prométemelo —insistí. Asintió a regañadientes.

—Lo haré.

TREINTA Y CUATRO

Cuando desperté en el camarote de West a la mañana siguiente, él ya no estaba.

Las contraventanas se habían abierto y golpeaban la pared con suavidad por efecto del viento. El recuerdo de aquella mañana en Dern destelló ante mis ojos: el cielo gris y la brisa fresca; los rayos de luz a través del camarote en penumbra. Pero esta vez era el mar Sin Nombre el que estaba al otro lado de la ventana.

Me senté y deslicé la mano bajo la colcha del lado de West. La cama estaba fría. Sus botas tampoco estaban donde solía dejarlas al lado de la puerta.

En cubierta, Auster y Paj estaban desayunando en la pasarela lateral.

—¿Dónde está? —pregunté, la voz aún ronca de sueño.

—Hamish y él han ido a ver al jefe de los astilleros. —Paj hizo un gesto hacia el puerto. Auster se levantó de la caja sobre la que estaba sentado.

—¿Tienes hambre?

—No. —Negué con la cabeza. Tenía el estómago revuelto desde que había salido del agua en el Escollo de Fable.

Fui hasta la barandilla y observé la cubierta del *Dragón Marino*. La tripulación de Holland ya estaba en pie y trabajando, y el melódico roce de la arenisca resonaba por encima del agua. Yo solía sentarme acunada por el foque en el barco de mi padre, mientras observaba a los marineros de cubierta frotar los bloques blancos por cubierta para pulir la madera y dejarla pálida y suave. Adelante y atrás, adelante y atrás. A mi padre le gustaban las cubiertas limpias y relucientes, como a cualquier buen timonel, y era la tarea que todo el mundo temía a bordo.

Blanca como el hueso. No paréis hasta que esté blanca como el hueso.

La voz de mi padre se coló en mi mente, como la vibración que sacudía el casco de un barco en una tormenta.

No paréis hasta que esté blanca como el hueso.

El roce de la arenisca sobre la madera era tan cálido bajo mi piel como todos los recuerdos que tenía de aquellos días. Cuando Saint apoyaba los codos en la barandilla y observaba las cristalinas aguas azules a la espera de que mi madre saliese a la superficie después de una inmersión.

Esperaba que mis recuerdos del *Marigold* fuesen también así, que estuvieran a mi alcance cuando los necesitara durante los dos siguientes años.

Willa subió las escaleras desde la cubierta inferior, las botas en las manos. Sus apretados rizos retirados de la cara, cayendo por su espalda como cuerdas de bronce. La cicatriz de su cara lucía más rosácea bajo el frío de la mañana.

—¿Adónde vas? —pregunté, al ver que se abrochaba la chaqueta.

—Al pueblo a ver al herrero. No podemos volver a Ceros sin ancla.

Eché un vistazo a los tejados en la distancia. Algo en mi interior estaba conteniendo la respiración, y me di cuenta de que era el hecho de no ver a West lo que me inquietaba. Había estado pensando en esa expresión fría en sus ojos desde la noche anterior. El silencio que se había apoderado de él cuando le dije que iba a firmar el contrato de Holland.

—Iré contigo. —Volví al camarote de West para agarrar mis botas y una chaqueta. Aproveché también para recogerme el pelo en un moño sobre la cabeza.

Unos minutos más tarde, estábamos subiendo las escaleras del puerto, el sol en plena cara.

Willa recorría las calles de manera meticulosa en busca del taller del herrero, y cada vez que alguien veía su cicatriz, los pasos del desconocido en cuestión vacilaban un poco. Era una imagen temible, con su cuerpo menudo pero musculoso debajo de su piel parda. Sus brillantes ojos azules estaban enmarcados por espesas pestañas oscuras que los hacían casi etéreos.

Era preciosa. Y esa mañana, parecía libre.

—Aquí es. —Se detuvo debajo de un cartel pintado de rojo que decía FORJA DE HIERRO.

La puerta tintineó al abrirla y la observé a través del cristal mientras iba hasta la pared, donde cestas llenas de clavos y remaches colgaban de distintos ganchos.

Unas cuantas aves marinas planeaban por el cielo y giraban en el viento que soplaba desde el puerto a lo lejos. Suspiré mientras las observaba, sintiéndome pesada ahí en la callejuela. Era como si cada centímetro de cielo estuviese presionando sobre mí y me empujara contra el suelo.

Todavía era por la mañana, pero cuando se pusiese el sol, estaría firmando el contrato de Holland.

Un destello de azul brillante refulgió en la sombra que oscurecía la esquina del edificio y escudriñé la calle a mi alrededor. La gente paseaba con calma de tienda en tienda, pero pude sentir el cambio en el aire. El aroma dejado por el humo del gordolobo especiado.

Observé la esquina, donde la callejuela se estrechaba aún más en un pequeño pasadizo que desaparecía entre los edificios. Por encima del hombro, vi a Willa a través de la ventana, esperando ante el mostrador.

Retorcí la boca, cerré los puños dentro de mis bolsillos y eché a andar por la callejuela. Doblé la esquina y el destello azul desapareció por la esquina siguiente. La callejuela quedó desierta. En silencio.

Caminé con pasos sonoros y pesados, aunque eché un vistazo hacia atrás para asegurarme de que no me seguía nadie. Cuando doblé la siguiente esquina, me paré en seco. Se me comprimió el pecho con el peso del aliento perdido. Ahí, apoyado contra el ladrillo sucio de hollín, estaba mi padre, la pipa agarrada entre los dientes, la gorra bien calada sobre los ojos.

—Saint. —Mis labios se movieron alrededor de la palabra, pero no pude oírla.

El ardor detrás de mis ojos me traicionó al instante, unas lágrimas desleales se agolparon tan deprisa que tuve que parpadear para eliminarlas. Me costó un esfuerzo supremo no lanzar los brazos a su alrededor, y no sabía lo que hacer con ese sentimiento. Quería hundir la cara en su abrigo y llorar. Quería dejar que el peso de mis piernas cediese debajo de mí y dejar que él me sujetase entre los brazos.

Había pensado una y otra vez que quizás no volviese a verlo nunca. Que quizás él no quisiese verme. Y ahora ahí estaba yo, tratando de tragarme el grito atrapado en mi garganta.

Era guapísimo y aterrador y de una frialdad estoica. Era Saint.

Una nubecilla de humo brotó de sus labios antes de mirarme, y me dio la sensación de que tal vez había visto algo ahí en sus ojos azul acero, algo que reflejaba las sensaciones que rugían en mi interior. Pero cuando sus ojos se movieron, había desaparecido.

Agarró las solapas de su abrigo con ambas manos y vino hacia mí.

—Recibí tu mensaje.

—No creí que fueses a venir en persona —dije. Era verdad. Había esperado a Clove, pero estaba tan contenta de ver a mi padre que casi me avergonzaba de mí misma. Miré las puntas de sus brillantes botas negras delante de las mías—. ¿Lo tienes? —pregunté.

Una sonrisita divertida jugueteó en sus labios antes de meter la mano en el bolsillo y sacar un paquetito de papel marrón. Lo sujetó entre nosotros, pero cuando hice ademán de agarrarlo, lo levantó para ponerlo fuera de mi alcance.

—¿Sabes lo que estás haciendo? —Su voz sonó áspera.

Lo fulminé con la mirada mientras le quitaba el paquete de los dedos. Era la misma pregunta que me había hecho West. La misma para la que no sabía si tenía respuesta.

—Sé lo que estoy haciendo —mentí.

Dio una larga calada de la pipa y guiñó los ojos mientras yo rasgaba el borde del paquete. Retiré el grueso pergamino hasta ver la esquina de una caja. Cuando por fin la saqué, levanté el diminuto cierre de latón y abrí la tapa. Desde dentro, me miraba el ojo de tigre dorado de la gema de un anillo de comerciante. Solté un largo suspiro de alivio.

—Tienes buen aspecto.

Levanté la vista para ver cómo me miraba de arriba abajo. Esa era su endeble manera de intentar preguntarme si estaba bien.

—Podrías habérmelo contado. Lo de Holland.

Me miró con atención durante un momento antes de contestar.

—Podría.

—Puede que te hayas librado de Zola, pero sé que querías sacarme del *Marigold*. Eso no ha funcionado.

Entornó los ojos.

—Pensé que tu abuela te ofrecería un puesto con ella.

—Lo hizo. No lo acepté.

Levantó la mano y se peinó el bigote con los dedos. Podría haber jurado que vi una sonrisa enterrada en sus labios. Parecía casi... orgulloso.

—Clove dice que este anillo es para Henrik —comentó para cambiar de tema.

—Lo es.

Saint dejó escapar otra nubecilla de humo de la boca.

—No es el más fiable de los delincuentes.

—¿Estás diciendo que no crees que cumpla su palabra?

—Estoy diciendo que tienes las mismas opciones en un sentido que en otro.

Eso no pintaba demasiado bien. Me apoyé contra la pared a su lado, los ojos puestos en la boca del callejón, por donde la gente seguía paseando por la calle.

—Tengo que preguntarte algo.

Arqueó las cejas. Parecía curioso.

—Adelante.

—¿Alguna vez te lo dijo?

Frunció el ceño en cuanto se dio cuenta de que estaba hablando de mi madre.

—¿Decirme qué?

—Isolde. —Pronuncié su nombre a sabiendas de que a él no le gustaba que lo hiciera. Una sensación de inquietud rodó por todo su ser—. ¿Alguna vez te contó dónde había encontrado la gema medianoche?

Se quitó la pipa de la boca.

—No, no me lo dijo nunca.

—¿Qué? —Levanté la voz—. ¿Durante todos esos años? ¿Cómo pudo no contártelo nunca?

Saint apartó la vista de mí, quizás para ocultar lo que fuese que pudiera dejar entrever su cara. La sombra de ello se asemejaba mucho a la fragilidad.

—Nunca se lo pregunté —musitó, pero las palabras sonaron tensas.

—No te creo —dije, incrédula.

—Yo... —Se calló. Parecía inseguro sobre lo que decir. O sobre cómo decirlo. Y *ese* no era Saint en absoluto. Hizo acopio de fuerzas antes de volverse hacia mí. Sus ojos contenían una verdad completamente diferente—. Le hice jurar que no me lo diría nunca.

Apoyé todo el cuerpo contra la pared y dejé que me sujetara. Sí que le había hablado de la medianoche, pero yo no era la única que conocía los intríngulis del hombre al que llamaba padre. Él se había conocido lo bastante bien como para proteger a Isolde.

De sí mismo.

La idea era tan sobrecogedora que tuve que apartar la mirada, temerosa de lo que podría ver si lo miraba a los ojos. Él era el único que la había querido más que yo. Y el dolor de su pérdida era fresco y afilado, cortante como un cuchillo entre nosotros.

Se aclaró la garganta antes de chupar otra vez de la pipa.

—¿Me vas a contar tu plan?

—¿No confías en mí? —Encontré una sonrisa en mis labios, pero aún temblaba con la amenaza de las lágrimas.

—Confío en ti. —Su voz sonó más callada de lo que la había oído jamás—. ¿Me vas a contar por qué?

Me di cuenta de que quería saber. De los esfuerzos que estaba haciendo para comprender. Le había sorprendido que Clove se presentara en Ceros con mi mensaje y quería saber por qué haría algo así. Por qué arriesgaría nada por él, incluso después de todo lo que había hecho.

Levanté la vista y su figura se encorvó bajo la luz. Le di la respuesta real. Con toda su verdad desnuda.

—Porque no quiero perderte.

No había nada más, ni nada menos. No lo había sabido hasta ese momento en el mirador, cuando Holland había dicho su nombre. No había sabido que lo quería con la misma furia que lo odiaba. Que si le ocurría algo, parte de mí moriría con él.

Su boca se retorció hacia un lado antes de asentir con brusquedad y mirar hacia la calle.

—¿Estarás en la reunión del Consejo de Comercio?

Asentí, incapaz de decir ni una palabra más.

El borde de su abrigo rozó contra el mío al pasar por mi lado, y observé cómo doblaba la siguiente esquina. Me quedé sola en la callejuela. El viento del mar sopló a mi alrededor y el nudo de mi garganta me provocó una punzada de dolor mientras recorría el estrecho camino de vuelta por donde había venido.

Willa esperaba delante del escaparate del herrero cuando volví a salir a la calle, un paquete envuelto entre los brazos. Cuando me vio, suspiró aliviada.

—¿Dónde estabas?

Esperé a que un hombre pasara por nuestro lado.

—Saint —dije en voz baja.

—¿Está aquí? ¿Ha...? —susurró. Saqué la cajita de mi bolsillo, justo lo suficiente para que la viese. Soltó una exclamación ahogada—. ¿Lo ha hecho?

—Lo ha hecho —confirmé—. No quiero saber cómo, pero ese bastardo lo ha hecho.

TREINTA Y CINCO

Cuando volvimos al *Marigold*, se oían unas voces al otro lado de la puerta cerrada del camarote de West. Solté un suspiro de alivio cuando lo vi, y la serenidad volvió de inmediato a mis huesos.

Sin embargo, me detuve en seco cuando oí el tono seco y cortante de Paj.

—Debiste preguntármelo.

No llamé a la puerta, sino que dejé que se abriera para ver a West y a Hamish en torno a la mesa con Paj. Los tres levantaron la vista al instante. Se hizo el silencio.

Hamish jugueteó con un montón de papeles, los dedos manchados de tinta. Pero había algo en su actitud que no era normal. También estaba enfadado.

—¿Encontrasteis al jefe de los astilleros? —pregunté, mientras observaba a Hamish abrir el cajón y meter el pergamino dentro.

—Sí —repuso Hamish, al tiempo que se enderezaba y miraba por la habitación a su alrededor. A todas partes menos a mí—. Tendré esos cálculos esta noche —comentó, los ojos puestos en West otra vez, que contestó con un asentimiento.

—Bien.

Hamish pasó por mi lado arrastrando los pies, y se giró de lado para no tocarme mientras salía por la puerta. Paj le lanzó una última mirada furibunda a West antes de salir a su vez del camarote. Observé cómo los dos desaparecían por cubierta, el ceño fruncido. En el camarote, sin embargo, West parecía cómodo. Más relajado de lo que lo había estado la noche anterior.

—¿De qué iba eso? —pregunté, sin quitarle el ojo de encima. Levantó la vista de la mesa.

—Nada. Solo estábamos repasando las cuentas. —No obstante, apartó la vista un poco demasiado deprisa.

—Paj parecía enfadado.

West soltó un suspiro irritado.

—Paj siempre está enfadado.

Fuera lo que fuese que estaba pasando entre ellos, vi que West no me lo iba a contar. Ahora no, en cualquier caso.

—He visto a Saint —dije, cerrando la puerta a mi espalda. Las manos de West se apretaron sobre el borde de la mesa cuando levantó la vista hacia mí.

—¿Lo ha conseguido?

Saqué el paquete del bolsillo de mi chaqueta y lo dejé en la mesa delante de él. Lo levantó y lo volcó para que el anillo de comerciante cayera en la palma de su mano. Estaba recién pulido, la gema brillante.

—Ahora, todo lo que necesitamos es a los Roth —murmuré.

West metió la mano en su chaleco para sacar un papel doblado del bolsillo. Me lo tendió.

—Esto llegó hace una hora. Te estaba esperando.

Tomé el pergamino y lo abrí. Leí la apresurada nota de caligrafía inclinada. Era un mensaje de Ezra.

Taberna Leith, después de la campana.

Miré por la ventana. El sol había superado ya el centro del cielo y se pondría en pocas horas. Holland me estaría esperando en Wolfe y Engel, así que tendríamos que darnos prisa si íbamos a encontrarnos con Ezra.

—Muy bien. Vamos.

West guardó el mensaje otra vez en su chaleco y descolgó su chaqueta del gancho antes de seguirme a cubierta. Cuando bajé por la escala, Willa ya se afanaba con las reparaciones, suspendida al lado del casco por el costado de estribor. Encajó la estopa en una abertura a lo largo de las grietas más pequeñas y le dio unos golpes con el lado romo de la azuela.

—Volveremos después de que se ponga el sol —dijo West, al tiempo que saltaba al muelle a mi lado.

—La última vez que dijiste eso, no apareciste en dos días —masculló Willa, mientras sacaba otro clavo de su bolsa.

Todo lo que no estaba diciendo brillaba en sus ojos. Le habían concedido la libertad del *Marigold*, pero no le gustaba la idea de que yo trabajase para Holland. Nuestros caminos se separarían pronto, y no estaba segura de que fuesen a volver a cruzarse jamás.

Tomamos la calle principal que conducía de vuelta al centro de Sagsay Holm. Encontramos el salón de té en la cima de la colina, en la parte oriental del pueblo. Se abría sobre el agua, con vistas a la costa rocosa.

El cartel estaba pintado de un dorado centelleante, colgado sobre la calle con un elaborado marco con volutas.

WOLFE Y ENGEL

Tragué saliva, al tiempo que el nudo volvía a instalarse en mi estómago. Las ventanas reflejaban los edificios detrás de nosotros y, de repente, me di cuenta de lo fuera de lugar que se me veía entre ellos. Curtida por el viento y besada por el sol. Cansada.

A mi lado, West tenía el mismo aspecto. No dijo nada y yo tampoco encontré qué decir. Para cuando saliera de ese salón de té, habría firmado un contrato con Holland y no tenía forma humana de saber si los Roth me salvarían.

—Voy a hacer esto sola —anuncié. Lo último que necesitaba era que West se enemistara aún más con Holland. Me dio la sensación de estar conteniendo el aliento, a la espera de que la quietud a su alrededor se fracturara.

Para mi sorpresa, no discutió. Miró por encima de mí, a través de la ventana.

—Esperaré.

—De acuerdo.

El rostro de West permaneció estoico mientras me observaba cerrar la mano en torno al picaporte de latón y abrir la puerta. El olor de la bergamota y la lavanda salió a mi encuentro y se enroscó a mi alrededor mientras mis ojos se adaptaban a la escasa luz.

Alineados por la pared, había unos cubículos cerrados por paredes de madera y tapizados de terciopelo rojo; el centro de la sala estaba lleno de mesas doradas. Delicadas lámparas de araña colgaban del techo, equipadas de velas que le daban a todo el lugar la apariencia de un sueño.

No era ninguna casualidad que Holland quisiese reunirse aquí conmigo, un sitio extravagante y lujoso, como la Casa Azimuth. Era justo el tipo de sitio en donde podría hacer las cosas según sus términos, como siempre.

—¿Fable? —Un hombre se detuvo delante de mí. Deslizó los ojos por mi ropa.

—¿Sí? —repuse, suspicaz. Parecía decepcionado.

—Por aquí.

Me giré hacia la ventana, pero West ya no estaba, la calle en penumbra y desierta. Seguí al hombre hacia la parte de atrás del salón de té, donde una gruesa cortina de damasco cerraba la entrada a un reservado. La abrió y Holland levantó la vista, su pelo plateado recogido en preciosos rizos sueltos que se alejaban en espiral de su rostro como olas suaves.

—Su invitada, señora. —El hombre hizo una leve inclinación con la cabeza, sin mirar a Holland a los ojos.

—Gracias. —La misma desaprobación flotó en su expresión cuando me miró de arriba abajo—. Ya veo que no te has molestado en limpiarte el mar de encima.

Me deslicé en el banco de enfrente de ella, procurando tener cuidado con el terciopelo. No me gustaba aquello. No me gustaba lo que estaba haciendo al llevarme ahí, y odié sentirme pequeña. Apoyé los codos en la mesa y me incliné hacia ella, que hizo una mueca al ver mi gesto.

El camarero reapareció con una bandeja que contenía dos lujosas copas. Tenían diamantes azules incrustados en los bordes, y en el interior, un líquido claro hacía que la plata pareciese fundida. El hombre hizo otra reverencia antes de desaparecer.

Holland esperó a que la cortina se cerrara antes de agarrar una de las copas y hacerme un gesto para que hiciese otro tanto. Vacilé un instante antes de levantarla de la bandeja.

—Un brindis. —Su copa flotó hacia la mía. Entrechoqué el borde de mi copa con la suya.

—¿Por qué brindamos?

Holland me miró con cierto reproche, como si estuviese tratando de hacerme la graciosa.

—Por nuestra colaboración.

—Colaboración sugiere un poder equivalente —comenté, y observé cómo bebía un sorbo. Frunció los labios mientras tragaba, luego dejó la copa en la mesa con cuidado.

Bebí un sorbito y me costó tragar cuando el ardor del líquido se avivó en mi boca. Era repugnante.

—Mañana. —Cambió de tema y me alegré de que no fuésemos a molestarnos con comentarios amables. Era mi abuela, pero yo no era tonta. Todo lo que había hecho me había dejado a su merced, igual que le había pasado a West con Saint. Si una sola cosa salía mal en la reunión del Consejo de Comercio y descubría lo que había estado tramando, la tripulación entera encontraría el mismo final que había encontrado Zola. Tirarían sus cuerpos en el puerto y desmantelarían el *Marigold* o acabaría navegando bajo el emblema de Holland.

—Está todo en orden —empezó, al tiempo que cruzaba sus dedos anillados delante de ella—. El Consejo abrirá el turno de palabra para los negocios y yo haré mi propuesta, en la que te presentaré a ti como dirigente de mi nueva ruta comercial en los Estrechos.

—¿Qué te hace pensar que votarán a tu favor?

Casi se rio.

—Fable, no soy tonta. El Consejo de Comercio me odia. Los dos me odian. Necesitan mi dinero para mantener el comercio en marcha, pero han trazado límites muy claros para evitar que controle sus negocios. Tú eres originaria de los Estrechos, eres una dragadora consumada y sabes cómo tripular un barco. —Bebió otro sorbo de su copa—. Y eres una zahorí de gemas.

Dejé mi copa en la mesa un poco demasiado fuerte.

—¿Vas a decirles que soy una zahorí?

—¿Por qué no habría de hacerlo?

La miré con atención mientras trataba de descifrar la expresión abierta y sincera de sus ojos.

—Porque es peligroso.

Había una razón para que hoy en día apenas se hablase de los zahorís. Los días en que los comerciantes de gemas anhelaban ese título hacía mucho que habían pasado porque nadie quería tener tanto valor, no cuando los comerciantes y mercaderes harían cualquier cosa por controlarlo.

—No soy una zahorí. Nunca terminé mi aprendizaje.

Hizo un gesto por el aire con la mano para restar importancia a mi comentario.

—Ese es justo el tipo de cosas que no necesitan saber.

Me eché hacia atrás en el asiento y sacudí la cabeza. Tal vez esa fuese otra de las razones por las que Isolde había abandonado Bastian. Si tuviese que apostar, diría que Holland también había tratado de utilizar a mi madre.

—Ahora, si queremos causar la impresión adecuada, es importante que actúes como si supieras cómo comportarte —continuó—. No hay forma de hacerte pasar como uno de nosotros, pero diría que es probable que eso funcione a nuestro favor.

Ahí estaban esas palabras otra vez. *Nosotros. Nuestro.*

—No hablarás a menos que se dirijan a ti. Me dejarás a mí contestar a las preguntas del Consejo de Comercio. Debe *parecer* que estás a la altura. —Una vez más, miró mi ropa con el ceño fruncido—. Haré que una modista te tome medidas esta noche y te prepare algo apropiado.

La miré impertérrita.

—¿Qué pasa si no te conceden la licencia?

—Lo harán —dijo a la defensiva—. Con Zola y Saint fuera del agua, a los Estrechos les costará un mundo encontrar otra empresa que pueda expandir su ruta al mar Sin Nombre. Si *tú* diriges esa ruta comercial, todo el mundo gana.

Excepto Saint. Excepto yo.

Traté de relajarme. Respiré hondo, recuperé mi copa de plata y bebí otro sorbito. Holland lo había preparado todo muy bien. Con Zola eliminado, todas las tripulaciones de los Estrechos estarían haciendo sus apuestas para competir con Saint por el poco poder que quedaba libre. Pero si Holland obtenía su licencia, ella tendría todo ese poder y más para cuando el sol se pusiera mañana.

—Terminemos con esto de una vez —dije.

—¿Terminar con qué?

—Con lo de la firma del contrato.

Holland juntó las yemas de los dedos antes de recuperar la cartera con cintas de cuero del asiento a su lado. La abrió y observé cómo rebuscaba entre los pergaminos hasta encontrar el que quería: un sobre en blanco. Lo dejó en la mesa delante de mí.

Respiré hondo mientras trataba de apaciguar mi corazón. Una vez que lo firmara, no habría vuelta atrás. Mi destino estaría en manos de Henrik. Levanté una mano del regazo y tomé el sobre, abrí la solapa y saqué el pergamino. Se me cayó el alma a los pies cuando lo desdoblé delante de mí.

Mis ojos recorrieron la tinta negra una y otra vez.

Escritura de barco

El nombre del *Marigold* estaba inscrito a continuación.

—¿Qué es esto? —balbuceé.

—Es la escritura del barco. Como te prometí —respondió, al tiempo que cerraba la carpeta.

—Pero todavía no he firmado el contrato.

—Oh, la han pagado. —Holland sonrió—. Hice que en la oficina comercial realizaran los cambios que él pidió. Debería estar todo en orden.

—¿Qué? —Sujeté la escritura a la luz de la vela y leí el texto con ansiedad.

Transferencia de propiedad:

Solté una exclamación ahogada. Me quedé boquiabierta cuando vi mi nombre. Estaba escrito con la misma letra que el resto del documento.

—¿Qué has hecho? —farfullé. La escritura temblaba en mis manos. La fría realidad llenó mi cráneo e hizo que me doliera la cabeza a medida que iba uniendo cabos—. West.

West había firmado el contrato de dos años con Holland.

—Los términos de nuestro contrato han cambiado —anunció Holland—. West firmó el contrato a cambio del *Marigold*. —Sacó otro pergamino de su carpeta—. Pero tengo una nueva oferta para ti.

Miré el documento. Era otro contrato.

—¿Todavía quieres salvar a tu padre? Esta es tu oportunidad.

Holland sonrió, encantada consigo misma.

Habíamos caído en su trampa no una vez, sino dos. Cuando West firmó el contrato de Holland, creyó que me estaba salvando, pero Holland había conseguido dos por el precio de uno. Y lo sabía. No tenía ninguna duda de que firmaría.

Agarré la pluma y la arrastré por el pergamino. Mi nombre me miró, reluciente por la tinta mojada.

Me levanté del banco y abrí la cortina, la escritura aferrada en el puño. Un intenso calor cosquilleaba bajo mi piel mientras cruzaba el salón de té en dirección a la oscura ventana. Abrí la puerta de par en par y salí a la calle. Lo busqué con la mirada.

West estaba enfrente, apoyado contra la pared del siguiente edificio.

—¿Qué has hecho? —Mi voz rechinó mientras cruzaba los adoquines hacia él.

Se separó de la pared y sacó las manos de los bolsillos al tiempo que me detenía delante de él, furiosa.

—Fable...

Le planté la escritura arrugada en el pecho.

—¿Por qué está mi nombre escrito en esto? —West miró el sobre—. ¿Eso era lo que pasaba con Paj y con Hamish antes? ¿Todo el mundo sabía esto excepto yo?

—Willa y Auster no lo saben.

—¿Vas a abandonar el *Marigold* así sin más? ¿Te vas a marchar y ya está? —lo increpé.

—Estoy haciendo lo mismo que ibas a hacer tú. Dos años con Holland, después vuelvo a los Estrechos.

Estaba tan enfadada que podía sentir la ira en mis venas.

—Tú eres el timonel, West. No es lo mismo.

Dio la impresión de que West medía bien sus palabras.

—Paj va a ocupar el puesto de timonel.

—¿Qué? —Había empezado a gritar y la gente que pasaba por la calle se paraba a mirar. No me importaba lo más mínimo.

—La tripulación montará el negocio justo como dijimos. Me estará esperando cuando vuelva a los Estrechos.

Quería gritar. Quería pegarle.

—¿Por qué está mi nombre en la escritura?

West suspiró, exasperado.

—No quiero que esté a mi nombre si… —Dejó la frase sin terminar.

—¿Si qué? —Lo miré a los ojos.

—Si me pasase algo y el barco estuviera a mi nombre, la propiedad pasaría a manos del Consejo de Comercio hasta que la tripulación pudiese pagar por transferir la propiedad. Si está a tu nombre, eso no pasará.

Se me anegaron los ojos de lágrimas, hasta el punto de que la imagen de West vaciló.

—O sea que vas a trabajar para Holland y ya está. A hacer todo lo que te diga.

—Haré lo que tenga que hacer. —Me dio las palabras que le hice prometer la noche anterior.

—Eso no era lo que quería decir. Sabes muy bien que eso no era lo que quería decir. —West no tenía respuesta a eso—. ¿Cómo has podido hacer esto? —pregunté con voz ronca.

Eché a andar, pero los pesados pasos de West resonaron detrás de mí. Me agarró del brazo para retenerme.

—No voy a volver a los Estrechos sin ti.

Vi muy bien que no iba a ceder. En cualquier caso, ya no podía hacerlo. Había firmado el contrato. Pero West ya estaba atormentado. Su alma estaba oscura. Y yo no quería saber en quién se convertiría si pasaba dos años más haciendo el trabajo sucio de otra persona.

Lo tenía muy claro: si perdía ante Holland en la reunión del Consejo de Comercio. Perdería también a West.

—No tendrás que hacerlo. Yo tampoco —escupí. Una lágrima rodó por mi mejilla.

—¿Qué?

—Yo también he firmado un contrato.

—¿Por qué? ¿Cómo?

—Por Saint. —Lo miré—. Ahora, todos tenemos lo que queremos. Tú, yo, Holland. —Casi me reí por lo ridículo que era todo.

West soltó el aire despacio, la vista perdida detrás de mí. Los engranajes de su mente daban vueltas a toda velocidad en busca de una manera de salir de aquello.

—No puedes seguir intentando controlarlo todo. No puedes salvar a todo el mundo, West.

Pero no sabía cómo quedarse al margen.

Negué con la cabeza y eché a andar colina abajo sin él.

Ahora no era solo *mi* destino el que estaba en manos de Henrik. Era también el de West.

TREINTA Y SEIS

La Taberna Leith estaba al final de la calle Linden, atestada de gente que iba y venía de la casa de comercio antes de que la campana de cierre resonara por todo el pueblo.

West montó guardia mientras yo miraba a través de la ventana en busca de una cabeza de pelo oscuro rapado. Lo peor que podía suceder era que Holland se enterase de que nos íbamos a reunir con uno de los Roth. Si lo hacía, nos encontraríamos hundidos en el puerto, compartiéramos sangre o no.

Si los Roth cumplían su parte del trato, el negocio de Holland en Bastian estaría acabado. No solo se beneficiarían los comerciantes de los Estrechos. Con su riqueza, Holland controlaba más que solo el comercio de gemas, y se apoyaba en los gremios para lo que fuese que necesitara porque era la única con el tipo de poder necesario para devolver ese tipo de favores. Pero era muy probable que también fuese la principal fuente de ingresos de los Roth, con lo que ellos perderían mucho si Holland caía de su trono.

Solo podía rezar por que lo que pudiesen ganar superase a lo que podrían perder.

—Vendrá —me tranquilizó West al ver cómo jugueteaba nerviosa con el botón de mi chaqueta.

—Lo sé —repuse con frialdad. Sin embargo, no estaba segura de nada, sobre todo después de que Saint dijese que tenía las mismas opciones en un sentido que en otro. Sus palabras me habían provocado la misma sensación lúgubre que sentía cuando navegábamos directos hacia una tormenta. Cuando no sabía si saldríamos de una pieza por el otro lado.

—Fable. —West esperó a que apartara los ojos de la ventana y lo mirase.

Pero lo único en lo que podía pensar era en su nombre sobre el contrato de Holland. En cómo no lo había visto venir. West no solo me había mantenido en la ignorancia. Me había engañado.

—Déjalo —dije, y volví a la ventana.

Las mesas y los bancos estaban llenos de gente. Apreté la mano contra el cristal y busqué a Ezra otra vez.

West tiró de la manga de mi chaqueta, los ojos clavados en el extremo de la callejuela, donde cuatro o cinco figuras merodeaban entre las sombras.

—Es él —dijo West en voz baja.

Seguí la pared de la taberna hasta que pude distinguirlo. Ezra me observaba desde debajo de la capucha de su chaqueta, sus manos con cicatrices la única parte visible de su cuerpo. Cuando me detuve delante de él, los otros salieron de la oscuridad para alinearse a ambos lados. Tres hombres jóvenes más y una chica. No reconocí ninguna de sus caras. El chico al que Henrik había llamado Tru también estaba con ellos. Iba vestido con una chaqueta elegante, la cadena de oro de un reloj metida en el bolsillo.

El hombre de al lado de Ezra salió a la luz para revelar una cabeza de pelo castaño bien peinado sobre un rostro juvenil. Me miró de arriba abajo. El tatuaje de los Roth asomaba por debajo de la manga enrollada de su camisa.

—¿Lo tienes? —Ezra no perdió nada de tiempo.

Saqué la mano del bolsillo de la chaqueta y la extendí delante de él para que pudiera ver el anillo de comerciante de gemas en mi dedo corazón.

Sacudió la cabeza, al tiempo que soltaba media carcajada.

—¿Cómo demonios lo has conseguido?

—¿Acaso importa?

El hombre de pelo castaño esbozó una leve sonrisa.

—Le dije a Henrik que no había forma humana de que lo consiguieras. —Dio un paso al frente y me tendió la mano—. Soy Murrow. Tú debes de ser Fable.

Miré su mano, sin moverme, y acabó por dejarla caer a su lado.

—Eso me hace preguntarme si vosotros habéis cumplido vuestra parte del trato —dije, tratando de descifrar su expresión.

Detrás de él, Ezra estaba inexpresivo, sus rasgos relajados.

—Así es, pero he tomado todas las precauciones posibles.

Un grupo de hombres salió por la puerta lateral de la taberna y Ezra los observó por el rabillo del ojo.

Me quité el anillo del dedo y lo dejé caer en la palma de su mano. Él sacó de inmediato un monóculo de su chaqueta y lo encajó en su ojo. Se apartó un poco de mí para comprobar la autenticidad de la gema engarzada en el anillo. Cuando estuvo satisfecho, lo dejó caer en su bolsillo.

—Yo he cumplido mi parte del trato. Ahora es vuestro turno —dije, la voz más dura—. ¿Cómo sé que haréis lo que habéis prometido?

Murrow sonrió y una chispa iluminó sus ojos.

—Supongo que tendrás que fiarte de nosotros.

West se movió a mi lado y, antes de que me diese cuenta siquiera de lo que había pasado, tenía las manos alrededor del cuello de Tru y lo arrastraba hacia nosotros.

—¡West!

Ezra y Murrow ya habían sacado sus cuchillos. Ezra hizo ademán de abalanzarse sobre él, pero se quedó paralizado cuando West apretó la punta de su propio cuchillo contra el cuello de Tru. El chico tenía los ojos muy abiertos, el rostro blanco como la leche.

—¿Qué estás haciendo? —bufé con voz rasposa.

Puse una mano sobre el brazo de West. A pesar de su fachada fría, noté el pulso acelerado debajo de su piel. Quería creer que era un farol. Que jamás le haría daño a un niño, pero al mirar sus ojos ahora, no estaba tan segura. *Este* era el West que había contratado mi padre. El West en el que confiaba.

—Ese es el problema. —West lucía una cara inexpresiva. Tru agitaba las manos, sus gritos amortiguados por la mano de West sobre su boca—. *No* me fío de vosotros.

Una gota de sangre rojo berilo rodó por el cuello de Tru y manchó el cuello de su impoluta camisa blanca. Observé los ojos de West. Estaban vacíos.

—Así que vosotros os lleváis el anillo. Y nosotros nos llevaremos al chico —dijo West—. Lo recuperaréis mañana. Después de la reunión del Consejo de Comercio.

—No vais a ir a ninguna parte con él —masculló Ezra. Sus ojos saltaron de West a Tru. Parecía asustado y recordé que, con la excepción de Ezra, los Roth eran familia.

Sin embargo, había algo extraño en él. Diferente de la luz en los ojos de Henrik o Holland o Saint. Parecía sentir una preocupación genuina por el chico y me di cuenta de que Auster tenía razón. Ezra estaba cortado por un patrón diferente. Entonces, ¿por qué seguía con los Roth?

—Lo viste aquella noche, ¿verdad? —pregunté, las palabras casi susurradas.

—¿A quién? —Ezra parecía confuso.

—A Auster. Lo viste aquella noche, pero fingiste no hacerlo.

La respuesta quedó clara en la forma en que entornó los ojos. Fueran cuales fuesen sus razones, había dejado que Auster desapareciera cuando abandonó a los Roth. Solo podía cruzar los dedos por que un ápice siquiera de esa misma lealtad pudiese extenderse a todos nosotros.

—Entregaré el encargo esta noche. —Ezra habló con los dientes apretados—. Si le hacéis daño o mencionáis alguna vez una sola palabra de esto a nadie, lo pagaréis caro. —La amenaza estaba clara en sus palabras—. No queréis enemistaros con Henrik. ¿Lo entiendes?

—Lo entiendo. —Asentí, y noté cómo la verdad de sus palabras cortaba bien profundo. También noté que a una parte de él le gustaba todo este juego maquiavélico, pero él no iba a caer por mí, ni con Henrik ni con Holland, y no iba a sacrificar al chico en su altar.

—Estarás bien. —Ezra le estaba hablando ahora a Tru.

Levantó el cuello de su chaqueta antes de colarse de vuelta en las sombras con los otros.

El chico abrió los ojos como platos y dejó escapar un gemido aterrado cuando se dio cuenta de que de verdad se habían marchado. Agarré su chaqueta y se lo quité a West de las manos. Envolví los brazos a su alrededor en ademán protector.

—¿Qué demonios estás haciendo?

West deslizó su cuchillo de vuelta a su sitio en el cinturón.

—Necesitábamos algo con lo que negociar, así que lo tomé.

Limpié la sangre del cuello de Tru con el borde de mi camisa.

—Vamos. —Pasé mi brazo a su alrededor y eché a andar—. Estarás bien. No vamos a hacerte daño.

El chico no parecía convencido. Se giró hacia atrás para mirar en dirección al oscuro callejón por el que habían desaparecido Ezra y Murrow.

West nos siguió, pegado a nuestros talones, sin parecer alterado en lo más mínimo. Esto era todo muy simple para él. Ordenar a la tripulación ir a la Constelación de Yuri. Mentir sobre la escritura. Firmar el contrato con Holland. Secuestrar y amenazar con matar a un chiquillo.

¿Qué más está *dispuesto a hacer?*

Las palabras de Willa resonaron en tándem con mis pisadas sobre los adoquines.

Auster nos había advertido de no fiarnos de los Roth, y aun así, yo había dejado todo el poder en sus manos. Ahora, West había recuperado parte.

TREINTA Y SIETE

EL COLOR QUE HABÍA ELEGIDO HOLLAND ERA UN ESMERALDA de lo más intenso y las tiras de seda se movían a la luz como hebras de cristal verde. Despertó un recuerdo en mí, como el aliento sobre unas brasas, pero no lograba ubicarlo del todo.

La modista deslizó los dedos con cuidado por el borde del dobladillo y fijó el vestido en su sitio sobre mi cintura de modo que la tela cayera por mis piernas como un soplo de viento.

Mis ojos no hacían más que desviarse hacia la puerta cerrada, pendientes de cualquier sombra. La modista de Holland ya nos estaba esperando cuando volvimos al barco, como prometido, y West había ido directo al puente de mando para ayudar a Willa a montar el ancla nueva. La tripulación había mirado de nosotros a Tru con una pregunta tácita en los ojos, el silencio glacial y ensordecedor.

Había dejado al chico al cuidado de Hamish, pues pensé que era el que menos posibilidades tenía de tirarlo por la borda.

—Casi hemos terminado —anunció la modista. Sacó una aguja del cojinete de su muñeca y la enhebró con los dientes. Fijó la esquina con tres puntadas y recortó unos cuantos hilos antes de enderezarse. Dio un par de pasos atrás—. Date la vuelta. —Obedecí a regañadientes mientras sus ojos escrutaban cada centímetro de mí—. Muy bien. —Parecía satisfecha. Agarró el rollo de tela y lo encajó contra su cadera antes de salir por la puerta con él a cuestas.

Me giré hacia el espejo que los hombres de Holland habían subido al *Marigold*. Deslicé las manos por la falda con nerviosismo. Tenía el aspecto de la mantequilla derretida, suave y lisa a la luz de la vela. Pero eso no era lo que me inquietaba.

Tragué saliva al recordar. Este era el vestido que llevaba mi madre en el retrato del estudio de Holland. Estaba igualita a ella. Igualita a Holland. Como si perteneciera a una gala sofisticada o al reservado privado del salón de té.

Sin embargo, el *Marigold* era el único sitio al que quería pertenecer.

Llamaron a la puerta antes de que el picaporte girara. Cuando se abrió, West estaba en la pasarela lateral.

—¿Puedo pasar?

Envolví los brazos a mi alrededor con timidez para ocultar la cintura del vestido.

—Es tu camarote.

Entró al tiempo que dejaba la chaqueta caer de sus hombros. No dijo nada mientras la colgaba del gancho. Me recorrió con la mirada y no me gustó lo que vi en sus ojos. No me gustaba la sensación de brecha entre nosotros. Pero West estaba cerrado a cal y canto. A años luz de mí.

Observé cómo se quitaba sus botas ajadas, una a una. El viento que entraba en el camarote se volvió frío y me hizo estremecerme.

—Eres un bastardo testarudo —dije con suavidad. La sombra de una sonrisa se iluminó en su rostro.

—Tú también.

—Debiste decirme que ibas a firmar el contrato.

West tragó saliva.

—Ya lo sé.

Levanté la falda del vestido y fui hacia él, pero mantuvo los ojos fijos en el suelo. Seguía apartándose de mí.

—Yo no soy una persona más a la que tienes que cuidar. Tienes que dejar de hacer eso.

—No sé cómo —admitió.

—Lo sé. —Crucé los brazos—. Pero vas a tener que averiguar cómo hacerlo. Tengo que poder confiar en ti. Tengo que saber que, aunque no estemos de acuerdo, estamos haciendo esto juntos.

—Lo estamos haciendo juntos.

—No, no es verdad. Tú estás tratando de tomar decisiones por mí, igual que Saint. —Las palabras lo molestaron—. Cuando hice ese trato con Holland, lo hice por mi cuenta. Tú no tenías que haber sido parte de esto nunca.

—Fable, te quiero —murmuró, los ojos aún clavados en mis pies—. No quiero hacer nada de esto sin ti.

La ira que había sentido desapareció de un plumazo, sustituida de repente por tristeza. West estaba haciendo lo único que sabía hacer.

—¿Puedes mirarme? —Por fin levantó la vista—. ¿Le hubieses hecho daño a ese niño? ¿De verdad?

Se mordió el carrillo por dentro.

—No creo.

Era una respuesta sincera, pero no me gustó.

—Dijimos que no íbamos a hacer esto según las reglas. ¿Lo recuerdas?

—Lo recuerdo.

—No eres Saint. Yo tampoco lo soy. —Sus ojos recorrieron mi cuerpo otra vez. Su rostro se crispó—. ¿Qué pasa?

Soltó un suspiro frustrado.

—Esto. —Hizo un gesto por el aire entre nosotros, luego en dirección al vestido—. Todo esto.

Bajé la vista hacia mi falda. Procuré no reírme mientras ladeaba la cabeza y entornaba los ojos en ademán divertido.

—¿Intentas decirme que no te gusta mi vestido?

Pero él no iba a picar el anzuelo.

—No me gusta —dijo en tono neutro.

—¿Por qué no?

Se pasó una mano por el pelo y lo sujetó lejos de su cara mientras escudriñaba la seda rutilante. Su mirada era fría.

—No pareces tú. No hueles a ti.

No pude evitar sonreír, aunque noté que lo irritaba. Pero es que me encantaba el aspecto que tenía ahí de pie, descalzo al lado de la ventana con media camisa fuera del pantalón. Era el lado de West del que solo captaba atisbos efímeros.

Di un paso hacia él y dejé que las faldas arrastraran por el suelo detrás de mí.

—Me alegraré mucho si no vuelvo a verte con una de esas estúpidas cosas nunca más —dijo, y por fin sonrió.

—Muy bien. —Levanté las manos y desabroché los botones uno a uno, hasta que estuvo lo bastante suelto como para resbalar de mis hombros. West contempló cómo caía al suelo en un charco de verdor. La combinación era casi tan absurda como el vestido, atada con minúsculos lacitos de satén a ambos lados de mis caderas—. ¿Mejor?

—Mejor —afirmó.

Por un momento, fue como si no estuviésemos en Sagsay Holm. Como si jamás hubiésemos venido al mar Sin Nombre ni hubiéramos conocido a Holland. Pero su sonrisa se diluyó otra vez, como si estuviese pensando lo mismo que yo.

Me pregunté si estaba deseando haber tomado una decisión diferente aquella noche en las islas barrera. Yo lo había liberado de Saint, pero lo había arrastrado al mar Sin Nombre y lo había puesto a merced de Holland. Casi había perdido el *Marigold*, y veía muy bien el efecto que todo eso tenía sobre él, el hecho de no tener ningún control sobre lo que iba a pasar.

Las sombras perfilaron sus mejillas y, por un instante, pareció un espíritu. Apreté los dientes al tiempo que una piedra se instalaba en mi estómago. Por debajo de la ira, el miedo empezaba a alzar la cabeza. Estaba asustada de que este fuese quien era West. De que hubiese firmado el contrato porque quería ser esa persona en la que lo había convertido Saint.

Podía querer a este West. El del pasado oscuro. Pero no podía atarme a él si iba a volver a las andadas.

—Necesito preguntarte algo.

Cruzó los brazos delante del ancho pecho, como si se preparara para algo horrible.

—Vale.

—¿Por qué firmaste el contrato? De verdad. —No tenía muy claro cómo preguntarlo.

—Porque tenía miedo —contestó al instante.

—¿De qué?

—¿De verdad quieres saberlo?

—Sí.

Parpadeó, en silencio, y me encontré temerosa de lo que podría decir.

—Tengo miedo de que vayas a querer lo que ella puede ofrecerte. Lo que yo jamás podré darte. —La vulnerabilidad que destelló en sus ojos me hizo tragar saliva otra vez—. No quiero que trabajes para Holland porque me da miedo que no vuelvas a los Estrechos. Que no vuelvas a mí.

La emoción se enroscó espesa en mi garganta.

—No quiero lo que tiene Holland. Te quiero a *ti* —dije, con voz temblorosa—. Ella jamás podrá darme lo que me das *tú*. —Se sonrojó. Le había costado un esfuerzo tremendo ser tan sincero—. Yo tampoco quiero que trabajes para Holland —reconocí—. No quiero que seas esa persona nunca más.

—No tendré que serlo si lo de mañana sale como tenemos planeado.

—Aunque no vaya como está planeado, no quiero que trabajes para ella. —Di un paso hacia él.

—Ya he firmado el contrato, Fable.

—No me importa. Prométemelo. Aunque signifique dejar el *Marigold*. Aunque tengamos que empezar de cero.

El músculo de su mandíbula se apretó cuando me miró a los ojos.

—Muy bien.

—Júralo —insistí.

—Lo juro.

Solté un suspiro de alivio y la tensión que tenía enroscada a mi alrededor por fin se aflojó. West, sin embargo, parecía hundido en la miseria. Se frotó la cara con ambas manos y movió los pies, ansioso.

Sabía lo que significaba su actitud. Era la sensación de estar atrapado. De no tener ninguna salida. Lo sabía porque yo me sentía igual.

—Mi padre dijo que el peor error que había cometido jamás fue dejar que Isolde pusiera un pie en su barco —murmuré. West levantó la vista entonces, como si supiera lo que estaba a punto de decir—. Creo que quizás odiaba quererla —susurré.

La habitación se quedó en silencio, los sonidos del mar y del pueblo desaparecieron.

—¿Me estás preguntando si siento lo mismo?

Asentí, aunque me arrepentí al instante.

Daba la impresión de que me estaba evaluando. Como si tratara de decidir si me iba a contestar. Si podía confiarme sus pensamientos.

—A veces —admitió. Pero no vino seguido del terror que había estado segura que vendría a continuación, porque West no apartó la mirada de mí al hablar—. Pero esto no empezó esa noche en Jeval, cuando me pediste que te llevara a Ceros. Empezó mucho antes de eso. Para mí.

Se me anegaron los ojos de lágrimas mientras lo miraba.

—Pero ¿y si...?

—Fable. —Cruzó la distancia que nos separaba y levantó las manos hacia mi cara, enterró las yemas de sus dedos en mi pelo. La sensación despertó el calor en mi piel. Sorbí por la nariz, encantada de que por fin me tocara. Su boca rondaba a apenas un par de centímetros de la mía—. La respuesta a esa pregunta siempre va a ser la misma. No importa lo que pase. —Apretó las manos a mi alrededor—. Tú y yo.

Las palabras sonaron a juramento. Pero una especie de aflicción afloró en mi pecho cuando las dijo, como un hechizo que infundía carne a los huesos.

—¿Cuánto tiempo puedes vivir así? —pregunté, la voz más ronca, mientras esperaba que su boca tocara la mía.

Entreabrió los labios y el beso fue profundo, succionó todo el aire de la habitación, y las palabras sonaron rotas en su garganta:

—Para siempre.

Mis dedos se enroscaron en su camisa cuando tiré de él hacia mí y, en un instante, el espacio que parecía infinito entre nosotros hacía unos minutos había desaparecido. Se esfumó en el momento en que su piel tocó la mía. Él también lo sintió. Lo noté en la forma en que su beso se volvió hambriento. La forma en que sus dedos tiraban de los lazos de mi combinación hasta que se deslizó por mis caderas.

Sonreí contra su boca. Mis pies desnudos pisaron sobre el montón de seda del suelo mientras íbamos hacia la cama. Me tumbé sobre la colcha y tiré de él para poder fundirme en su calor. Enrosqué las piernas alrededor de sus caderas mientras tiraba de su camisa. Encontré su piel con las yemas de mis dedos y soltó una bocanada de aire temblorosa mientras apoyaba todo su peso sobre mí.

Los labios de West bajaron por mi cuello hasta que el calor de su boca se apretó contra el hueco suave de debajo de mi clavícula, luego se deslizó hasta mi pecho. Un sonido lastimero trepó por mi garganta mientras arqueaba la espalda para intentar acercarme más a él. Cuando se dio cuenta de lo que quería, sus manos recorrieron mis muslos hasta poder agarrarme de las caderas y me encajó contra él con un gemido gutural.

Como una ráfaga de viento sobre el agua, todo desapareció. Holland, Saint, la reunión del Consejo de Comercio, la gema medianoche, los Roth. Podía ser nuestra última noche en el *Marigold*, nuestra última noche con esta tripulación, pero pasara lo que pasase al día siguiente, navegaríamos hacia ello juntos.

Tú y yo.

Y por primera vez, le creí.

TREINTA Y OCHO

LA CAMPANA DEL PUERTO RESONÓ COMO UN HERALDO EN el silencio de Sagsay Holm mientras estaba delante de la ventana, contemplando la neblina que se extendía por los muelles.

West remetió los mechones más rebeldes de su pelo detrás de su oreja. Estaba concentrado en los botones de su chaqueta, pero yo estaba pensando en el aspecto que había tenido a la luz de las velas la noche anterior. Luz cálida sobre piel color bronce. Todavía podía sentirlo sobre mí, y el recuerdo hizo que me sonrojara. Pero West no parecía avergonzado. Si acaso, parecía más asentado. Más sereno.

Aspiré una bocanada de aire larga y lenta, en un intento de calmar mis nervios. Como si pudiese leerme los pensamientos, West me dio un beso en la sien.

—¿Estás lista?

Asentí, luego recogí el vestido de donde lo había dejado caer en el suelo la noche anterior. Estaba lista. West me había prometido que aunque los Roth nos traicionaran, no cumpliría el contrato con Holland. Aunque eso significase dejar atrás el *Marigold* y pasar el resto de nuestras vidas en los campos de centeno o buceando en Jeval.

En verdad, ya no me importaba. Había encontrado una familia en West y había aprendido lo suficiente de todo lo que había sucedido para saber que daría cualquier cosa en el mundo por ella.

Willa, Paj, Auster, Hamish y Koy esperaban en cubierta. Todos ellos se enderezaron cuando salimos de la pasarela lateral. Tru estaba a proa, entretenido en lanzar una moneda al aire y atraparla después.

Fui hasta la barandilla de estribor y tiré el vestido por la borda. Cayó por el aire y la seda verde ondeó antes de aterrizar en el agua azul pizarra.

West tenía razón. Holland no entendía los Estrechos. Creía que la riqueza y el poder podían comprarle una vía de entrada a Ceros, pero nos subestimaba. Había una sangre vital que conectaba a la gente que nacía en esas orillas. Los que navegaban sus aguas. A la gente de los Estrechos no se la podía comprar.

Más que eso, Holland me había subestimado *a mí.*

Observé cómo se hundía el vestido y desaparecía bajo la espuma blanca.

No importaba cuánto intentara vestirme Holland, yo no era mi madre.

—¿Estáis seguros de que no queréis que vayamos? —preguntó Paj, claramente incómodo con la idea de que West y yo acudiéramos a la reunión del Consejo de Comercio solos.

—No os quiero a ninguno cerca de Holland —contestó West—. Pase lo que pase, estad preparados para zarpar al anochecer. Y dejad marchar al chico. —Hizo un gesto con la cabeza en dirección a Tru.

Miré a Koy y luego a los otros.

—Aunque tengáis que marcharos sin nosotros, llevadlo a casa.

Hamish asintió, pero la aprensión de Willa era palpable en su rostro mientras nos miraba a uno y otro. West le dedicó una mirada tranquilizadora, pero no pareció ayudar demasiado. Willa trepó al mástil sin decir una palabra.

—Estará bien —dijo Auster—. Os veremos en unas horas.

West bajó por la escala primero y yo fui tras él. Me giré hacia el *Marigold* una última vez mientras echábamos a andar para salir del puerto. Fue mi propia manera de despedirme.

El Distrito del Consejo se encontraba al pie de la misma colina sobre la que se alzaba Wolfe y Engel, asentado entre arcadas de bronce adornadas con elaborados motivos florales que contenían los sellos de los cinco gremios: comerciantes de gemas y aguardiente, fabricantes de velas, herreros y constructores de barcos. La gente más poderosa en el agua y en tierra.

El muelle estaba construido con gruesas vigas de caoba aceitadas, talladas con los mismos sellos que marcaban los arcos. West se mantuvo pegado a mí cuando me adentré en la multitud de elegantes vestidos, elaborados rizos y trajes a medida que se dirigían hacia el distrito. Pude distinguir a los mercaderes y comerciantes de los Estrechos con facilidad: su ropa y su pelo azotado por el mar destacaban entre los demás colores limpios y vistosos. Todos se dirigían hacia las enormes puertas abiertas delante de nosotros.

Holland estaba esperando a la entrada, las manos enguantadas remetidas en su estola de piel. Cuando nos vio, frunció el ceño.

Miró mi ropa con amargura a medida que nos acercamos.

—¿Qué crees que estás haciendo?

—Nadie iba a creer que era una dragadora, mucho menos una comerciante, con ese ridículo disfraz —musité—. Si quieres utilizarme para embaucar al Consejo de Comercio de los Estrechos, no puedo parecer una Sangre Salada.

Me lanzó una mirada desdeñosa. Sabía que tenía razón, aunque no le gustaba.

—Haré que ese barco acabe en el fondo del mar antes de que llegue la noche si cualquiera de los dos os entrometéis en lo que estoy haciendo aquí. —Ni un indicio de ira centelleó en sus ojos plateados—. ¿Lo entendéis?

—Lo entiendo —respondí.

—Vaya, ya era hora. —Una voz suave habló detrás de mí y me giré para ver a Henrik Roth mirándome desde lo alto. Llevaba una pajarita color ciruela atada alrededor del cuello, la cara recién afeitada.

Intenté descifrar su expresión, desesperada por que no estuviese a punto de arruinarlo todo.

—¿*Qué* estás haciendo tú aquí? —gruñó Holland.

Henrik enganchó los pulgares en los tirantes debajo de su chaqueta.

—Pensé que podía venir a ver el espectáculo. —Había algo inquietante en su sonrisa. Como si en cualquier momento, sus labios fuesen a retraerse para mostrar unos colmillos—. No puedo entrar sin un anillo de comerciante o una licencia de comercio —prosiguió—. Así que pensé que podías franquearme la entrada como invitado tuyo.

Pude ver a Holland sopesar sus opciones. Podía negarse y arriesgarse a montar una escena, una que podría revelar su conexión con Henrik, o podía aceptar y arriesgarse a que lo mismo ocurriera en el interior. De cualquiera de las dos maneras, tenía mucho que perder.

Dio un paso hacia él.

—Intenta hacer algo y no saldrás del muelle con vida.

—Por mí perfecto.

Henrik sonrió y Holland soltó un suspiro de exasperación antes de conducirnos hacia el umbral del edificio.

—Vienen conmigo —dijo tan tranquila mientras el hombre de la puerta estudiaba su anillo de comerciante.

Respondió con un asentimiento y miró a Henrik con cara de pocos amigos. Lo había reconocido, y no sería el único en hacerlo.

En el interior, decenas de faroles de cristal colgaban de las vigas y llenaban el techo de lo que parecían filas de soles dorados. Más de un par de ojos se levantó para aterrizar sobre mí y sobre West mientras seguíamos los pasos de Holland. Más de un susurro rompió el silencio.

Holland zigzagueó entre los elegantes trajes y vestidos hasta que el espacio se abría a un rectángulo vallado donde dos largas mesas vacías se miraban la una a la otra, cada una provista de cinco sillas. La multitud rodeaba la zona, cada centímetro del edificio atestado de gente. Se me cerró la garganta cuando me di cuenta de qué era lo que miraban.

Las teteras y tazas de Ezra estaban dispuestas delante de cada silla.

Eran exactamente como las había concebido Holland, sus formas asombrosas y su grandiosidad inconcebible. Las facetas de cada gema centelleaban de tal manera que atraían todas las miradas de la habitación.

Varias hileras escalonadas de sillas, marcadas con los emblemas de los gremios y las insignias de los comerciantes, estaban dispuestas en torno a la plataforma. Holland encontró su silla en la fila más próxima a las mesas.

Escudriñé las otras sillas en busca del emblema de Saint: una vela triangular envuelta en una inmensa ola. No obstante, cuando por fin encontré su asiento, estaba vacío. Detrás de él, el emblema de Zola marcaba otra silla.

Levanté la vista hacia West, que miraba hacia el mismo sitio.

—¿Lo ves? —pregunté en voz baja.

West miró a nuestro alrededor, por encima de las cabezas que pululaban por toda la sala.

—No.

Toqué el dorso de la mano de West antes de apartarme de él. Subí las escaleras que llevaban hacia Holland y ocupé mi sitio a su lado sin dejar de mirarlo todo. Henrik estaba a un lado de la plataforma, pegado a West, una expresión de puro divertimento en la cara. Ezra no había dicho que Henrik fuese a estar aquí y, si había tramado para traicionar tanto a Holland como a Saint, estábamos a punto de averiguarlo.

Una mujer pasó por nuestro lado con una bandeja de copas de cava. Holland tomó dos, pero me entregó una a mí.

El golpe de un martillo al estrellarse sobre la mesa me hizo dar un respingo. La multitud se calló al instante y se apelotonó aún más cuando las puertas del balcón se abrieron de par en par.

Una única fila de hombres y mujeres entró por ellas y bajó las escaleras hacia la plataforma y sus asientos. Sus chaquetas y vestidos recién fabricados estaban ribeteados de hilo de oro y terciopelo, sus manos cubiertas de anillos enjoyados. El Consejo de Comercio de los Estrechos. Incluso con sus mejores galas, se notaba su lado rudo. Ocuparon sus puestos en la mesa del fondo, seguidos del consejo que representaba al mar Sin Nombre, cuya opulencia era aún más grandiosa.

Cuando estuvieron todos en sus sitios, tomaron asiento al unísono. El roce de las patas de las sillas resonó en el silencio.

Una vez más, miré hacia el asiento de Saint. Seguía vacío.

La mujer que representaba al Gremio de Herreros de los Estrechos se inclinó hacia el maestro del Gremio de Constructores de Barcos para susurrarle algo mientras dos hombres con guantes blancos llenaban sus elaboradas tazas de té delante de ellos. Daba la impresión de que las teteras flotaran sobre la mesa, y noté que a Holland le gustaba la admiración que provocaban. Ese había sido su objetivo.

Hizo girar el cava en su copa mientras contemplaba a ambos consejos estudiar las piezas. Una sonrisa satisfecha trepó por un lado de su cara. Era su manera de engatusarlos para su propuesta.

El martillo golpeó de nuevo cuando el maestro del Gremio del Aguardiente del mar Sin Nombre se levantó. Quitó un polvo inexistente de su chaqueta con la mano antes de volverse hacia el gentío.

—En nombre de los Estrechos y del mar Sin Nombre, me gustaría daros a todos la bienvenida a la reunión bienal del Consejo de Comercio.

Las puertas del edificio se cerraron, bloqueando la luz del sol. La sala se sumió en un silencio aún más pesado y me empezaron a sudar las palmas de las manos. Rebusqué entre los rostros de los presentes a mi padre, mis ojos atentos a ese abrigo azul brillante que llevaba siempre.

A mi lado, Holland estaba relajada, dispuesta a esperar con paciencia su momento.

—Empezaremos por escuchar peticiones de nuevos negocios —anunció la voz grave del maestro del gremio. Todos los ojos se deslizaron hacia los asientos de los comerciantes.

Holland se tomó su tiempo para ponerse en pie. Miró por toda la sala a su alrededor. Estaba disfrutando de aquello.

—Estimados consejeros, me gustaría presentar hoy una petición oficial para obtener una licencia con la que expandir mi ruta comercial de Bastian a Ceros.

El silencio resonó a nuestro alrededor, la atención de ambos consejos fija en mi abuela.

Fue la maestra del Gremio de las Gemas de los Estrechos la primera en hablar. Se puso de pie con la taza en la mano.

—Esta es la cuarta vez en ocho años que has solicitado una licencia, y la respuesta ha sido siempre la misma.

La maestra del Gremio de las Gemas del mar Sin Nombre fue la siguiente en levantarse.

—El éxito comercial del negocio de Holland ha beneficiado tanto al mar Sin Nombre como a los Estrechos. La mayoría de las gemas que se venden en vuestras aguas provienen de sus tripulaciones de dragadores. Nosotros apoyamos su petición, como hemos hecho en el pasado.

Como sospechaba, el capitán del puerto no era el único al que Holland tenía en el bolsillo.

—Es imperativo que los comerciantes de los Estrechos puedan seguir explotando sus rutas comerciales —respondió la maestra del Gremio de las Gemas de los Estrechos.

—Que lo hagan —repuso Holland.

—Todos sabemos que si tus barcos empiezan a navegar por los Estrechos, todo comercio con sede en Ceros se arruinará.

La maestra del Gremio de las Gemas del mar Sin Nombre levantó la barbilla.

—¿Qué comercio? Corre el rumor de que la mitad de la flota de Zola ha ardido a causa de una nimia rivalidad entre comerciantes y a él no se lo ha visto en semanas. Y Saint ni siquiera se ha molestado en ocupar su asiento en la reunión de hoy.

Se me aceleró el pulso al mirar la silla vacía otra vez. ¿Dónde estaba?

Una sensación enfermiza se enroscó entonces en la boca de mi estómago, mis pensamientos deshilachados empezaron a cobrar forma. Si Saint no estaba aquí, solo podía significar dos cosas: o bien no había llegado a la reunión porque Holland se había asegurado de ello, o... tragué saliva.

¿Y si nunca había pensado venir? ¿Y si esta era solo otra de sus retorcidas artimañas? Una que miraba por sí mismo. Una que dejaba que yo enfureciera a Holland para que su furia no lo encontrara *a él*. Tal vez hubiese hecho su propio trato con ella. De hecho, podía incluso estar de vuelta ya en los Estrechos.

Me mordí el labio y traté de respirar a través del dolor que afloró en mi pecho. Menudo *bastardo*.

—Tengo una proposición que creo que satisfará a ambos consejos —continuó Holland.

Ambas maestras de los Gremios de las Gemas se sentaron y todo el mundo se giró hacia mi abuela, los oídos aguzados.

Me hizo un gesto con el dedo para que me levantara. Lo hice y el peso de cientos de ojos cayó sobre mí.

Mi mente corría a toda velocidad. Miré las teteras en las mesas delante de nosotros. Si Saint no estaba aquí, solo había una manera de derribar a Holland, pero si hacía lo que había que hacer, yo no sería la única que pagaría el precio con Holland. West también lo pagaría.

Lo encontré entre la multitud. Estaba en un rincón del fondo, los ojos clavados en mí. La postura de sus hombros era rígida mientras hacía el más leve gesto negativo con la cabeza a modo de respuesta.

No lo hagas, Fable.

—Me gustaría proponer a mi nieta para dirigir mi negocio en Ceros —anunció Holland con voz melosa.

Recibió silencio a cambio.

—Nació en un barco mercante en los Estrechos, donde ha vivido toda su vida. Es dragadora, comerciante y una zahorí de gemas.

Parpadeé. Un silencio inquieto se extendió por la enorme sala. Procuré no moverme. Holland no apartó los ojos de los consejeros delante de nosotros, donde más de un maestro del Consejo de Comercio de los Estrechos susurraba con su vecino.

—Navegará bajo mi emblema con una flota de seis barcos e instalará su sede en Ceros bajo la autoridad del Consejo de Comercio de los Estrechos y su Gremio de las Gemas —prosiguió Holland—. Nuestro negocio se limitará única y exclusivamente a las gemas.

Sin embargo, todos los presentes en la sala tenían que saber lo que significaba eso en realidad. *Empezaría* con gemas. A medida que sus arcas se expandieran, también lo harían las mercancías con las que comerciaría. Los comerciantes más pequeños se hundirían y ella estaría ahí para recoger sus restos. En muy poco tiempo, sería la propietaria de los Estrechos.

—¿Votamos? —El maestro del Gremio del Aguardiente del mar Sin Nombre se levantó, al tiempo que metía las manos en sus bolsillos ribeteados de dorado.

Los maestros asintieron uno por uno, vacilantes, y yo cerré los puños dentro de los bolsillos de mi chaqueta, el corazón como un martillo en mi pecho. Holland iba a ganar. Se lo iba a llevar todo.

Di un paso al frente antes de poder cambiar de opinión. Se me heló la piel, pero justo cuando mis labios se abrían, la puerta del fondo del edificio se abrió de golpe e inundó la sala de brillante luz solar. Parpadeé a toda velocidad para que mis ojos se adaptaran cuanto antes. Vi una silueta recortada que se movía entre la gente.

—Mis disculpas. —La voz profunda de mi padre resonó por toda la sala. Dejé escapar una respiración dolorosa, luego tragué saliva—. Llego tarde.

El Consejo de Comercio del mar Sin Nombre miró a Saint con suspicacia mientras se abría paso hasta la plataforma entre las mesas.

No me miró, sino que fue directo hacia su silla y levantó su abrigo detrás de él antes de sentarse.

—Bueno, ¿qué me he perdido?

TREINTA Y NUEVE

Nadie parecía más sorprendido o indignado que Holland. Estaba tallada en hielo a mi lado.

—Íbamos a votar la proposición de Holland para abrir su ruta a Ceros —contestó la maestra del Gremio de las Gemas de los Estrechos. Parecía casi aliviada de verlo.

—Ah. —Saint sacó la pipa de su bolsillo y frotó la suave cazoleta con el pulgar, como si se estuviese planteando encenderla—. Me temo que eso no va a suceder.

—¿Perdona? —La superficie de la impecable calma de Holland se resquebrajó de pronto.

Saint se inclinó hacia delante para mirarla a los ojos por delante de la hilera de sillas.

—No vas a tener ese anillo de comerciante en tu dedo durante demasiado tiempo más, así que sería una pena malgastar pergamino en una licencia comercial.

Holland se giró para mirarlo de frente y clavó en Saint unos ojos furibundos.

—Tienes que estar de…

—Me gustaría presentar una acusación formal. —Saint volvió a levantarse. Agarró la solapa de su chaqueta con una mano.

Un manchurrón de un rojo intenso subía desde el cuello de su camisa hasta su barbilla. Sangre. Parecía como si hubiese tratado de limpiarla. Y no vi ninguna herida, lo cual significaba que no era suya.

—Contra Holland y su negocio de gemas con licencia.

—¿Y cuáles son los cargos? —chilló la maestra del Gremio de las Gemas del mar Sin Nombre.

—Manufacturar gemas falsas y comerciar con ellas —respondió Saint.

Una exclamación colectiva succionó el aire de la sala, y la maestra en cuestión se levantó de un salto.

—Señor, espero que entiendas la gravedad de esta acusación.

—La entiendo —afirmó Saint con una formalidad fingida—. Holland ha estado colando de manera sistemática gemas falsas en sus envíos a los Estrechos, y me gustaría solicitar que le revocaran su anillo de comerciante, así como su licencia para comerciar en el mar Sin Nombre.

Holland temblaba a mi lado, tan furiosa que tuvo que agarrarse a la barandilla delante de ella para evitar caer.

—¡Esto es ridículo! ¡Esa acusación es falsa!

—Supongo que tienes pruebas —insinuó el hombre del final de la mesa, mientras miraba a Saint con recelo.

Esto no solo era malo para el comercio. Era malo para el mar Sin Nombre.

—Ya las tenéis. —Hizo un gesto perezoso con una mano en dirección a las mesas—. Sostenéis entre las manos las mismas gemas falsas que ha estado colando en los Estrechos.

El hombre dejó su taza, que chocó con brusquedad contra el platillo. Parecía como si acabase de morderlo.

—No hablas en serio.

—Estás loco. ¡No hay una sola gema falsa en esas piezas! —gritó Holland, los ojos desquiciados. Se tambaleó hacia delante y tuvo que agarrarse de uno de los reposabrazos de su silla—. ¡Comprobadlas vosotros mismos!

La maestra del Gremio de las Gemas del mar Sin Nombre vertió el té de su taza al suelo, se acercó a la vela más próxima y la sujetó ante la llama.

La inspeccionó con sumo cuidado, girándola de modo que la luz se moviera por dentro de las piedras.

—Que alguien me traiga una lámpara para examinar gemas. ¡Ahora!

—Mientras esperamos… —Saint se sentó en la esquina de la mesa, una pierna colgando en el aire—. Tengo otra acusación que hacer.

—Otra —rabió Holland.

Saint asintió, luego sacó un pergamino de su chaqueta.

—Hace seis días, el *Luna*, buque insignia del negocio de Zola con sede en Ceros, tocó puerto en Bastian. No se lo ha visto desde entonces. Tampoco a su timonel. —Holland se quedó muy quieta—. A la noche siguiente, fue asesinado en la gala de la Casa Azimuth.

Si quedaba una sola chispa de calor en la sala, desapareció de un plumazo.

—La última vez que lo comprobé, la conspiración para asesinar a un colega comerciante era una ofensa que requiere la revocación de una licencia de comercio.

Eso era lo que estaba haciendo. Tomar todas las precauciones posibles. Solo por si acaso los Roth no habían cumplido con su parte del trato y habían puesto gemas verdaderas en los juegos de té. Pero Saint estaba corriendo un riesgo inmenso al hacer una acusación de ese tipo. No había un solo comerciante en la sala que no pudiese acusarlo a él del mismo delito.

Me quedé petrificada y mis ojos buscaron a West entre la multitud. Eso no era verdad. Porque Saint nunca hacía su propio trabajo sucio. Él nunca estaba presente cuando ocurría.

Por eso había tenido a West.

—Me gustaría presentar la declaración jurada del piloto de Zola, que fue testigo en persona de la muerte de su timonel en la gala.

Una cabeza de pálido pelo rubio apareció entre la muchedumbre y Clove subió a la plataforma. Me quedé boquiabierta. Iban a acabar con Holland por la misma trama que ellos mismos habían orquestado.

—¿Entonces? —espetó la maestra del Gremio de las Gemas del mar Sin Nombre.

—Es verdad —respondió Clove—. Lo vi con mis propios ojos. Holland ordenó el asesinato de Zola en su estudio. Después despiezó y hundió el *Luna* en la bahía de Bastian.

—¡Miente! —chilló Holland, aterrada ahora. Bajó las escaleras despacio hasta la plataforma, la falda sujeta y arrugada en sus manos—. Han urdido todo esto juntos. Los dos. —Su voz se desintegró.

—No. —La palabra cayó de mis labios de manera pesada, como con eco. Había hablado sin planearlo siquiera. Estaba embriagada por el espectáculo. Por la pura genialidad del diseño de todo ello—. No mienten. Yo también estaba ahí. —Holland se giró hacia mí, sus ojos muy abiertos y huecos—. Es verdad —confirmé.

Estalló un coro de gritos justo cuando un hombre apareció resollando en la puerta abierta del edificio, una lámpara de gemas aferrada entre sus grandes manos. Fue con paso renqueante hasta la plataforma y la dejó sobre la mesa.

La maestra del Gremio de las Gemas de los Estrechos agarró la taza y la estrelló contra la mesa. Hice una mueca cuando la golpeó otra vez para soltar una de las piedras preciosas. El hombre encendió la mecha de la lámpara y la maestra del gremio se quitó la chaqueta. Dejó la gema en el cristal. Todo el mundo la observaba en completo silencio.

La gema arañó contra el cristal cuando le dio la vuelta. Su mandíbula ya tensa de por sí se apretó aún más.

—Es cierto —confirmó—. Son falsas.

Un rugido de protestas estalló entre el gentío y lo envolvió todo en la sala.

—¡Eso es imposible! —exclamó Holland frenética—. ¡El artesano! Él debió...

—Se fabricaron en tu taller, ¿no es así? —Saint arqueó una ceja en su dirección.

Holland no tenía salida ya. Si decía la verdad acerca de su origen, perdería su anillo por haber encargado trabajo a un comerciante sin licencia. Estaba atrapada.

En ese momento, todos los miembros de los consejos se pusieron en pie. Sus voces se unieron al caos mientras se gritaban los unos a los otros de un lado al otro de la plataforma. Era una caída que afectaría a todo el mar Sin Nombre.

Holland se sentó despacio sobre las escaleras de la plataforma, hundida. Sus manos temblaban en su regazo mientras la maestra del Gremio de las Gemas caminaba hacia ella.

—Tu anillo ha sido revocado. Y si al atardecer no hemos encontrado a Zola, tu licencia también lo será.

Holland cerró los dedos en torno al anillo y se lo quitó despacio, antes de dejarlo caer en la mano de la mujer.

—No lo entendéis. Ellos... *ellos* han hecho esto.

La maestra la ignoró, al tiempo que hacía una señal hacia los dos hombres que esperaban detrás de ella. Dieron un paso al frente y esperaron. Holland se puso en pie de nuevo y se abrió paso entre ellos para dirigirse hacia las puertas.

El martillo golpeó la mesa de nuevo pidiendo silencio y un aturullado maestro del Gremio del Aguardiente se retorció nervioso las manos.

—Me temo que tendremos que reunirnos de nuevo...

—Todavía no —lo interrumpió Saint, aún de pie en medio de la plataforma—. Todavía tengo un negocio que proponer.

El hombre lo miró estupefacto.

—¿Un negocio nuevo? ¿Ahora?

—Eso es. —Sacó otro pergamino de su chaqueta—. Me gustaría presentar una solicitud de licencia para comerciar en el puerto de Bastian —bramó su voz—. En nombre de mi hija y su barco, el *Marigold*.

Se me cortó la respiración. Hasta la última gota de sangre se paralizó en mis venas.

Mi hija.

Jamás en mi vida le había oído decir esa palabra.

Saint se volvió hacia mí y nuestros ojos conectaron. Y todos los rostros de la sala desaparecieron de golpe. Solo quedó él. Y yo. Y la tormenta de todo lo que estaba pasando entre nosotros.

Tal vez, pensé, estaba pagando lo que debía. Tal vez se había ablandado incluso, después de lo que había hecho por él. Tal vez se estaba asegurando de que no quedaba ninguna deuda que pudiera echarle en cara.

Pero eso era la licencia. No las palabras. Esa no era la razón de que me hubiese llamado su hija.

Respiré hondo a través del dolor en mi garganta. Fui incapaz de reprimir las lágrimas. Rodaron por mis mejillas en silencio mientras lo miraba. Y sus ojos centellearon como la chispa que saltaba al golpear el pedernal. Fuertes y serenos y orgullosos.

Estaba entregando el más afilado de los cuchillos a quienquiera que pudiese querer utilizarlo contra él. Pero más que eso, me estaba reclamando.

—Concedida. —La voz me sacó del trance y me trajo de vuelta a la sala. Donde todos los ojos nos miraban a nosotros.

Timonel. Dragadora. Comerciante. Huérfana. Padre.

Hija.

CUARENTA

El mar parecía diferente esa mañana.

Estaba al final de la calle, contemplando el puerto de Sagsay Holm. Todavía no había amanecido, pero ya alcanzaba a ver la danza del azul entre las olas.

El *Dragón Marino* no estaba en el muelle. Un hombre en un cabestrillo colgaba del costado de otro barco, afanado en rascar el emblema de Holland de su casco. A medida que la noticia llegara a los otros puertos del mar Sin Nombre, el emblema iría desapareciendo. Como si todos esos años y gemas y barcos no hubiesen existido jamás. Pero quedaría un vacío inmenso cuando Holland desapareciera. Uno que tendría unas consecuencias de un alcance inimaginable.

La silueta de un abrigo largo apareció sobre los adoquines al lado de mi sombra. Observé cómo se movía al viento durante un momento antes de girarme hacia él.

Saint estaba recién afeitado, sus ojos azules brillantes por encima de sus altos pómulos.

—¿Té?

—Claro —acepté, con una sonrisa.

Caminamos hombro con hombro por el centro de la calle; nuestras botas repiqueteaban sobre los adoquines a un ritmo sincronizado. Nunca había caminado con él de ese modo.

Nunca había estado a su lado o hablado con él en ningún sitio que no fuese el *Lark* o su cuartel general. La gente nos observaba al pasar, y me pregunté si podían verlo a él en mí o a mí en él. Si había algún eco visible entre nosotros que le dijese a la gente quiénes éramos. Era una sensación extraña. Una sensación agradable.

Por primera vez en mi vida, no me escondía. Y él tampoco.

Se detuvo debajo del cartel oscilante de una taberna y abrió la puerta. Entramos los dos juntos.

El tabernero se levantó de la banqueta en la que estaba anotando cosas en sus libros de contabilidad y apretó las cintas de su delantal.

—Buenos días.

—Buenos días —contestó Saint, al tiempo que se instalaba en una mesa pequeña delante de la ventana más grande. Daba a la calle, justo como a él le gustaba—. Té, por favor.

Tomé asiento a su lado, solté los botones de mi chaqueta y apoyé los codos en la mesa. Saint no dijo nada. Se limitó a mirar por la ventana con los ojos guiñados mientras la luz dorada se intensificaba al otro lado del cristal. Por primera vez, mi padre no se mostraba como el incómodo nudo de tensión que había sido siempre.

Cuando el camarero nos dejó un plato con tostadas, Saint tomó un cuchillo y untó una de mantequilla con cuidado.

Era un silencio cómodo. Relajado. Todas las preguntas que había querido hacerle en mi vida daban vueltas por mi cabeza, tan deprisa que apenas podía desentrañarlas unas de otras. Pero nunca encontraron el camino hasta mi lengua. De repente, me daba la sensación de que no necesitaba preguntarlas. De repente, nada de aquello importaba.

Una tetera de porcelana azul aterrizó entre nosotros y el camarero depositó también dos platillos y dos tazas, con cuidado de colocarlos de tal modo que quedaran alineados a la perfección. Cuando estuvo satisfecho, nos dejó con un asentimiento diligente.

Tomé la tetera y serví primero la taza de Saint. El vapor del té negro subió en espiral delante de él. Así era como más familiar me resultaba, medio oculto detrás de algún tipo de velo. Nunca del todo a la vista.

—Ayer tenía miedo de que no aparecieras. —Deslicé el platillo hacia él.

Saint agarró la cuchara de al lado del plato y removió su té despacio.

—¿De verdad creías que no lo haría?

—No —respondí, cuando fui consciente de ello.

Una parte de mí había sabido que iría. Y no estaba segura de por qué, puesto que no tenía ninguna razón para confiar en él.

En toda mi vida, Saint jamás me había dicho que me quería. Me había alimentado, me había vestido y me había dado un techo, pero había límites con respecto a cuánto de él me pertenecía. Aun así, incluso durante los años pasados en Jeval, había una especie de cordón que me ataba a mi padre. Que me hacía sentir como que era mío. Y eso era a lo que me había agarrado en esos minutos, los ojos fijos en las puertas que daban al muelle, a la espera de que él entrara por ellas.

—Me costó un poco conseguir los registros del capitán del puerto —me dijo a modo de explicación.

Recordé el manchurrón de sangre en su cuello.

—¿Cómo los conseguiste?

—¿De verdad quieres saberlo?

Me eché atrás en mi silla.

—En realidad, no.

Se quedó callado mientras bebía su té a sorbitos. La taza parecía minúscula en su mano, la pintura azul reflejaba la luz y centelleó por el borde. Metió la mano en el bolsillo, luego dejó un pergamino doblado en la mesa.

—Tu licencia.

La miré durante un momento, medio temerosa de tocarla. Como si pudiese desaparecer en cuanto leyera las palabras. Una vez más, las ganas de llorar se agarraron con fuerza a mi garganta.

—Aquella noche. —Su voz perforó el silencio, pero no levantó la vista hacia mí—. No estoy seguro de cómo la perdí. —Me enderecé y la taza tembló en mis manos. La dejé en el plato—. Un momento estaba ahí, y al siguiente... —Respiró hondo—. Una ráfaga violenta sacudió el barco e Isolde simplemente desapareció.

No se me pasó por alto que había dicho su nombre. No se me pasó por alto la manera en que sonó en su voz. Como una plegaria. Suturó mi corazón maltrecho, los puntos bien apretados.

—No te dejé en Jeval porque no te quiero.

—Saint. —Intenté detenerlo, pero él me ignoró.

—Te dejé ahí porque...

—No importa.

—Sí importa. —Entonces levantó la vista, el azul de sus ojos ribeteado de rojo—. Te dejé ahí porque jamás he querido a nada en toda mi vida como te quiero a ti. Ni a Isolde. Ni el negocio. Nada.

Las palabras abrasaban, llenaron la taberna y se envolvieron a mi alrededor tan fuerte que no podía ni respirar. Me aplastaron hasta que empecé a cobrar una forma irreconocible y extraña.

—Nunca planeé ser padre. No quería serlo. Pero la primera vez que te sujeté en mis manos, eras tan pequeña... Jamás había tenido tantísimo miedo en toda mi vida. Me da la sensación de que apenas he dormido desde la noche que naciste.

—Sequé una lágrima en mi barbilla—. ¿Entiendes lo que estoy diciendo?

Asentí, incapaz de hacer ni un ruido. Su mano se abrió en la mesa entre nosotros. La alargó hacia mí, pero no la tomé. En vez de eso, pasé los brazos a mi alrededor y me abracé fuerte antes de apoyarme contra él y enterrar la cara en su abrigo como hacía cuando era niña. Sus brazos se cerraron alrededor de mí. Cerré los ojos y una cascada de lágrimas calientes rodaron por mis mejillas. Por él. Por mí. Por Isolde.

No había manera de deshacerlo. No había ninguna cantidad de dinero o de poder que pudiera hacer retroceder el tiempo hasta esa noche en la Trampa de las Tempestades, o hasta el día en que Isolde apareció para solicitar un puesto en la tripulación de Saint. Estábamos unidos por una larga serie de nudos de una preciosidad trágica.

Y lo más desgarrador de todo era que, de algún modo, después de todo, por alguna pincelada de oscuridad, todavía estaba orgullosa de ser la hija de Saint.

Su pecho subió y bajó, su brazo se apretó alrededor de mí antes de soltarme. Me sequé la cara, hipando, mientras él metía la mano en su bolsillo.

El brillo de una cadena de plata centelleó entre sus dedos. El collar de mi madre.

—Ella hubiese querido que lo tuvieras tú —dijo, su voz entrecortada.

Lo tomé de la cadena y dejé que el colgante cayera en mi mano. El dragón marino de abulón verde captó la luz para convertirse en olas de azul y morado. Podía sentirla en él. El fantasma de mi madre llenó el aire.

—¿Estás seguro? —susurré.

—Lo estoy.

Cerré la mano alrededor de él y su vibración resonante se envolvió alrededor de mí.

Justo entonces repicó la campana del muelle. Dejé caer el colgante en mi bolsillo.

—Hora de marcharnos —dije con voz ronca. La tripulación estaría esperando.

Saint sirvió otra taza de té.

—¿Vais a Ceros?

Asentí al tiempo que me levantaba. Una sonrisa encontró mis labios.

—¿Te veo ahí?

Levantó la taza, los ojos perdidos en el té.

—Te veo ahí.

Salí por la puerta y levanté el cuello de mi chaqueta para protegerme del frío de la mañana. El pueblo ya estaba en marcha, la calle llena de carros y escaparates abiertos. Fijé la vista en el agua y eché a andar en dirección al puerto.

Cuando el reflejo violeta centelleó en el cristal a mi lado, me paré a medio paso y mis ojos volaron hacia el otro lado de la calle. Holland estaba en la entrada arqueada de Wolfe y Engel, su mirada avispada fija en mí. El cuello de piel blanca de su chaqueta ondeaba al viento para rozar su mandíbula. Las brillantes joyas que colgaban de sus orejas asomaban por debajo de su pelo.

Seguía siendo glamurosa. Preciosa. Aunque hubiese perdido su anillo y su licencia, seguía teniendo su dinero. Jamás le faltaría nada, y algo me decía que encontraría una manera de recuperar su propia parcelita de poder en Bastian. Fuera como fuese, jamás tendría nada que hacer en los Estrechos.

Se quedó quieta como una estatua, sin parpadear siquiera, antes de entrar en la tienda.

Cuando se giró hacia atrás de nuevo de camino al interior, podría haber jurado verla sonreír.

CUARENTA Y UNO

SAGSAY HOLM DESAPARECIÓ COMO EL RECUERDO NEBLINOSO de un sueño.

Estaba en la cofa del palo mayor, asegurando las jarcias mientras el viento llenaba las velas. Se estiraban contra el cielo azul en arcos redondos, el sonido de la brisa salada en la tela me hizo cerrar los ojos. Llené mis pulmones de aire y me apoyé contra el mástil. Pensé que no quería dejar ese barco jamás hasta el día de mi muerte.

Cuando miré abajo, West estaba de pie en cubierta, observándome. Estaba envuelto en oro y guiñaba los ojos contra la luz mientras el viento ceñía la camisa alrededor de su cuerpo de un modo que me daba ganas de desaparecer con él en su camarote iluminado por la luz de las velas.

Me deslicé por el mástil hasta aterrizar sobre la cubierta caliente con los pies descalzos.

—¿Quieres comprobarlas? —preguntó, al tiempo que enrollaba sus mangas.

—Sí.

Me agarró de la mano cuando hice ademán de pasar por su lado y tiró de mí hacia él. En cuanto me giré, me besó. Uno de sus brazos se cerró en torno a mi cintura y me acurruqué contra él hasta que me soltó. Sus dedos resbalaron de los míos, con lo que pude ir hacia la cubierta lateral y me colé en su camarote, donde Hamish estaba sentado ante el escritorio de West, dos libros de cuentas abiertos delante de él.

Levantó la vista hacia mí por encima de la montura de sus gafas.

—Lo tengo todo preparado para ti aquí mismo.

Hizo un gesto con la barbilla hacia la lámpara de gemas en la mesa. A su lado, aguardaba un pequeño cofre de gemas.

Como efecto colateral de la supuesta traición de Holland, todos los comerciantes desde los Estrechos hasta el mar Sin Nombre vigilarían sus operaciones con sumo cuidado y comprobarían dos y tres veces las gemas que vendían para mantener sus cuellos lejos del alcance del Consejo de Comercio.

Me senté en la banqueta, encendí una cerilla y prendí la vela de debajo de la lente. Cuando brillaba con intensidad, tomé la primera gema entre los dedos, una aguamarina. La sujeté en alto de modo que la luz la atravesara y comprobé el color del modo que me había enseñado mi madre. Después la dejé sobre el cristal de la lámpara de gemas y miré a través de la lente. Comprobé la estructura de la piedra. Cuando terminé, la dejé a un lado y agarré otra.

Todo tiene un lenguaje. Un mensaje.

Eso fue lo primero que me enseñó mi madre cuando me convertí en su aprendiza, pero la primera vez que comprendí lo que quería decir fue cuando me di cuenta de que incluso *ella* tenía una canción. Esa sensación que notaba cada vez que estaba cerca de mí.

Estaba ahí en la oscuridad cuando se inclinaba sobre mí en mi hamaca para darme un beso en la frente. Podía sentirla, incluso cuando solo lograba ver un destello de luz del farol sobre su collar cuando colgaba por encima de mí.

Era algo que percibía en los huesos.

Isolde.

Me giré hacia donde el colgante del dragón marino pendía de un clavo al lado de la cama. Oscilaba con suavidad según se mecía el barco. Me levanté, crucé el camarote, lo descolgué del gancho y lo sujeté ante mí.

Era la misma sensación que me había encontrado en el cuartel general de Saint en el Pinch: el espíritu de mi madre que me llamaba a través del collar, desde donde descansaba sobre la balda. Lo había vuelto a sentir al zambullirme en el escollo, donde trocitos de ella parecían emanar a través de las aguas azules.

Limpié la superficie del abulón con el pulgar y contemplé los tonos violetas ondular bajo las olas verdes. La vibración era tan clara que irradiaba por la palma de mi mano. Como si de algún modo, Isolde aún existiera en su interior. Como si...

Se me cortó la respiración de golpe. El más ligero temblor encontró mi mano hasta que la cadena de plata resbaló de entre mis dedos.

Hamish dejó la pluma en la mesa.

—¿Qué pasa?

—¿Y si no era ella? —susurré, las palabras deshilachadas.

—¿Qué?

—¿Y si no era ella lo que sentí en el escollo? —Levanté la vista hacia él, pero estaba confuso.

Sujeté el colgante a la luz que entraba por la ventana. Estudié la platería con atención. No se notaba ni una sola ondulación en el bisel, los detalles del dragón marino perfectos. Le di la vuelta.

Me quedé boquiabierta cuando lo vi: el emblema de los Roth. Estaba grabado en la superficie lisa. Era diminuto, pero ahí estada. Algo que jamás hubiese reconocido de no haberlo visto en Bastian.

No era ninguna casualidad que Saint hubiese encargado que lo fabricasen en Bastian. No era ninguna coincidencia

que lo hubiesen elaborado los Roth. Y no fueron sus senti-
mientos los que le hicieron volver al *Lark* a buscarlo.

Abrí el cajón del escritorio de West y hurgué entre su contenido hasta que encontré un cuchillo. Me dejé caer al suelo y
deposité el colgante delante de mí. Cuando levanté el cuchillo
en alto, Hamish alargó una mano hacia mí.

—Fable...

Lo bajé de golpe, estrellando el mango contra la superficie del colgante. El abulón se agrietó y, al siguiente golpe, se
hizo añicos.

El cuchillo resbaló de las yemas de mis dedos al tiempo
que me llevaba la mano a la boca. Abrí los ojos como platos.

La reluciente superficie lisa y negra asomó de debajo de la
concha rota. Incluso a la tenue luz, alcancé a ver el destello
violeta que rondaba bajo ella.

—¿Qué demo...? —exclamó Hamish. Dio un paso atrás.

Esa sensación que me envolvía cada vez que estaba cerca
de mi madre no era Isolde. Era el *collar*. El que nunca se quitaba.

Saint no sabía dónde encontrar la medianoche, pero sabía
cómo encontrarla. Por eso me lo había dado. Era una pista
que solo una zahorí entendería.

No era mi madre lo que había sentido en el escollo. Era
piedra medianoche.

CUARENTA Y DOS

El Escollo de Fable era como un gigante adormilado en la oscuridad.

El contorno del islote apenas era visible contra el cielo nocturno cuando echamos el ancla.

Podía sentirlo, de pie a proa con el viento marino soplando a mi alrededor. El Escollo de Fable no tenía arrecifes que dragar, pero la piedra medianoche estaba aquí. Tenía que estarlo.

Puede que Isolde la encontrara por casualidad en primer lugar. O quizás había seguido la canción de la gema como una polilla atraída por una llama.

Me pregunté cuánto tiempo había tardado en darse cuenta de lo que había hecho. Del valor que tenía aquella piedra. Cuánto tiempo habría tardado en decidir traicionar a su propia madre.

Saint me dio el collar porque era una llave. Si tenía una gema medianoche, si sabía la sensación que transmitía, podría encontrarla. Y sí, conocía la canción de esa gema como conocía el ritmo de los latidos de mi propio corazón. Lo más probable era que pudiese encontrarla con los ojos cerrados.

West me puso el cinturón en las manos antes de ceñirse el suyo. Ajusté la hebilla con dedos hábiles, sin molestarme siquiera en comprobar mis herramientas. Me hormigueaba hasta el último centímetro de la piel, el cosquilleo de la carne de gallina se extendió por mis brazos.

Willa se asomó por la borda para mirar las aguas oscuras.

—¿De verdad crees que está ahí abajo?

—Sé que está ahí. —Sonreí.

West se encaramó a la barandilla y yo lo seguí. No esperé. En cuanto estuve de pie a su lado, los dos saltamos. La negrura nos engulló enteros y la mano caliente de West encontró la mía en el agua mientras pataleaba de vuelta a la superficie. El *Marigold* se alzaba imponente ante nosotros, el escollo a nuestra espalda.

Calculé su altura desde la distancia.

—Allí. —Señalé hacia la cresta más alta de la roca—. Hay una cueva cerca de la punta de la cresta.

West miró hacia ahí, inseguro. Supuse que estaba pensando lo mismo que yo. Si buceábamos hacia la cueva, no había forma de saber dónde se abría. Ni *si* se abría siquiera. Pero Isolde lo había hecho, así que debía haber una manera.

—¡Cabo! —gritó West hacia el *Marigold*, y un rollo de cuerda aterrizó en el agua un segundo más tarde.

West se lo colgó del hombro de modo que cruzaba en diagonal su pecho y su espalda. Cuando empezó a preparar sus pulmones, yo hice lo mismo. Respiramos hondo adentro y afuera.

Adentro y afuera. Adentro y afuera.

La tensión de mi pecho se aflojó a cada respiración hasta que noté los pulmones lo bastante flexibles como para contener el aire que necesitaba. Sellé los labios y asentí en dirección a West antes de zambullirme bajo el agua y empezar a patalear. El cabo lo ayudó a hundirse más deprisa, así que nadé tras él, despacio para no cansarme demasiado rápido.

La luz de la luna atravesaba el agua en cascadas de rayos e iluminaba a West a ráfagas debajo de mí mientras descendíamos. La cueva se abrió delante de nosotros: un enorme agujero negro en la fachada de roca. El sonido de las gemas irradiaba a través del agua, tan sonoro que podía sentirlo en los dientes. Durante todo este tiempo, la medianoche había estado aquí. A tiro de piedra de Bastian.

West descolgó el cabo de su hombro y me pasó un extremo. Lo encajé detrás de una roca, antes de tirar adelante y atrás hasta que estuvo encajado tan fuerte que ni siquiera un tirón firme podía moverlo. A continuación, West ató la cuerda alrededor de su cintura y me dio el otro extremo para que yo hiciese lo mismo.

Le di un apretoncito en la muñeca cuando estuve lista y me di impulso hacia la ancha boca de la cueva. En cuanto entramos dentro, la oscuridad convirtió el agua en la boca del lobo. Tan negra que ni siquiera me veía las manos al nadar con ellas estiradas delante de mí.

Cuanto más nos adentrábamos, más fría estaba el agua. Dejé escapar unas cuantas burbujas por la nariz y seguí pataleando. Guiñé los ojos para ver algo, pero no había ni asomo de luz delante de nosotros.

Algo cortante me golpeó en la frente y levanté la mano. Me di cuenta de que había chocado con el techo del pasadizo, que se iba estrechando poco a poco. Solté un poco más de aire para hundirme más y me di impulso otra vez justo cuando el suave ardor afloró en mi pecho. Tragué por instinto, pero la acción solo me engañó, pues por un segundo me hizo creer que estaba respirando y el dolor se reavivó. Cuando miré atrás, no vi a West, pero su peso aún tiraba de la cuerda detrás de mí.

Palpé la fría pared de piedra y escuché con atención para oír la profunda vibración que irradiaba a través del agua. Era cada vez más intensa. Más clara.

La sensación ácida que brotó en mi interior era una advertencia de que el tiempo estaba casi cumplido. Mi corazón empujaba contra mis costillas, suplicaba aire, y el ligero entumecimiento habitual afloró en las yemas de mis dedos.

Noté cómo West se detenía detrás de mí mientras pensaba. Si seguíamos adelante, no lograríamos regresar a la superficie a tiempo de conseguir aire. Pero si no estábamos lejos de la abertura... guiñé los ojos para escudriñar mejor la oscuridad. Y entonces lo vi. El más tenue resplandor.

Me di impulso contra la pared y nadé. Una luz verde se extendía por la negrura y, a medida que nos acercábamos, atravesaba el agua en línea recta, como una pared de cristal. Empecé a arrastrarme por la pared. Buscaba puntos de agarre para tirar de mi cuerpo hacia la luz. Cuando mis manos se agarraron al borde, tiré con fuerza hacia delante y salí a la superficie con una boqueada que llevó tanto aire como agua a mis pulmones.

Tosí, aferrada al saliente mientras West emergía detrás de mí. El sonido de sus respiraciones jadeantes llenó el silencio vacío a nuestro alrededor. Apenas veía nada. Solo era visible el reflejo de su pelo rubio y alargué los brazos a tientas hasta que sus manos me encontraron.

—¿Todo bien? —resolló.

—Todo bien —contesté entre respiraciones.

Por encima de nosotros, una delgada vena de luz de luna entraba por una estrecha abertura en el techo de la cueva. El espacio medía solo unos tres metros y medio de ancho, como mucho, y las paredes se estrechaban al subir hasta lo que parecía una pequeña grieta unos nueve o diez metros por encima de nosotros.

Columpié una pierna desde el agua para subirla a la piedra suave. Mi corazón era un martilleo acelerado y enfadado en mi pecho, mi garganta ardía todo el camino hasta mi estómago. West salió del agua para colocarse a mi lado. A medida que mis ojos se adaptaban, su figura cobró forma en la oscuridad.

—Estás sangrando. —West estiró la mano y tocó mi frente con suavidad. Inclinó mi barbilla para que la luz iluminara mi cara.

Toqueteé la piel húmeda donde palpitaba. Cuando me miré los dedos, estaban cubiertos de sangre.

—No es nada.

Los gritos de unas aves marinas sonaron en lo alto y levanté la vista hacia la franja de cielo, donde sus sombras revoloteaban por encima de la abertura en la tierra.

Me puse en pie. La cueva estaba en silencio, excepto por el sonido del agua que goteaba de las puntas de mis dedos y caía sobre la piedra. Me quedé quieta como una estatua cuando un destello de algo parpadeó en la oscuridad. Esperé, los ojos fijos en el vacío hasta que volví a verlo. Un fogonazo. Como la pasada de un faro. Di un paso hacia él al tiempo que alargaba los brazos.

Mis manos se deslizaron por la difusa luz de luna hasta encontrar la pared. Palpé hacia arriba por ella hasta que las yemas de mis dedos tocaron las afiladas puntas cristalinas de algo oculto entre las sombras.

La vibración de la gema me recorrió de arriba abajo.

Medianoche.

West levantó la vista y giró en círculo. En lo alto, las facetas de la piedra nos hacían guiños en la luz cambiante por encima de nuestras cabezas. Estaba por todas partes.

—Aquí es donde la encontró —susurré. Saqué el cincel de mi cinturón.

Palpé la roca antes de encajar el borde bajo una fisura y agarrar el mazo. La pieza se soltó de manera limpia con solo tres golpes. Cayó pesada en mi mano y la sujeté bajo el rayo de luz de luna entre nosotros.

Las vetas violetas danzaban bajo la superficie y me quedé paralizada cuando sus reflejos iluminaron las paredes de la cueva como un cielo de estrellas moradas.

Notaba a mi madre cerca. Como si rondara por todas partes a nuestro alrededor. Y tal vez lo hiciese. Podía haber dejado caer la piedra al mar, pero no lo hizo. La conservó, aunque jamás volvió al escollo. Y no pude evitar pensar que la había conservado quizás para mí. Que tal vez me hubiese puesto este nombre para que algún día pudiese encontrarla.

West tomó la piedra de mi mano y la hizo girar entre sus dedos para que centelleara.

—Jamás había visto nada igual.

—Ni tú ni nadie —susurré.

Entonces me miró, una pregunta en los ojos.

—¿Qué quieres hacer?

La gema medianoche era como el amanecer de un nuevo mundo. Lo cambiaría todo. No estaba segura de que los Estrechos estuviesen preparados para eso. No estaba segura de que *yo* estuviera preparada para eso. Una sonrisa triste asomó a mis labios cuando West depositó la piedra otra vez en mi mano.

—¿Y si no hacemos nada?

—¿Qué?

La medianoche había llamado a mi madre. En el momento justo, me había llamado también a mí.

—¿Y si la dejáramos aquí? Como hizo ella.

—¿Para siempre? —Unas motas de luz se deslizaron por el rostro de West. Miré a nuestro alrededor, hacia las centelleantes paredes de la cueva.

—Hasta que la necesitemos. —Y la necesitaríamos.

West lo pensó un poco mientras sujetaba su pelo mojado retirado de su cara.

—Tenemos el *Lark*.

—Tenemos el *Lark* —repetí, y mi sonrisa se ensanchó. Era más de lo que necesitábamos para empezar nuestra ruta comercial. Más de lo que necesitábamos para llenar la bodega del *Marigold* de mercancía y establecer nuestra sede.

West dio un paso hacia mí y, cuando levanté la cabeza, me besó con suavidad.

—¿Volvemos a los Estrechos?

El sabor a sal se avivó en mi lengua al repetir las palabras contra sus labios.

—Volvemos a los Estrechos.

EPÍLOGO

LOS MÁSTILES CRUJÍAN CONTRA EL EMPUJE DEL VIENTO, LAS velas del *Marigold* desplegadas como alas.

Estaba de pie en proa, contemplando el agua azul oscura pasar zumbando por debajo de nosotros. Volábamos a tal velocidad sobre el mar que cuando levanté la vista, Jeval ya estaba sobre nosotros.

—¡Llevémoslo a puerto! —gritó West desde el timón—. ¡Arriad todas las velas!

Paj y Auster treparon a los mástiles y soltaron las cargaderas para que el barco ralentizara el ritmo. Hamish desbloqueó el cabestrante del timón.

Yo me ocupé del cabo al pie del palo de trinquete y lo aseguré, los ojos fijos en las islas barrera. Eran como dientes negros e irregulares. Las olas azules, muy altas a causa de los fuertes vientos, se estrellaban contra las rocas salpicando en todas direcciones. Los muelles que había conocido durante mi tiempo en Jeval habían desaparecido, sustituidos por lo que parecía un pequeño puerto. Enormes vigas de madera brotaban del agua para formar doce embarcaderos.

A lo lejos, vi un pequeño esquife que se dirigía hacia ahí desde la orilla.

West observó desde proa con las manos en los bolsillos. Siempre se mostraba así cuando tocábamos puerto en Jeval, los hombros atrás, la mandíbula apretada.

Desenrosqué los gruesos cabos de amarre y fui a babor mientras el *Marigold* se acercaba poco a poco a las rocas. Una hilera de jevalís ya nos esperaba con las manos estiradas, listos para frenarlo y evitar que se arañara.

Hice equilibrios sobre las cajas mientras se acercaba despacio al embarcadero y le lancé los cabos al chico que estaba al final del malecón. Los aseguró uno a uno y Auster desenrolló la escala justo cuando aparecía Koy por el muelle, una mano en el aire.

—¡*Marigold*! —gritó Koy—. ¡No os tengo programados hasta dentro de una semana! —Miró el libro de registro que llevaba en las manos.

Paj me lanzó una mirada cómplice desde el timón. Koy tenía razón. Pero West siempre tenía algún motivo para volver a Jeval pronto.

—¡No me digáis que habéis cruzado por medio de esa tormenta! —gritó la voz de Willa. Escudriñé los muelles en su busca.

West se asomó por encima de la barandilla con una sonrisa cuando por fin vio a su hermana. Se relajó al instante.

Pero Willa estaba furiosa. Salió de entre el puñado de dragadores e inspeccionó el barco de inmediato. Se paró al lado de la proa para deslizar una mano por una fisura mal reparada.

West observó cómo su hermana la estudiaba con el ceño fruncido.

—Hay unas cuantas cosas que reparar.

—¿Cuándo vais a contratar a un nuevo contramaestre? —refunfuñó Willa.

—Todavía no hemos encontrado ninguno —se excusó West.

Koy me miró desde abajo y yo sonreí divertida. Habíamos probado a seis contramaestres distintos durante los últimos ocho meses y West los había despedido a todos.

Bajé por la escala, puse un pie sobre el poste y salté para aterrizar al lado de Koy, que había contratado y pagado solo a jevalís para reconstruir los muelles con su dinero del mar Sin Nombre, y ahora los dirigía como el capitán del puerto.

Pocas semanas después de terminar, le había pedido a Willa que montara un negocio de reparación de barcos. Al verlos a los dos ahí ahora, de pie en el muelle, daba la impresión de que aquel era su sitio. Juntos.

Mi padre se había burlado cuando le conté que íbamos a iniciar una ruta de tres puertos con final en Jeval. Pero justo como había predicho Koy, las islas barrera estaban llenas de barcos. En solo un año más, utilizaríamos nuestra licencia para hacer negocios en Bastian.

Nada de gemas. Tampoco sofisticadas teteras de plata ni peinetas ni seda para vestidos elegantes.

Comerciábamos con aguardiente y gordolobo. Productos elaborados por los bastardos de los Estrechos.

El centelleo de la gema medianoche aún relucía en mis sueños. Igual que la voz de mi madre, pero no habíamos vuelto al Escollo de Fable. Todavía no.

West y yo estábamos tumbados lado a lado en la playa envueltos por la oscuridad. Las olas lamían nuestros pies descalzos y las voces de la tripulación flotaban en el viento mientras bebían aguardiente de centeno alrededor del fuego y yo observaba una estrella fugaz dibujar una estela por el cielo.

Cuando me giré hacia West, la luz de esa misma estrella centelleó en sus ojos. Encontré su mano y la apreté contra mi mejilla. Recordé la primera vez que lo había visto en los muelles. La primera vez que lo había visto sonreír. La primera vez que había visto su oscuridad y cada vez que él había visto la mía.

Éramos sal y arena y mar y tormenta.

Estábamos forjados en los Estrechos.

AGRADECIMIENTOS

Todo mi amor para mi propia tripulación: Joel, Ethan, Siah, Finley y River. Gracias por dejarme vivir en el mundo de los Estrechos y el mar Sin Nombre mientras contaba esta historia. Sea cual sea la aventura, vosotros sois siempre el mejor hogar al que regresar.

Una vez más, quisiera mostrar una enorme gratitud hacia mi equipo en Wednesday Books. Gracias a Eileen Rothschild, mi increíble editora y tocaya de la familia Roth. Gracias a Sara Goodman, DJ DeSmyter, Alexis Neuville, Brant Janeway, Mary Moates, Tiffany Shelton y Lisa Bonvissuto por todo lo que hacéis por mis libros. Gracias, Kerri Resnick, por otra cubierta alucinante.

Gracias también a Barbara Poelle, mi agente, que me mantiene con la cabeza sobre los hombros y la vista puesta en el horizonte.

Gracias a mi asombrosa, extraña e hilarante familia, en especial a mi madre, a quien este libro está dedicado. ¡Os quiero!

Este libro, al igual que *Fable*, no hubiese sido posible sin la colaboración de Lille Moore, que sirvió de consejera en todo lo referente a la navegación, el mar y el comercio. ¡Muchísimas gracias por ayudarme a construir estos libros! Gracias también a Natalie Faria, mi valiente lectora beta unicornio.

A mi compañera de críticas, Kristin Dwyer. No me has ayudado casi nada en este libro porque estabas ocupada convirtiendo en realidad tus propios sueños. Verte de pie sobre la cima de esta montaña es algo precioso, y estoy contando los días hasta que podamos tener tu libro en nuestras manos. No olvides mi salto de línea.

Gracias a mi comunidad de autores y escritores, los que me llevan a rastras por este camino cuando he perdido el norte. Y gracias a mis amigos del mundo no librero que a veces tienen que hacer el delicado trabajo de asegurarse de que sigo siendo humana. Os quiero a todos.

¿TE GUSTÓ ESTE LIBRO?

Escríbenos a

puck@edicionesurano.com

y cuéntanos tu opinión.

ESPAÑA 〉 f /MundoPuck /Puck_Ed /Puck.Ed

LATINOAMÉRICA 〉 f   /PuckLatam

 /PuckEditorial

¡Gracias por vivir otra
#EXPERIENCIAPUCK!